William Golding · Der Sonderbotschafter

WILLIAM GOLDING

DER SONDERBOTSCHAFTER

Drei Romane

Deutsch von Ulla H. de Herrera

claassen

Der Skorpion-Gott, Clonk-Clonk
Titel der 1971 zuerst bei Faber und Faber Limited in London erschienenen Originalausgaben *The Scorpion God* und *Clonk Clonk*

Der Sonderbotschafter
Titel der 1956 zuerst bei Eyre und Spottiswoode Limited (in *Sometime Never*) erschienenen Originalausgabe *Envoy Extraordinary*

2. Auflage 1983

Gesetzt aus Garmond Trump-Mediäval
Druck und Bindearbeiten: Bercker, Graphischer Betrieb, Kevelaer
Printed in Austria
ISBN 3 546 43292 4

Inhalt

Der Skorpion-Gott

Es war kein Fleck am Himmel zu sehen, kein Makel auf dem schimmernden blauen Email. Selbst die Sonne, die in seiner Mitte schwebte, durchtränkte mit ihrem heißen Glanz nur die unmittelbare Umgebung, so daß Gold und Azur zusammenliefen und sich vermischten. Aus diesem Himmel fielen Hitze und Licht wie eine Lawine herab, und alles zwischen den zwei langgestreckten Felsen lag ebenso regungslos da wie die Felsen selbst.

Das Wasser des Flusses war dunkel, glanzlos, tot. Die einzige Andeutung einer Bewegung lag in dem schwachen Dunst, der von seiner Oberfläche aufstieg. Die Wasservögel, die in Scharen dort standen, wo die Erde des Flußufers hart war und von sechseckigen Rissen durchzogen, blickten farbenfreudig ins Leere. Die Reihen von trockenen Papyrusstauden – hier und da durchschnitten von einem Stengel, der sich gebogen hatte, zerbrochen war und sich jetzt gegen die anderen lehnte – waren so bewegungslos wie Schilfrohr auf einem Grabgemälde. Nur gelegentlich löste sich ein Samenkorn aus einem verdorrten Schopf; und dort, wo ein Same auf die seichten Stellen fiel, blieb er liegen und rührte sich nicht. Aber weiter draußen war das Wasser tief – mußte Meilen tief sein; auch dort unten brannte die Sonne und durchtränkte das blaue Email eines zweiten Himmels, der dem schweren blauen Gewölbe über den roten und gelben Felsen entsprach. Und wie wenn zwei Sonnen mehr wären, als sie ertragen konnten, versteckten sich die Felsen jetzt halb hinter der Luft und fingen an zu beben.

Zwischen den Felsen und dem Fluß war die schwarze Erde verbrannt. Das Stoppelfeld wirkte ebenso leblos wie die Federn, die sich überall zwischen den einzelnen Stummeln verfangen hatten. Die wenigen Bäume — Palmen, Akazien — ließen ihr Laub hängen, als ob sie die Hoffnung aufgegeben hätten. Die Häuser aus getünchtem Lehm wirkten ebenso lebendig wie sie und nicht bewegungsloser; nicht bewegungsloser als die Männer, Frauen und Kinder, die auf beiden Seiten eines ausgetretenen Pfades standen, der, knapp einen Steinwurf vom Ufer entfernt, parallel zum Fluß lief. Diese Menschen blickten alle flußabwärts, fort von der Sonne, die kurze kobaltblaue Schatten zu ihren Füßen formte. Sie standen über ihren Schatten und blickten, die Hände leicht erhoben, mit starren Augen und offenem Mund den Fluß hinab.

Stromabwärts war ein leises Geräusch zu hören. Die wartenden Männer sahen sich an, strichen die schweißfeuchten Hände an ihren leinernen Röcken ab und hoben sie, die Handflächen nach außen, noch höher als zuvor. Die nackten Kinder fingen an, laut zu rufen und umherzulaufen, bis die Frauen in ihren langen, über der Brust gegürteten Leinengewändern sich hinabbeugten und sie zum Schweigen brachten.

Aus dem Schatten einer Palmengruppe kam auf dem Pfad ein Mann in Sicht. Er bewegte sich auf ähnliche Art wie die bebenden Felsen. Selbst auf diese Entfernung war es nicht schwer, ihn von den anderen verstreuten Gestalten zu unterscheiden, denn seine Kleidung war ungewöhnlich, und alle sahen ihn aufmerksam an. Er kam zu einem freien Stoppelfeld, und jetzt konnte man sehen, daß er lief, sich mühsam, schwer atmend voranbewegte, während die Gruppen, an denen er vorüberkam, gestikulierten, laut riefen und, die Augen auf ihn geheftet, begeistert in die Hände klatschten. Er kam zu einem näher gelegenen Feld, und seine Kleidung, jetzt deutlich zu erkennen, war ebenso seltsam wie seine Bewegungen. Er trug einen knielangen Rock und einen hohen Hut, beides aus weißem Leinen. Funken von Gold und Blau blitzten an seinen Sandalen, seinen Handgelenken und an der breiten Brustplatte, die bei jedem Schritt auf und nieder ging; weitere Funken an dem Stab und dem Flegel, die er in den Händen hielt. Glitzernde Schweißperlen liefen über seine dunkle Haut und fielen auf die rissige Erde hinab. Die Leute schrien noch lauter, als sie den Schweiß herabtropfen sahen. Diejenigen, die ein kleines Stück Wegs mit ihm gelaufen waren, wischten sich selbst den Schweiß ab, verlangsamten ihren Schritt und sahen zu, wie der Läufer ihr Gebiet verließ.

Er war jetzt so nah, daß man ihn in allen Einzelheiten sehen konnte. Sein Gesicht war früher einmal oval gewesen, aber Wohlleben und Macht hatten es in ein Rechteck verwandelt, das seinem untersetzten Körper entsprach. Er sah aus wie ein Mann, der wenig Gedanken hatte, der aber an denjenigen, die er hatte, festhielt, ohne sie zu prüfen; und jetzt war sein einziger Gedanke, zu laufen und immer weiter zu laufen. Es gab jedoch Zusätze zu diesem einen Hauptgedan-

ken, Zusätze von Verblüffung und Unwillen. Der Unwille war verständlich, denn der Leinenhut rutschte dem Läufer von Zeit zu Zeit über die Augen, und er stieß mit dem Stab nach ihm. Der Flegel hatte Schnüre aus blauen und goldenen Perlen, die ihm ins Gesicht schlugen, wenn er ihn zu hoch hielt. Hin und wieder kreuzte er, als hätte er sich plötzlich an etwas erinnert, Stab und Flegel über dem Bauch, so daß er beim Laufen den einen gegen den anderen rieb, als ob er ein Messer wetzte. All dies, dazu die Schwärme von Fliegen waren Grund genug für seinen Unwillen, aber die Ursache seiner Verblüffung war nicht so leicht zu entdecken. Er kam mit dumpf hallenden Schritten quer übers Feld; nur noch ein einziger Läufer begleitete ihn: ein schlanker, kräftiger, junger Mann, dessen Zurufe ein Gemisch von Aufmunterung, flehentlichem Bitten und Lobpreisung waren.
»Lauf, Großes Haus! Lauf um meinetwillen! Leben! Gesundheit! Kraft!«
Als die beiden Männer sich dem Rande des Feldes näherten, war es, als ob sie eine unsichtbare Grenze überschritten. Die Menschen, die in kleinen Gruppen neben den wenigen Häusern standen, drängten sich nach vorne und begann zu rufen.
»Gott! Gott! Großes Haus!«
Plötzlich waren sie ebenso erregt und überschwenglich wie der junge Mann. Sie begrüßten den Läufer mit Rufen und Tränen der Freude. Die Frauen stellten sich ihm in den Weg, und die Kinder hockten jetzt unbeachtet zwischen den hastenden dunklen Füßen. Er trottete wankend durch die kleine Straße, und einige der Männer schlossen sich ihm an. Ein Blinder, dünn und knorrig wie der Stock, auf den er sich

stützte, stand mit erhobener Hand am Straßenrand und blickte in die Richtung des Läufers; seine Augen waren trübe und weiß wie Kugeln aus Quarz, aber trotzdem stimmte auch er in die allgemeinen Rufe ein.

»Leben! Gesundheit! Kraft! Großes Haus! Großes Haus! Großes Haus!«

Dann hatte der Läufer die kleine Siedlung hinter sich gelassen. Die jungen Männer waren ihm gefolgt, während die Frauen lachend und weinend zurückblieben.

»Hast du gesehen, Schwester? Ich habe Ihn berührt!«

Aber Großes Haus trabte immer noch weiter, stieß immer noch mit dem gebogenen Stab nach dem unbequemen Hut, war immer noch verärgert und offensichtlich noch verblüffter als zuvor. Es gab jetzt nur noch wenige, die mit ihm liefen, und keiner außer dem mageren jungen Mann kam von weiter her als dem letzten kleinen Dorf. Nach einer Weile blieben auch sie atemlos, aber lächelnd stehen, während Großes Haus und sein Begleiter vor seinem tanzenden Schweif her weiterliefen. Nichts war zu hören außer dem keuchenden Atmen und dem dumpfen Ton der sich entfernenden Füße. Die Männer kehrten gemächlich ins Dorf zurück, wo dickflüssiges Bier in Kannen und Krügen zu den eilig aufgestellten Tischen auf der überfüllten Straße hinausgebracht wurde.

Als der Läufer außer Hörweite war, ließ der Blinde, der so lange neben dem Pfad gestanden hatte, die Hand sinken. Er schloß sich nicht der Menge im Dorf an, sondern wandte sich ab, tastete sich mit seinem Stock über ein Stoppelfeld, dann durch ein dichtes Gebüsch, bis er zum nackten Boden im Schatten einiger Palmen kam, wo die rissigen Sechsecke des Flußufers begannen. Ein kleiner Junge saß mit gekreuzten Beinen im Schatten, die Hände schlaff im Schoß, den Kopf gesenkt, so daß die einzelne Haarsträhne, die das Rasiermesser übriggelassen hatte, vor seinem Ohr aufs Knie fiel. Er war ebenso mager wie der Blinde, aber nicht so dunkelhäutig; und sein Rock war makellos sauber, abgesehen von den Stellen, wo die Zweige und der Staub des Uferlandes an ihm hafteten.

Der Blinde sprach zur Luft.

»Nun gut. Er ist fort. Wir werden dieses Schauspiel sieben Jahre lang nicht mehr zu sehen bekommen.«

Der Junge antwortete teilnahmslos.

»Ich habe nichts gesehen.«

»Der junge Mann, der, den man den Lügner nennt, ist mit ihm gelaufen. Er hat die ganze Zeit geredet.«

Der Junge sprang auf.

»Das hättest du mir sagen sollen!«

»Warum?«

»Ich wäre hingegangen, um ihn zu sehen!«

»Den Lügner und nicht den Gott, deinen Vater?«

»Ich liebe ihn. Er erzählt mir Lügen, die das Gewicht des Himmels verschwinden lassen. Und er ist.«

»Ist was?«

Der Junge breitete die Hände aus.

»Er ist einfach.«

Der Blinde ließ sich zu Boden sinken und legte seinen Stock über die Knie.

»Dies ist ein großer Tag, kleiner Prinz. Das hast du doch bestimmt gewußt?«

»Meine Kinderfrauen haben es mir gesagt, und deshalb bin ich weggelaufen. Ein großer Tag heißt, in der Sonne stehen und ruhig bleiben. Dann werde ich krank. Man muß Dämpfe für mich machen und

Worte sprechen. Ich muß Dinge essen, Dinge tragen, Dinge trinken.«

»Ich weiß. Wer weiß das nicht? Dein Gang klingt wie der Gang eines kleinen alten Mannes. Aber heute beweist der Gott Seine Fähigkeiten, und vielleicht wirst du gesund.«

»Wie kann Er Seine Fähigkeiten beweisen?«

Der Blinde dachte eine Weile nach.

»Wenn man so will, wie kann Er den Himmel hochhalten und den Fluß steigen lassen? Aber Er tut es. Der Himmel ist da, steht über uns; und der Fluß wird steigen, wie er zuvor gestiegen ist. Das sind Mysterien.«

Der Prinz seufzte.

»Ich will nichts von Mysterien wissen.«

»Wir leben von ihnen«, sagte der Blinde. »Ich werde es dir beweisen. Siehst du die Palme da links von dir?«

»Die Sonne ist zu hell.«

»Nun gut. Wenn du hinsehen könntest, so würdest du Kerben erkennen, die man in den Stamm geschnitten hat. Eine Armeslänge von der Wurzel ist die Kerbe des Leids. Wenn das Wasser nicht weiter als bis dorthin steigen würde, müßten die Menschen verhungern. Wie alt bist du? Zehn? Elf? Als ich nicht viel älter war als du, ist das geschehen, und der Gott jener Zeit nahm Gift.«

»Die Leute sind verhungert? Gestorben?«

»Männer, Frauen und Kinder. Aber unser Gott ist stark, ein großer Liebhaber – obgleich Er außer dir und deiner Schwester keine Kinder hat –, ein großer Jäger, Esser, Trinker. Das Wasser wird den Stamm hinauf zur Kerbe des Ausgezeichneten Essens steigen.«

Der Prinz kümmerte sich nicht mehr um die Sonne und betrachtete neugierig den Baum.
»Warum ist ganz oben eine Kerbe?«
Der Blinde schüttelte warnend den Kopf.
»Es wurde einmal prophezeit, ich weiß nicht wann. Man sagt, diese Kerbe stamme von einem Gott, und das Wasser hat sie nie erreicht. Zuviel ist schlimmer als zuwenig. Die ganze Welt würde überflutet werden, und das Wasser würde an das Haus des Lebens schlagen. Man nennt sie« – er neigte sich zur Seite und flüsterte – »die Kerbe des Äußersten Unheils.«
Der Prinz sagte nichts, und nach einer Weile tastete der Blinde suchend umher, dann gab er ihm einen Klaps aufs Knie.
»Dieses Wissen ist zu hoch für dich. Reden wir nicht davon. Eines Tages, wenn ich nicht mehr bin und der Gott in Sein Jetzt im Haus des Lebens eingegangen ist, wirst du selbst ein Gott sein. Dann wirst du es verstehen.«
Der Prinz hob ruckartig den Kopf; ein Ausdruck des Kummers lag auf seinen Zügen, als er rief:
»Ich will kein Gott sein!«
»Was soll das heißen? Wen gibt es außer dir?«
Der Prinz schlug kraftlos mit den Fäusten auf die trockene Erde.
»Ich will nicht! Es wird mich niemand dazu bringen!«
»Ruhig, Kind, ruhig. Wenn dich jemand hören würde – denkst du gar nicht an mich?«
Aber der Prinz starrte in die weißen Augen, als ob er sie zwingen könnte, ihn zu sehen.
»Ich will nicht – ich kann nicht. Ich kann den Fluß nicht steigen lassen oder den Himmel hochhalten – ich habe Träume – es herrscht Dunkelheit. Dinge

fallen herab. Sie wiegen schwer, sie erdrücken mich. Ich kann mich nicht bewegen, kann nicht atmen –«
Die Tränen rollten ihm über die Wangen. Er schluckte und fuhr sich mit dem Arm über die Nase.
»Ich will kein Gott sein!«
Der Blinde sprach jetzt laut und energisch, als wollte er den Prinzen zwingen, ihm zuzuhören.
»Wenn du mit deiner Königlichen Schwester verheiratet bist –«
»Ich werde nicht heiraten«, sagte der Prinz in einem plötzlichen Ausbruch von Leidenschaft. »Niemals! Und schon gar nicht Schöne Blume. Aber überhaupt nicht. Wenn ich mit Jungen spiele, wollen sie Jagen spielen, und ich gerate außer Atem. Wenn ich mit Mädchen spiele, wollen sie verheiratet spielen, und ich muß auf ihnen auf und ab hüpfen, bis ich wieder außer Atem komme, und dann hüpfen sie auf und ab, bis mir schwindlig wird.«
Der Blinde schwieg eine Weile.
»Schon gut«, sagte er schließlich. »Schon gut.«
»Ich wünschte, ich wäre ein Mädchen«, erklärte der Prinz. »Ein hübsches Mädchen, das nichts anderes zu tun hat, als hübsch zu sein und hübsche Sachen zu tragen. Dann könnte man mich nicht zu einem Gott machen.«
Der Blinde kratzte sich nachdenklich die Nase.
»Nicht den Himmel hochhalten? Nicht den Fluß zum Steigen bringen? Keinen Stier töten oder nach einem Ziel schießen?«
»Ich könnte das Ziel nicht sehen, geschweige denn, es treffen.«
»Was willst du damit sagen, Kind?«
»Ich habe eine Art weißen Dunst in meinen Augen.«

»Prinz – sagst du die Wahrheit?«

»Er wird dichter. Langsam, aber dichter.«

»Nein!«

»Du siehst also –«

»Aber Prinz, armes Kind – was sagen die anderen dazu?«

»Ich habe es niemandem gesagt. Ich will nichts mehr von Zaubersprüchen, Dämpfen und abscheulichen Getränken wissen. Ich habe es satt!«

Die Stimme des Blinden wurde lauter.

»Aber du wirst erblinden! Nach und nach, Jahr um Jahr – Kind! Denk an uns! Denk an die Kerbe des Äußersten Unheils!«

»Was hat das mit mir zu tun? Wenn ich ein Mädchen wäre –«

Der Blinde scharrte erregt mit Stock und Füßen.

»Sie müssen es erfahren. Er muß es sofort erfahren – armer Prinz, armer, schwacher Prinz. Arme Menschen!«

Der Junge faßte nach dem Fuß des Blinden; aber der Alte entzog sich seinem Griff und stand schwerfällig auf.

»Sag es niemandem!«

»Ich muß es tun, armes Kind. Man wird dich heilen–«

»Nein!«

»Ich werde es dem Gott am Ende Seines Laufs zurufen, und Er wird mich hören!«

»Ich will kein Gott sein!«

Aber der Blinde machte sich hastig auf den Weg, klopfte mit seinem Stock an die vertrauten Bäume und ging ruhig und sicher auf den schmalen Pfaden zwischen den Bewässerungskanälen aus trockenem Schlamm. Der Prinz lief um ihn herum, lief neben ihm, zerrte weinend und flehend an seinem Lendenschurz, griff nach seiner Hand. Doch der Blinde wehrte ihn ab und eilte murmelnd und kopfschüttelnd weiter..

»Armes Kind! Armes Kind!«

Atemlos, weinend und halb geblendet von der Sonne gab der Prinz schließlich die Verfolgung auf, verlangsamte seine Schritte, zögerte und blieb stehen. Er kniete im Staub nieder und weinte eine Weile. Dann verharrte er mit gesenktem Kopf in der gleichen Stellung; und bald darauf begann er, Sätze zu sprechen, als wollte er sie auf ihre Wirkung prüfen oder sich vergewissern, daß er sie nicht vergessen würde.

»Ich weiß nicht, wovon er spricht. Ich kann sehr gut mit beiden Augen sehen.«

Und wieder – einen Satz, den er wohl in den Gängen des Großen Hauses aufgeschnappt hatte:

»Der Mann leidet an Wahnvorstellungen.«

Dann – schlicht:

»Ich bin der Prinz. Der Mann lügt.«

Er stützte sich auf alle viere und stand auf. Mit zusammengekniffenen Augen ging er im Schatten der Bäume. Dabei wiederholte er wie eine Lektion die Worte: »Der Mann lügt. Der Mann lügt.«

Dann gab es plötzlich einen Wirbel von Röcken, einen Wortschwall, erregtes Geplapper. Die zwei Kinderfrauen, die schwarze und die braune, fielen über ihn her und schlossen ihn in die Arme. Er wurde hochgehoben, unter Tränen ans Herz gedrückt, verwünscht, beschworen, ermahnt, mit Zärtlichkeiten überschüttet. Sie trugen ihn in Richtung des Großen Hauses, und nach einer Weile setzten sie ihn nieder, hätschelten und küßten ihn, säuberten seinen Rock, und er ertrank in einem Meer von Schweiß und Geruch, von üppigen Brüsten und fetten Armen. Sie sagten ihm, wie unrecht es von ihm gewesen sei, so zu tun, als ob er schliefe, während sie sich hinausschlichen, um den Gott zu beobachten – sagten ihm, wie verzweifelt sie überall nach ihm gesucht hätten, daß er es niemandem sagen dürfe, wie böse er zu seinen Kinderfrauen sei, für die es keinen anderen Gedanken gebe als die Sorge um sein Glück. Dann führten sie ihn in ihrer Mitte zu einem Seitentor des Großen Hauses, brachten ihn hinein und putzten ihn eilig heraus, um ihn dem Volke zu zeigen. Vermutlich hörte er nichts von den Gefahren, die ihm von Krokodilen, Flußungeheuern, Löwen, Schakalen oder schmutzigen alten Männern drohten; denn er murmelte immer wieder vor sich hin, ohne die Frauen zu beachten:

»Er lügt!«

Schließlich führten sie ihn durch das Große Haus zu dem Hof, der innerhalb des Haupttores lag. Obgleich dies der Tag war, an dem der Gott seine Allmacht beweisen würde, war der Hof beinahe menschenleer. Aber außerhalb des Haupttores hielten zwei Reihen von Soldaten – schwarze Männer mit riesigen Schilden und Speeren – einen Pfad frei, und die Bewohner des Flußtals standen dicht gedrängt hinter ihnen. Die lärmenden Rufe, mit denen sie zuerst den Lauf des Gottes angekündigt hatten, waren verstummt. Sie hatten jetzt genug gesehen und interessierten sich nicht einmal mehr für Schöne Blume, die vor ihren Dienerinnen auf einem Podium neben dem Tor stand. Es langweilte sie, die Gasse hinunter auf den Pfad unter den Felsen zu blicken, auf dem der Gott zurückkehren würde. Die Schalmeien schwiegen, Schöne Blume stand dekorativ, aber regungslos da, der Gott war außer Sicht; sie brauchten etwas Neues, das sie ansehen konnten, und jetzt trat der Prinz in ihr Blickfeld. Er erschien, von dicken bemalten Säulen und dicken Kinderfrauen flankiert, auf den Stufen, die vom Eingang des Großen Hauses zum Vorhof hinunterführten. Sein Faltenrock war frei von Staub, und die goldenen Beschläge seiner Sandalen glänzten, ebenso wie die kleine Halskette, die über seinen Schultern hing, und die Armreifen an seinen Handgelenken. Die Strähne, die ihm über die Wange fiel, war gekämmt, gebürstet und eingefettet worden, bis sie wie eine aus Ebenholz geschnitzte Form aussah. Ein leises Lächeln, für die Öffentlichkeit bestimmt, schwebte um seine Lippen, und als die Frauen in der Menge begeistert riefen, wie reizend und hübsch er sei, wurde es zu einem Lächeln der aufrichtigen Freude. Er blieb vor dem Podium stehen, blickte mit zusammengekniffenen Augen zu dem von wedelnden Fächern umrahmten Gesicht seiner Schwester empor, dann legte er die Hand in geziemender Geste ans Knie. Seine Kinderfrauen halfen ihm aufs Podium, und dort blieb er blinzelnd stehen. Schöne Blume beugte sich mit einer wiegenden Bewegung der Hüften über ihn. Ihr Lächeln wurde liebevoll, und sie legte in einer sehr weiblichen Gebärde den Rücken ihrer Hand an seine Wange. Dann flüsterte sie ihm zu:

»Du hast geweint, du lächerlicher Knirps.«

Der Prinz musterte seine Füße.

Das Lärmen der Menge nahm zu. Der Prinz blickte auf, und Schöne Blume zog ihn mit sich zum Rand des Podiums. Palmenwedel wurden ihnen von hinten in die Hand geschoben. Ihre Augen folgten den Blicken der Menge, die auf den Pfad gerichtet waren. Flußaufwärts und gerade noch in Sicht ragte eine Art steinerner Fuß aus der Felswand hervor. Ein langgestrecktes niedriges Gebäude stand auf diesem Fuß, und an einem Ende davon bewegte sich eine kleine Gestalt. Dann erschien eine zweite Gestalt neben der ersten. Es war schwer, sie zu erkennen; und das Beben der von der Sonne erhitzten Luft verzerrte ihre Bewegungen. Sie waren wie winzige Marionetten, die mit den Schwingungen ihre Form veränderten oder sogar vorübergehend in ihnen verschwanden. Plötzlich wurde die Menge auf beiden Seiten des Pfades zu einem dichten Gebüsch, zu Hecken, zu einem Wald von Palmenwedeln, von einem ständigen Wind bewegt. Die Schalmeien gellten.

»Leben! Gesundheit! Kraft!«

Die erste der beiden Gestalten war nicht der Gott. Es war der Lügner, der sehnige junge Mann, der jetzt nicht nur geradeaus den Pfad entlanglief, sondern auch hin und wieder kehrtmachte, den Gott umkreiste und ihn mit verzweifelten Gebärden anspornte. Er war in Schweiß gebadet, aber er schien keine Müdigkeit zu kennen und redete unaufhörlich. Hinter ihm kam der Gott, Großes Haus, Gemahl der Königlichen Gebieterin, die ihr ewiges Jetzt erreicht hatte, Königlicher Stier, Falke, Herr des Oberen Landes. Er lief langsam und wetzte sein Messer mit einer Verbissenheit, die eine beginnende Verzweiflung erkennen ließ. Seine Haut schimmerte noch feuchter als zuvor, und der Rock klebte an seinen Schenkeln. Er kam aus der vibrierenden Landschaft heraus, und seine Gestalt nahm feste Formen an. Seine weiße

Kopfbedeckung war in sich zusammengesunken, und er stieß nicht mehr mit seinem Stab nach ihr. Selbst sein Schweif schien in Mitleidenschaft gezogen, bewegte sich ruckartig wie der Schwanz eines sterbenden Tiers. Er taumelte im Lauf von einer Seite zur anderen. Der Lügner schrie:

»O nein!«

Die Geräusche aus der Menge waren ebenso verzweifelt wie das Gesicht des Läufers.

»Großes Haus! Großes Haus!«

Selbst die Soldaten erschraken, wandten sich zur Seite und traten weg, als ob sie ihm helfen wollten. Der Prinz sah, wie sich eine vertraute Gestalt mit einem Stock zwischen ihnen hindurch auf den Pfad schob. Der Blinde stand da, das Gesicht erhoben, den Stock vor sich. Der Gott kam mit dumpf hallenden Schritten den Pfad entlang, und die Menge drängte ihm nach. Der Blinde rief aus vollem Halse – rief etwas völlig Unhörbares. Die Füße des Gottes hinterließen ein unregelmäßiges Muster auf dem Sand. Seine Knie wurden weich, sein Mund öffnete sich, seine Augen starrten ins Leere. Er stürzte. Er stieß an den Stock des Blinden, seine Arme sanken schlaff herab, seine Knie gaben nach. Immer noch blind vor sich hin starrend, fiel er auf den Stock, rollte zur Seite und lag regungslos da. Die Kopfbedeckung aus weißem Leinen trudelte durch den Staub.

In der plötzlichen Stille war jetzt die Stimme des Blinden zu hören.

»Der Prinz ist im Begriff zu erblinden, Gott! Dein Sohn erblindet!«

Der Prinz warf einen verzweifelten Blick auf Schöne Blume, die immer noch lächelte. Dann schrie er seine Lektion hinaus:

»Er lügt!«
»Der Prinz erblindet!«
Schöne Blume sprach deutlich, gelassen.
»Natürlich lügt er, liebes Kind. Soldaten — bringt ihn zur Grube!«
Die Soldaten drängten sich durch die Menge, stießen die Leute zur Seite und bildeten einen Kreis um den gestürzten Gott und den Lügner, der neben ihm kauerte. Die Menge umringte den Blinden, der zu einem Spielzeug, einer laut rufenden Puppe wurde. Schöne Blume sprach abermals.
»Er hat den Gott mit seinem Stock zu Fall gebracht.«
Andere Soldaten machten sich über den Blinden her und nahmen ihn in ihre Mitte. Schöne Blume griff nach dem Handgelenk des Prinzen, schüttelte es und sprach von der Seite her zu ihm hinunter.
»Lächle!«
»Ich sage dir, er lügt!«
»Lächle, kleiner Narr, lächle.«
Die Tränen mischten sich unter das Lächeln des Prinzen, als sie ihn vom Podium fortzog und dann mit aller Würde, deren sie fähig war, durch das Haupttor führte. Soldaten bahnten ihnen einen Weg, und andere trugen den Gott. Schöne Blume und ihre Dienerinnen brachten den Prinzen zu den wartenden Kinderfrauen, die ihn und seine Tränen den neugierigen Blicken entzogen. Dann verschwand auch sie mit ihren Dienerinnen.
Im Vorhof erwartete den Gott ein feierlicher Zug, den man eigens für diese Gelegenheit vorbereitet zu haben schien. Sechs Männer trugen ein Ruhebett, das offensichtlich für den Gott bestimmt war; hinter ihnen

stand ein Mann in einem Leopardenfell und einer – wenn es ein Mann war – mit dem Kopf eines Schakals. Sie wurden von einem hochgewachsenen Mann angeführt, der viel älter war als Großes Haus und ein langes Gewand aus weißem Leinen trug. Der Lügner trat als erster auf ihn zu; er sprach immer noch.

»Schrecklich, schrecklich, Vorsteher – und so unnötig – das heißt, ich will sagen – schrecklich! Woher hast du es gewußt? Wie konntest du es ahnen?«

Der Vorsteher lächelte.

»Es bestand die Möglichkeit.«

»Vergiß nicht, ich habe keinen Anspruch – keinerlei Anspruch!«

Der Vorsteher lächelte wohlwollend zu ihm hinunter.

»Langsam, langsam, mein lieber Lügner. Du unterschätzt dich.«

Der Lügner zuckte zusammen, als ob ein Soldat ihn mit dem Speer gestochen hätte.

»O nein, nein! Glaube mir, ich habe nichts mehr zu geben!«

Der Gott lag auf dem Ruhebett. Langsam bewegte sich der Zug in Richtung des Großen Hauses. Der Vorsteher folgte ihm mit den Augen.

»Es gefällt Ihm, deine Lügen immer wieder zu hören.«

Der Lügner hielt ihn vor dem Eingang zurück.

»Er hat sie so oft gehört, daß er sie selbst erzählen – oder von jemandem auf Bildern darstellen lassen könnte!«

Der Alte sah ihn über die Schulter an.

»Noch gestern hat er etwas anderes gesagt.«

»Wirklich, ich versichere dir, daß ich nicht im geringsten erforderlich bin!«
Jetzt wandte der alte Mann sich um, blickte hinunter und legte dem Lügner die Hand auf die Schulter.
»Sag mir, Lügner – es würde mich interessieren zu wissen –, warum meidest du das Leben?«
Aber der junge Mann hörte nicht zu. Er spähte an dem Alten vorbei ins Große Haus.
»Er wird es tun, nicht wahr?«
»Wird was tun?«
»Noch einmal laufen! Man hat ihn zu Fall gebracht. Er wird es tun, nicht wahr?«
Der alte Mann musterte ihn aufmerksam.
»Ich glaube nicht«, murmelte er sanft. »Tatsächlich bin ich sicher, daß er es nicht tun wird.«
Er ging allein ins Große Haus. Der Lügner blieb auf den Stufen, zuckend, zitternd, an den bleichen Lippen zerrend.

Schöne Blume ließ ihren Zorn und ihre Verzweiflung zum größten Teil am Prinzen aus. Im Großen Haus, fern von den Blicken der Öffentlichkeit, entließ sie ihn mit einer Ohrfeige, die – wie er vorausgesehen hatte – die ganze Zärtlichkeit auf dem Podium wettmachte. Er ging wimmernd zu Bett, als die Sonne hinter dem Horizont verschwand.
Der Lügner war nicht so leicht loszuwerden. Er erwischte sie allein in einem dunklen Korridor und griff nach ihrem Handgelenk.
»Rühr mich nicht an!«
»Ich habe dich ja noch gar nicht angerührt«, flüsterte er. »Kannst du denn an nichts anderes als an Sex denken?«

»Nach dem, was du getan hast —«

»Was ich getan habe? Du meinst, was *wir* getan haben!«

»Ich will nicht daran denken —«

»Das solltest du auch lieber bleibenlassen. Du mußt Erfolg haben. Du darfst an nichts anderes denken!«

Sie lehnte sich an ihn.

»Ich bin so müde — so verwirrt — ich weiß nicht, was ich mir wünsche.«

Er legte den Arm um sie und streichelte ihre Schulter.

»Schon gut, schon gut.«

»Du zitterst.«

»Wie sollte ich nicht zittern? Ich bin in größter Gefahr — das war ich schon des öfteren; aber nie so wie jetzt. Deshalb mußt du Erfolg haben. Verstehst du das?«

Sie löste sich von ihm und richtete sich stolz empor.

»Du wünschst, daß ich meine Sache gut machen soll? Du?«

»Gut? Nein — oh, ja! Was du gut nennst. Mach es sehr gut!«

Sie ging langsam und würdevoll an ihm vorbei.

»Wie du willst.«

Ein Flüstern folgte ihr den Gang entlang und erreichte ihr Ohr:

»Um meinetwillen!«

Ein kalter Schauer überlief sie, und sie hielt die Augen von den verschwommenen Gestalten abgewandt, die von den hohen Wänden herabblickten. Jetzt drang ein Lärm zu ihr herüber, der jegliches Flüstern übertönte — ein verworrenes Geräusch von Stimmen und Musik aus dem Bankettsaal. Sie ging zum anderen

Ende des Saals und zog einen Vorhang zur Seite. Man hatte dort einen kleinen Raum mit Vorhängen abgeteilt und hell erleuchtet; und hier warteten ihre Dienerinnen, stumm vor Angst vor jenen mit Henna gefärbten Handflächen und lackierten Nägeln. Aber Schöne Blume achtete an diesem Abend nicht auf ihre Dienerinnen. Schweigend und in sich gekehrt, ruhig und entschlossen duldete sie es, daß man sie auszog, sie salbte, ihre Haare löste und ihre Juwelen wechselte. Dann setzte sie sich vor ihren Spiegel wie vor einen Altar.

Der Spiegel, den Schöne Blume benützte, war von unschätzbarem Wert. Er war wundervoll. Erstens zeigte er nicht nur ihr Gesicht, sondern auch ihren Körper bis zur Taille. Und wenn sie sich noch weiter vorbeugte, konnte sie sogar ihre Füße sehen. Nur im Großen Haus waren Kostbarkeiten wie diese zu finden. Und außerdem war der Spiegel, abgesehen von seiner Größe, weder aus Kupfer noch aus Gold, wie es üblich war, wenn eine Frau überhaupt einen Spiegel besaß. Er war aus massivem Silber, und das bedeutete für diejenige, die ihn benutzte, das kostbarste Geschenk von allen – ein Spiegelbild, das weder schmeichelte noch verzerrte. Die geflügelten Himmelsgöttinnen, die den Spiegel auf beiden Seiten hielten, waren aus Gold, und sie trugen das glänzende Mittelstück auf eine unpersönliche Art, als wären sie entschlossen, keinerlei Einfluß auf das Urteil der Betrachterin auszuüben. Die Oberfläche des Spiegels war gewalzt, gehämmert, geschliffen und poliert worden, bis es keine andere Oberfläche gab, die sich mit ihr vergleichen ließ. Tatsächlich hätte man fast sagen können, daß sie überhaupt nicht vorhanden war, es sei denn, man hauchte sie an oder berührte sie mit dem Finger, um sich von ihrer unsichtbaren Körperlichkeit zu überzeugen. Die Oberfläche war ein Begriff, war nichts als eine Umkehrung, die die Welt nicht ihrem eigenen Bild, sondern sich selbst gegenüberstellte. Völlige Naturtreue, ohne Verzerrung oder Schmeichelei, war genau das, was Schöne Blume brauchte. Sie saß da und blickte auf ihre magische Schwester, die ihren Blick erwiderte, und sie waren beide ganz von sich in Anspruch genommen. Die Frauen in dem hellerleuchteten Raum vergaßen ihre Furcht und fingen an, leise miteinander zu schwatzen, während sie sich mit ihr beschäftigten. Schöne Blume sah und hörte sie nicht. Sie saß auf einem Hocker vor dem niedrigen Tisch, auf dem der Spiegel stand. Sie war jetzt nackt, abgesehen von einem blauen und goldenen Gürtel, der ihre Taille markierte, ohne sie einzuengen; und das war gut so, denn jegliche Einschnürung jenes zartesten Teils ihre Körpers hätte das fast vollendete Werk der Natur zu Ende geführt und sie in zwei geteilt. Schmeichelei von seiten des Spiegels oder irgendeiner anderen Quelle wäre überflüssig gewesen. Schöne Blume hatte ein vollkommenes Jetzt erreicht, das durch keinerlei Veränderung hätte verbessert werden können. Die Dienerinnen hatten ihr schimmerndes schwarzes Haar hochgesteckt. Nur ein oder zwei Locken waren ihnen entwischt und hingen über ihre Wangen herab. Ihre Augen zwinkerten nicht, denn ihre Versunkenheit hatte sich noch vertieft. Der Blick des Chirurgen auf den Körper des Patienten, der des Künstlers auf seine Arbeit oder der nach innen gerichtete Blick des Philosophen auf irgendeine metaphysische Region des Denkens – kei-

ner konnte konzentrierter und geistesabwesender sein als der Blick von Schöne Blume auf ihr eigenes Spiegelbild.
Sie dachte offensichtlich über eine Farbe nach, denn sie hielt einen Pinsel aus Schilfrohrfasern in der rechten Hand, bereit, ihn entschlossen in eines der Schälchen zu tauchen, die auf der Schieferpalette vor ihr standen. Sie konnte Malachit, in Öl zerstoßen, wählen oder gemahlenen Lapislazuli, Saflor, weißen oder roten Ton. Sie konnte auch Gold wählen, wenn sie wollte, denn an einem winzigen Gestell neben der Palette hingen kleine Blattgoldfolien, die wie Insektenflügel in der von den nackten Lampen erhitzten Luft bebten.
»Man ist bereit –«
Aber Schöne Blume beachtete ihre Dienerinnen nicht – war sich ihrer tatsächlich gar nicht bewußt. Durch irgendeine geistige Kraftanspannung, einen inneren Schmerz, hatte sie sich aus der Unentschlossenheit zu einer klaren Erkenntnis durchgerungen: Karmesinrot sollte es sein, mußte es sein – etwas anderes war unmöglich. Ihre Unterlippe, die sie zwischen die Zähne gepreßt hatte, entspannte sich, und sie nickte ihrer magischen Schwester zu. Karmesinrot, mit Blau unterstrichen – nicht dem dunklen Blau der Mitternacht, das kaum von Schwarz zu unterscheiden war, auch nicht dem dichten, glatten Blau des Mittags hoch oben gegen die Sonne, sondern Azurblau mit Weiß vermischt, das unter der Oberfläche zu glänzen schien. Mit größter Sorgfalt trug sie die Farbe auf.
»Man wartet –»
Schöne Blume legte den Brustwarzenstift zu den anderen auf den Tisch.

»Ich bin ebenfalls bereit.«
Sie ließ die Arme sinken, und die goldenen Reifen klirrten, als sie auf ihre Handgelenke fielen. Sie erhob sich mit einer wiegenden Bewegung der Hüften, und das Licht spielte auf ihrer glatten, braunen Haut. Die Dienerinnen bedeckten sie, hüllten sie in Lagen von feinem Batist; und sie wickelte sich in sie hinein, drehte sich immer langsamer, bis der siebente Schleier sie von Kopf bis Fuß bedeckte. Dann stand sie regungslos da, lauschte auf das Dröhnen der Stimmen und die Klänge der Musik, die aus dem Bankettsaal herüberdrangen. Sie richtete sich empor – wohl ohne sich bewußt zu sein, daß sie mit kummervoller und entschlossener Stimme laut ihre Gedanken aussprach.
»Ich werde es gut machen!«
Im Bankettsaal hatte die Unterhaltung jenen Punkt bei einer Mahlzeit erreicht, wo sie zu einem gleichbleibenden Geräusch wird. Die Leute warfen nur hin und wieder einen flüchtigen Blick auf den Gott. Da es ihm offensichtlich genügte, zu essen und zu trinken und mit dem Vorsteher oder dem Lügner zu plaudern, war es nur höflich, ihn unbeachtet zu lassen – ihm die höchste Ehre zu erweisen, die ein Höfling ihm erweisen konnte, indem man sich scheinbar gleichgültig zeigte. Aus diesem Grund gab es an den langen Tischen zu beiden Seiten des Saals eine Anzahl von Gruppen, die, obwohl durch das Ereignis verbunden, sich doch benahmen, als seien sie rein zufällig zusammengekommen. Denn wenn drei Gäste – zum Beispiel zwei Frauen und ein Mann – in ein Gespräch vertieft schienen, so wurde einer von ihnen dennoch bereits nach kurzer Zeit in die nächste Gruppe ge-

zogen, die sich ihrerseits wiederum entsprechend teilte. Den ganzen Saal entlang sah es hinter den Tischen aus, als ob die lilienartigen Kopfbedeckungen im Wasser stünden und von einem leichten Wind bewegt würden. Bisher war noch keiner der Höflinge betrunken. Obgleich sie den Gott nur verstohlen beobachteten – wie zufällig und ohne Berechnung –, hatten sie es fertiggebracht, Schale um Schale mit ihm zu trinken, nicht weniger und nicht mehr. Da er, abgesehen vom Vorsteher, älter war als alle anderen, und da er offensichtlich besser im Trinken als im Laufen war, würden sie bald betrunken sein; sie würden bald betrunken sein, aber nicht, ehe der Gott es war.

Er war nicht so angeregt wie seine Höflinge. Ausgeruht und zufrieden lag er auf einem breiten Ruhebett, das Platz für zwei bot. Es war über und über mit Lederkissen angehäuft, so daß sein linker Ellenbogen zwischen ihnen versank. Gerade jetzt hielt er in seiner rechten Hand die Reste einer gebratenen Ente, die er langsam und genießerisch verzehrte. Der Lügner und der Vorsteher saßen unterhalb des Ruhebetts neben dem niedrigen Tisch, auf dem die übrigen Speisen standen. Der Vorsteher war schweigsam, lächelte und beobachtete Großes Haus mit einem Ausdruck wohlwollender Aufmerksamkeit. Der Lügner war nervös und zappelig wie immer.

Großes Haus aß die Ente auf und hielt die Knochen hinter sich, wo sie in dunklen Händen verschwanden. Andere Hände hielten ihm eine Schüssel hin, in die er zwei Finger und den Daumen der rechten Hand tauchte und lässig herumwirbelte. Wie auf ein verabredetes Zeichen begannen die drei Musiker, die in einer Ecke am anderen Ende des Saales hockten, lauter zu spielen. Sie waren blind. Jetzt sang einer von ihnen näselnd das alte, alte Lied:

»Wie süß sind deine Umarmungen,
Süß wie Honig und heiß wie eine Sommernacht.
O meine Liebste, meine Schwester!«

Der Gott blickte finster auf den Sänger. Er krümmte den kleinen Finger und nahm aus der Luft eine neue Schale Bier. Der Vorsteher hob, immer noch lächelnd, die Brauen.
»Ist das klug, Großes Haus?«
»Ich will etwas trinken.«
Überall an den Tischen wurden die Schalen nachgefüllt. Alle waren durstig.
Der Vorsteher schüttelte den Kopf.
»Es ist ein sehr langer Tanz, Großes Haus.«
Der Gott rülpste. Das Dröhnen der Stimmen ließ einen Augenblick nach, dann erscholl es wieder, diesmal von Rülpsen begleitet. Zur Linken in einer Ecke übergab sich eine Frau üppig und lärmend, und alle lachten über sie.
Der Gott klopfte dem Lügner auf die Schulter.
»Erzähl mir ein paar Lügen.«
»Ich habe dir alle erzählt, die ich kenne, Großes Haus.«
»Du willst sagen, alle, die dir einfallen«, berichtigte der Vorsteher. »Wenn du sie kennen würdest, wären es keine Lügen.«
Der Lügner sah ihn an, öffnete den Mund, als wollte er ihm widersprechen, dann ließ er sich müde vornüber sinken.

»Wie du meinst.«

»Mehr Lügen«, sagte Großes Haus. »Mehr Lügen, mehr Lügen!«

»Ich habe kein besonderes Talent dafür, Großes Haus.«

»Erzähl mir von den weißen Menschen.«

»Du weißt über sie Bescheid.«

»Los«, sagte der Gott, den Lügner spielerisch am Ohr ziehend. »Erzähl mir, wie ihre Haut beschaffen ist.«

»Sie sehen wie eine geschälte Zwiebel aus«, sagte der Lügner pflichtschuldig. »Nur nicht so glänzend. So sind sie von oben bis unten —«

»— jeder *Zoll* ihres Körpers —«

»Sie waschen sich nicht —«

»Denn wenn sie es täten, würde die Farbe abgehen!« Großes Haus brüllte vor Lachen, und alle anderen lachten ebenfalls. Die Frau, die sich übergeben hatte, fiel hysterisch kreischend vom Stuhl.

»Und sie riechen«, sagte der Lügner, »ich habe dir erzählt, wie sie riechen. Der Fluß läuft ringförmig um ihr Land, geht auf und ab und ist salzig, so daß man verrückt wird und umfällt, wenn man von seinem Wasser trinkt.«

Großes Haus lachte wieder, dann schwieg er.

»Ich frage mich, weshalb ich gefallen bin«, sagte er schließlich. »Es war sehr seltsam. Einen Schritt bin ich gelaufen, dann war der nächste Schritt plötzlich nicht mehr da.«

Der Lügner fuhr in die Höhe.

»Man hat dich zu Fall gebracht, Großes Haus — ich habe es gesehen. Und du hast all das Bier getrunken, ehe du gelaufen bist. Nächstes Mal —«

»Du warst nicht betrunken, Großes Haus«, sagte der

Vorsteher, immer noch lächelnd. »Du warst erschöpft.«

Der Gott zog den Lügner wieder am Ohr.

»Erzähl mir« – er lachte plötzlich – »erzähl mir, wie es ist, wenn das Wasser hart wird.«

»Du hast es bereits gehört.«

Der Gott schlug mit der rechten Hand auf das Ruhebett.

»Nun, ich will es wieder hören«, sagte er. »Wieder und wieder!«

Das Dröhnen ließ nach und erstarb. Der Vorhang am Ende des Saals wurde auf beiden Seiten zurückgezogen. Dazwischen stand eine Art Monolith aus weißem Leinen, von zwei kleinen Füßen getragen. Er kam schrittweise näher, bis er in der Mitte des freien Raums zwischen den Tischen stand. Der Trommler begann, sehr leise die Trommel zu schlagen.

»– wirklich so hart wie Stein«, sagte der Lügner. »Im Winter sind die Felsen neben den Wasserfällen damit behangen wie ein Kieselstein mit Seegras. Aber es ist alles Wasser.«

»Fahr fort«, gebot Großes Haus leidenschaftlich. »Erzähl mir, wie weiß, durchsichtig und kalt es ist und wie still – das ist sehr wichtig, die Stille!«

Von irgendwoher war ein Negermädchen aufgetaucht. Es hielt ein Ende des äußeren Schals zwischen den Händen und raffte ihn zusammen, während die kleinen Füße unter der Hülle sich im Kreise drehten. Der Lügner sprach weiter zum Gott; aber seine Augen wanderten verstohlen zur Seite.

»Die Sümpfe sind schwarz und weiß und hart. Das Schilfrohr könnte aus Knochen sein. Und es ist kalt –«

»Ah! Sprich weiter –«

»Nicht lediglich die Kühle des Abends oder die einer Brise vom Fluß. Nicht lediglich die Kühle eines porösen Wasserkrugs; sondern eine Kälte, die einen Menschen packt, ihn zuerst tanzen läßt, dann langsamer werden läßt und schließlich zum Stillstand bringt.«

»Hast du das gehört, Vorsteher?«

»Wenn er sich in dem weißen Staub niederlegt, der aus Wasser besteht, so bleibt er, wo er ist. Nach kurzer Zeit wird er zu Stein. Er ist sein eigenes Monument –«

Großes Haus rief erregt:

»Sein Jetzt steht still! Es bewegt sich nicht mehr!«

Er warf den Arm über die Schulter des Lügners.

»Lieber Lügner, du bist mir unersetzlich!«

Der Lügner war schmutzigweiß um die Lippen.

»O nein, Großes Haus! Du bist nur gütig und höflich – ich bin für niemanden von Wichtigkeit!«

Der Vorsteher hüstelte. Sie wandten sich ihm zu, und seine Augen zeigten ihnen, wohin sie blicken sollten. Der Schal glitt gerade vom Monolithen herab. Ein schimmernder Sturzbach hatte sich gelöst. Der Kopf war abgewandt, begann aber, nach dieser Seite und jener zu nicken. Der Sturzbach glitzerte, schwang im Takt der Trommel hin und her. Die Füße zuckten und drehten sich.

»Oh«, rief der Gott. »Es ist Schöne Blume!«

Der Vorsteher nickte und lächelte.

»Deine bezaubernde Tochter.«

Großes Haus hob die Hand zum Gruß. Über die Schulter lächelnd, wandte Schöne Blume ihm im Rhythmus der Musik den Rücken zu, und ein weiterer Schal

fiel herab, während die schimmernde Flut von Haaren sehr weiblich von einer Hüfte zur anderen schwang. Längs der Tische hatte das Dröhnen einen anderen Ton angenommen, der mit dem Winken und Lächeln des Gottes übereinstimmte. Es gab überall liebevolles Lächeln, ein leises Girren, einen erfreuten Willkommensgruß für Schöne Blume. Das Rohrblattinstrument und die Harfe schlossen sich der Trommel an.
»Sie hat sich entwickelt«, sagte Großes Haus. »Es ist kaum zu glauben, wie sehr sie sich entwickelt hat!«
Der Lügner wandte widerwillig seine Aufmerksamkeit von Schöne Blume ab und leckte sich die Lippen. Er beugte sich zum Gott hinüber und war nahe daran, ihm einen kameradschaftlichen Rippenstoß zu versetzen.
»Das ist besser als hartes Wasser, nicht wahr, Großes Haus?«
Aber die Augen des Gottes blickten weit über seine Tochter hinaus.
»Erzähl mir mehr!«
Der Lügner runzelte die Stirn und dachte nach. Er faßte einen Entschluß. Sein hageres Gesicht verzog sich zu einem wollüstigen Grinsen.
»Sitten?«
»Sitten? Was für Sitten?«
Die Stimme des Lügners senkte sich zu einem Flüstern.
»Frauen.«
Er beugte sich noch näher und fing an, hinter vorgehaltener Hand zu flüstern. Die Augen des Gottes wurden aufmerksam. Er lächelte. Die beiden rückten immer dichter zusammen. Der Gott langte hinter sich und führte, ohne hinzusehen, eine weitere Schale

Bier an seine Lippen. Er trank begierig. Der Lügner begann, sich vor Kichern zu schütteln, und seine Worte kamen hinter der Hand hervor.

»— manchmal haben sie sie nicht einmal vorher gesehen — *fremde* Frauen!«

Großes Haus schnaubte verächtlich und bespritzte den Lügner mit Bier.

»Du erzählst wahrhaftig die schmutzigsten —«

Der Vorsteher hüstelte wieder ernst und vielsagend. Der Rhythmus der Musik hatte sich verändert. Das Rohrinstrument wirkte nasaler, sehnsuchtsvoller, als hätte es etwas entdeckt, was es begehrte, und wüßte nicht, was es tun sollte, um es zu erlangen. Auch Schöne Blume hatte sich verändert. Ihr Oberkörper war nackt, und sie bewegte sich schneller. Zuvor waren ihre Füße das einzige gewesen, was sich bewegte. Jetzt waren sie und ihr Kopf das einzige, was ruhig blieb. Ihr Lächeln war verschwunden, und sie musterte ihre Brüste, eine nach der anderen. Zum Beispiel: Sie stand da, den rechten Arm über dem Gesicht, den Vorderarm nach unten, die Handfläche nach außen gekehrt und auf ihre linke Brust deutend, während ihre Linke sich krümmte, um von unten auf sie hinzuweisen. So wurde ihre Brust von zwei Handflächen eingerahmt, sozusagen dargeboten, während eine leichte Drehung der linken Schulter sie pulsieren und sanft erzittern ließ, so daß ihre Wärme und ihr Gewicht, ihr Duft und ihre Struktur deutlich zutage traten. Dann verwandelte sie sich geschmeidig in ein Spiegelbild und konzentrierte sich diesmal auf ihre rechte Brust. Jetzt, da zwei karmesinrote Brustwarzen zitternd ihr Parfüm in die schwere Luft entsandten, verstand das Rohrinstrument allmählich,

was es wollte. Der nasale Ton wurde zu einem mehr als menschlichen Schrei. Dieser Schrei wurde längs der Tische aufgenommen, es gab Küsse und leises Tuscheln unter den Trinkenden. Der Kopf des Lügners wandte sich langsam, wie unter einem Zwang, vom Gott ab. Sein Mund war wie von Durst verzerrt.
»Sie ist schön«, ächzte er. »Wunderschön!«
»Ja, das ist sie in der Tat«, sagte der Gott. »Erzähl mir mehr, Lügner.«
Der Lügner stöhnte verzweifelt.
»Du mußt ihr zusehen, Großes Haus – verstehst du denn nicht?«
»Es bleibt noch viel Zeit dafür.«
Schöne Blume befaßte sich jetzt mit ihren beiden Brüsten. Ihr Haar flog wild umher. Der Lügner wurde zwischen ihr und dem Gott hin und her gerissen. Er schlug sich mit beiden Händen an den Kopf.
»Nun gut«, sagte Großes Haus verdrießlich. »Wenn du mir nichts mehr erzählen willst, werde ich mit dem Vorsteher Schach spielen.«
Das Brett tauchte sofort aus dem Nichts auf, ebenso wie das Bier. Als Großes Haus sich vorbeugte und die Würfel im Becher schüttelte, wechselte die Stimmung an den Tischen. Es gab weniger Zärtlichkeiten, mehr gedämpfte Unterhaltung über Essen und Trinken, gesellschaftliche Angelegenheiten und Spiele. Schöne Blume und die Musiker wurden kaum noch beachtet.
»Dein Zug«, sagte Großes Haus. »Viel Glück.«
»Ich habe mir manchmal überlegt«, sagte der Vorsteher, »daß es interessant sein könnte, wenn wir die Züge nicht vom Zufall entscheiden ließen, sondern sie uns selbst ausdächten.«

»Was für ein seltsames Spiel«, erwiderte Großes Haus. »Es hätte überhaupt keine Regeln.«
Er blickte auf, sah Schöne Blume und lächelte ihr liebenswürdig zu, ehe er wieder die Augen senkte. Sie zeigte jetzt auf ihre schmale Taille und ihre leicht geschwungenen Hüften, die sich in einem langsamen Kreis unter dem letzten Schal bewegten. Wenn man irgendeinen Ausdruck unter ihrem kunstvollen Make-up entdecken konnte, so war es ein Ausdruck der Besorgnis, der sich allmählich in reine Verzweiflung wandelte. Sie zog jede neue Figur des Tanzes in die Länge, als wollte sie die Aufforderung durch pure Kraft zur Geltung bringen. Ihre Haut glänzte nicht nur von Salben.
Das war mühsam für die Musiker. Der Harfenspieler kratzte an den Saiten mit der Beharrlichkeit einer Frau, die Mehl zwischen zwei Steinen mahlt. Der Spieler des Rohrinstruments schielte vor Anstrengung. Nur der Trommler schlug die Trommel mühelos, wechselte hie und da die Hand, gebrauchte beide, dann wieder nur eine. An den Tischen drehte sich die Unterhaltung um Schach oder Jagen.
»Dein Zug, Vorsteher.«
Der Vorsteher schüttelte den Kopf und den Knobelbecher zur gleichen Zeit. Der Lügner zerrte wagemutig am Rock des Gottes, um seine Aufmerksamkeit auf das Schauspiel zu lenken. Schöne Blume hatte sich des letzten Schals entledigt. Sie war jetzt vollkommen nackt, abgesehen von ihren Juwelen. Ihr Mund, an den Seiten in einer stilisierten Grimasse des Verlangens herabgezogen, hatte sich um die schimmernden Zähne gestrafft. Sie begann mit ihrer letzten Figur. Diese fing am anderen Ende des Saales an und führte

sie – von der Musik geleitet und unterstützt – in einer Reihe von zuckenden Bewegungen durch den ganzen Raum. Alle paar Meter bot sie den Körper von Schöne Blume – die Arme ausgebreitet, die Knie gespreizt, den Leib nach vorne geschoben – den Blicken dar. Sie trug sie den Saal entlang von einem Jetzt zu einem Jetzt zu einem Jetzt. Ihre Schenkel stießen gegen den Gott, der gegen das Schachbrett stieß, so daß die Elfenbeinfiguren in alle Richtungen flogen. Der Gott fuhr zornig zurück und blickte auf.

»*Stört* es dich?«

Dann herrschte Stille an den Tischen, Stille unter den erschöpften Musikern, Stille auf dem Podium, wo die Elfenbeinfiguren auf dem Boden ruhten und die Brüste von Schöner Blume das einzige waren, was sich bewegte. Sie taumelte und brach, das Gesicht nach unten, auf dem Boden des Saals zusammen.

Großes Haus wandte sich um; der Ausdruck des Zorns verschwand aus seinem Gesicht. Er fuhr sich mit der Hand über die Stirn.

»Ach ja. Natürlich. Ich hatte es vergessen.«

Er schwang die Beine vom Ruhebett und blieb auf dem Rand sitzen.

»Weißt du, ich –«

»Ja, Großes Haus?«

Großes Haus blickte auf seine Tochter hinunter.

»Sehr gut, mein Kind. Außerordentlich erregend.«

»Nun, dann –«

Der Lügner stand zwischen Schöner Blume und dem Ruhebett und trat verzweifelt von einem Fuß auf den anderen.

»Du mußt, Großes Haus! Du mußt!«

Großes Haus stützte sich mit beiden Händen auf das

Ruhebett. Die Muskeln seiner Arme strafften sich, er richtete sich auf, zog den Bauch ein, so daß unter der zitternden Fettschicht die schwache Andeutung eines muskulösen Rumpfes zu sehen war. So verharrte er eine Weile.

»Großes Haus – bitte! Liebes Großes Haus!«

Der Gott stieß den Atem aus. Seine Augen wurden trübe. Sein Körper sank zwischen die erschlafften Arme, und unter seinem Rippenbogen bildete sich langsam wieder ein glatter, runder Bauch. Er sprach ausdruckslos.

»Ich kann nicht.«

Das Geräusch des eingezogenen Atems war wie das Zischen eines riesigen vorbeifliegenden Pfeils. Es gab kein Gesicht im Saal, das nicht zu Boden starrte. Kein Auge, kein Finger rührte sich.

Plötzlich rappelte Schöne Blume sich auf. Sie verbarg das Gesicht in den Händen, lief zitternd und stolpernd zum anderen Ende des Saals, und die Vorhänge schlossen sich hinter ihr.

Ein junger Mann kam eilig aus dem Dunkel hinter dem Podium. Er beugte sich hinunter und flüsterte dem Gott etwas ins Ohr.

»O ja. Ich komme.«

Der Gott stand auf, und es raschelte im Saal, als alle übrigen ebenfalls aufstanden; aber alle Augen starrten noch zu Boden, alle Münder schwiegen. Großes Haus folgte dem jungen Mann durch das Dunkel und ins Freie hinaus. Die Nacht zog über den Zenit, sickerte herab und enthüllte mit zunehmender Dunkelheit Myriaden von Himmelsleuten. Unterhalb der heranschleichenden Nacht und näher am Horizont war der Himmel von einem helleren Blau, zart und kaum im-

stande, das drohende Gewicht zu tragen. Großes Haus blieb einen Augenblick stehen und warf einen besorgten Blick auf die Zerbrechlichkeit, dann eilte er zu einer der vier Ecken des Hofes. Im Gehen murmelte er, an den jungen Mann gewandt:
»Ich habe heute abend nicht sehr gut abgeschnitten, nicht wahr?«
In der Ecke stand vor der Mauer ein niedriger Altar. Großes Haus wusch sich mit heiligem Wasser, während er furchtsam auf den sich verdunkelnden Himmel blickte. Er ließ ein Quentchen Weihrauch auf die glühende Holzkohle fallen, dann flüsterte er ein paar Worte, woraufhin eine dicke, weiße Rauchwolke in die Dunkelheit stieg. Er ging eilig zu den anderen drei Ecken und ließ auch dort den Rauch aufsteigen. Eine Weile stand er da und sah prüfend auf die Rauchsäulen. Dann wandte er sich ab, um in den Bankettsaal zurückzukehren. Dabei sprach er wieder leise, entweder zu sich selbst oder zu dem jungen Mann.
»Zumindest kann ich immer noch den Himmel hochhalten.«
Im Saal standen die Gäste, die Blicke gesenkt und schweigsam, hinter den Tischen. Der Lügner kniete neben dem Ruhebett. Seine Hände umklammerten eines der Beine, als ob es ihn vor dem Ertrinken retten könnte. Großes Haus ließ sich schwerfällig auf das Ruhebett sinken und legte sich auf die Seite.
Er sprach.
»Ich möchte etwas trinken.«
Aber noch ehe irgend jemand seinem Wunsch Folge leisten konnte, hatte der Vorsteher ihn beim Handgelenk gepackt und sprach mit seinem ruhigen Lächeln zu ihm.

»Verstehst du nicht, Großes Haus?«

Großes Haus wandte sich ihm zu. Sein massives Gesicht bebte.

»Verstehen?«

»Heute morgen bist du gestürzt. Heute abend –«

Großes Haus hielt den Atem an. Dann begann er zu lachen.

»Du willst sagen, es ist ein Anfang?«

»Genau.«

Das Schweigen hinter den Tischen wurde durchbrochen. Plötzlich ertönte überall ein Raunen.

»Ein Anfang! Ein Anfang!«

Der Lügner ließ das Bein des Ruhebettes los, griff nach dem geschwungenen Kopfende und blieb mit zurückgeworfenem Kopf und geschlossenen Augen dort auf den Knien liegen. Er rief:

»Nein! Nein!«

Aber Großes Haus lachte immer noch. Er schwang die Beine vom Ruhebett, saß lachend da und sprach direkt zu den versammelten Gästen.

»Starkes Bier und kein Katzenjammer!«

Der Vorsteher lächelte und nickte.

»Schöne, unveränderliche Frauen –«

Der Lügner sah den Gott an und stammelte:

»Natürlich, Großes Haus! Was braucht ein Mann sonst noch? Bier und Frauen, Frauen und Bier, ein, zwei Waffen – was braucht ein Mann sonst noch?«

»Seinen Töpfer«, sagte der Vorsteher. »Seine Musiker. Seinen Bäcker; seinen Brauer, seinen Juwelier –«

Großes Haus zupfte den Lügner am Ohr.

»Und seinen Lügner.«

Das Stammeln des Lügners wurde lauter, so daß jedes andere Geräusch im Saal erstarb. Der Vorsteher klopfte ihm auf die Schulter.

»Beruhige dich, lieber Lügner!«
Der Gott sah zu ihm hinunter. Sein Lächeln wurde breiter. Er war in bester Stimmung.
»Was hat das alles zu bedeuten? Ich könnte einfach nicht ohne dich auskommen!«
Der Lügner schrie ein einziges Mal. Er sprang auf die Füße und blickte wild um sich. Dann war er fort, rannte quer durch den Saal. Er stürmte über die Musiker hinweg und riß einen der Vorhänge mit. Es gab ein Handgemenge und eine Reihe von dumpfen Schlägen, Waffengeklirr, Befehle. Der Lügner schrie abermals:
»Ich will nicht!«
Die Geräusche des Handgemenges und die Schläge entfernten sich den Korridor entlang; und wieder hörten die Gäste, aber diesmal schwächer, wie der Lügner entsetzt und zornig rief:
»Ihr Dummköpfe! Könnt ihr denn keine Nachbildungen verwenden?«
Niemand rührte sich. Jedes Gesicht im Saal war vor Scham gerötet. Das schwarze Loch dort, wo der Vorhang heruntergerissen worden war, wirkte wie eine anstößige Wunde im Gewebe des Lebens selbst.
Schließlich brach der Vorsteher das Schweigen.
»Keine Müdigkeit mehr.«
Großes Haus nickte.
»Und ich werde den Fluß steigen lassen. Das schwöre ich.«
Jetzt begannen die Menschen an den Tischen zu lachen und zu weinen.
»Vergib deinem Lügner, Großes Haus«, murmelte der Vorsteher. »Er ist krank. Aber du sollst ihn bekommen.«

Die Gäste erhoben sich von den Tischen und kamen auf den Gott zu. Sie weinten, lachten und streckten die Hände aus. Großes Haus wischte sich eine Träne aus dem Auge.
»Liebe Familie! Meine Kinder!«
Der Vorsteher rief:
»Bringt Großem Haus den Schlüssel!«
Die Gäste scharten sich in zwei Gruppen, die einen Gang durch den Saal frei ließen. Kurz darauf kam aus dem Dunkel jenseits der Öffnung, wo der Vorhang gewesen war, langsam eine verschleierte alte Frau mit einer Schüssel. Sie reichte sie dem Gott, dann wandte sie sich ab und verschwand. Großes Haus nahm das Getränk entgegen und lachte erregt. Er hielt die Schüssel mit beiden Händen in die Höhe und rief:
»Um das Jetzt zum Stillstand zu bringen!«
Er legte den Kopf zurück, führte die Schüssel an die Lippen und leerte sie bis auf den letzten Tropfen; mit winzigen, schlurfenden Schritten und gedämpftem Händeklatschen begannen die Gäste zu tanzen. Und während sie tanzten, fingen sie an zu singen, nickten einander zu und sahen sich mit glänzenden Augen an.

»Der Fluß ist bis zum Rande voll.
Die blaue Blume blüht;
Das Jetzt steht still.«

Großes Haus ließ sich in die Kissen sinken und schloß die Augen. Der Vorsteher beugte sich über ihn, bewegte seine Glieder, legte seine Knie nebeneinander und glättete den zerknitterten Faltenrock. Die Musiker nahmen den Rhythmus der Tanzenden auf und begannen zu spielen. Der Tanz wurde schneller, und der Gott lächelte im Schlaf. Der Vorsteher nahm seine Arme und kreuzte sie, so daß ihnen nichts fehlte außer dem Stab und Flegel. Er befühlte den Puls des linken Handgelenks und lauschte, das Ohr auf die Brust gelegt, nach Atemzügen. Dann stand er auf, ging zum Kopfende des Ruhebetts und zog das Kissen unter dem Kopf des Schläfers fort.

»Der Fluß ist gestiegen und wird nicht fallen«,

sangen sie.

»Das Jetzt währt ewig.«

Sie bewegten sich in verworrenen Figuren, die sich nach und nach in konzentrische Kreise auflösten. Die Lampen flackerten in den Wellen von heißer Luft. Diener und Soldaten drängten sich in den Türöffnungen. Faltenröcke und durchsichtige Kleider klebten an herumwirbelnden Gliedern.
Der Vorsteher stand hinter dem Ruhebett, das Gesicht den Tanzenden zugewandt. Er hob die Hände. Der Tanz wurde ruhiger, die Instrumente schwiegen eines nach dem anderen. Auf ein Zeichen von ihm drängten sich Soldaten und reine Männer durch die Menge. Sie stellten sich um das Ruhebett, dann hoben sie es mühelos auf. Sie trugen es durch den Saal und weiter, in die tieferen, geheimnisvolleren Regionen des Großen Hauses. Die Gäste gingen schweigend, ohne sich umzusehen, hinaus. Der Bankettsaal lag verlassen da. Nur der Vorsteher blieb, wo er war, blickte auf die Lampen und lächelte schwach. Kurz darauf ging auch er zu Bett.

Doch ein Teil des Großen Hauses blieb wach. Es war eine der oberen Terrassen, die nach dem fernen Fluß zu lag; dort kauerte eine Gruppe von Frauen, die schweigend auf das Mädchen starrten, das, nur mit einem hastig aufgelesenen Schal bedeckt, inmitten einer Flut von Haaren ausgestreckt auf dem Boden lag. Jedes ihrer Glieder war gespannt. Der Unterarm, auf dem das verschmierte Gesicht ruhte, endete in einer verzweifelt geballten Faust, die sich hin und wieder bei einem Schluchzen ruckartig bewegte. Manchmal kam die andere Hand unter ihrem Körper hervor und hämmerte auf den Boden, während aus ihrem rechteckig geöffneten Mund ein langgezogenes Wimmern hervorbrach, das wie das Weinen eines Kindes klang. Und wenn das Wehklagen verstummte, schniffelte sie, schluckte und stöhnte Worte in die stille Luft.

»Oh, diese Schmach, diese brennende Schmach!«

Als der Fluß auf Geheiß des Schläfers stieg, waren die einzigen Lebewesen, die das erwartete Ereignis überraschte, diejenigen, die am unmittelbarsten davon betroffen wurden. Die Kraniche und Flamingos wankten, schlugen mit den Flügeln und kreischten, wenn das leicht ansteigende Wasser sich hin und wieder kräuselte. Aber nach dem ersten Schreck begrüßten sie die kleinen Wellen mit Vogeltönen der Befriedigung. Die unerwartete Erleichterung des Lebens machte sie munter und geschäftig. Sie pickten und schluckten, als fiele es ihnen schwer, Schritt zu halten mit der Ergiebigkeit des ausgetrockneten Schlamms, der einst alle Arten von angenehm eßbarem Leben hervorgebracht hatte. Und als das Wasser über den Stoppeln kaum ein paar Zoll hoch war, kamen die Enten in kleinen Scharen und ließen sich, zufrieden quakend, von den vorwärtsdrängenden Fluten treiben. Die Falken und Fischadler, die sich normalerweise nicht für die Felder interessierten, hingen jetzt in einer Reihe über der Grenze des vorrückenden Wassers. Die Feld- und Spitzmäuse, die Schlangen und Blindschleichen, die keine angeborene Vorkenntnis von der Überschwemmung hatten und sich jetzt in panischem Schrecken auf höheres Gelände flüchteten, lernten eine bittere und unnütze Lektion. Aber die Menschen, die wußten, weshalb der Fluß stieg, und wußten, was für einen Segen er ihnen bringen würde, waren freudig erregt und voller Liebe für den Schläfer, so daß sie, als die Luft kühl genug war, zu singen und zu tanzen begannen. Während der heißen Tageszeit saßen sie im Schatten und beobachteten das Steigen des Wassers. Aber sobald die Dämmerung sie von der Tyrannei der Sonne befreite, wanderten sie umher, planschten durch das knöcheltiefe Wasser über Erde, die rauh und hart wie ein Ziegelstein war, und beugten sich hinunter, um ihren Körper zu benetzen. Diejenigen, die weiter hinein bis zur Grenze ihrer Felder gingen, um ein Bild zu sehen, an das sie sich erinnerten, fühlten den ersten glitschigen Schlamm und rieben mit frohem Lächeln ihre Füße in ihm.

Als das Wasser die Kerbe des Ausgezeichneten Essens erreicht hatte – nachdem die Dörfer so lange isoliert gewesen waren, daß einige der kleineren Kinder glaubten, es sei ein Jetzt, das nie vorüberging –, kam der Tag des Erwachens. Er zog herauf wie jeder andere Tag, zuerst grün, dann rot, dann golden, dann blau. Aber die Leute hörten die Schalmeien und sahen einander lachend an, weil die Schalmeien und die Kerbe des Ausgezeichneten Essens gleichzeitig gekommen waren.

»Heute erwacht der Schläfer zu seinem Jetzt und wird das Wasser zurückgehen lassen.«

Deshalb hielten sie Wache auf den Dächern ihrer Häuser und erklärten ihren Kindern, was geschehen würde. Den ganzen Morgen ertönten Schalmeien und Trommeln. Und zur Mittagszeit, als die Sonne auf die Fluten niederbrannte, die ihren Dunst zu ihr emporsandten, sahen sie, wie der feierliche Zug sich auf dem Streifen trockenen Landes zwischen der Felswand und dem überfluteten Gelände in Bewegung setzte. Sie sahen, daß der Schläfer selbst an der Spitze des Zuges auf einer Bahre lag, die von acht hochgewachsenen Männern getragen wurde. Er war von Kopf bis Fuß in Tücher eingewickelt, und seine Hände, über der Brust gekreuzt, hielten den Stab und Flegel. Er war in viele Farben gehüllt, vor allem aber in Gold und Blau; und selbst auf die Entfernung konnte man sehen, wie sein Bart sich gegen die zitternden Felsen abhob. Hinter ihm kamen im Tanzschritt die langhaarigen Frauen; einige von ihnen stießen laute Rufe aus und versuchten, jede ein Sistrum in der Hand, ihn zu wecken, andere klagten und ritzten ihre Haut mit Messern. Ihnen folgten reine Männer und andere Angehörige des königlichen Haushalts; und dann kam eine Gruppe von Männern und Frauen, die Hand in Hand seitwärts gingen. Es war eine langsame Reise, die der Schläfer machte. Es war ein langer und langsamer Zug, der sich unregelmäßig hinter ihm ausbreitete oder, einem Fries ähnlich, auf den erhöhten Fußwegen neben dem Wasser einherschritt. Viele der Dorfbewohner, von Liebe und Neugier angezogen, stiegen von ihren Dächern und wateten dem Zug entgegen. Sie standen mit weit aufgerissenen Augen im Wasser und sahen zu, wie er vorüberzog. Sie riefen dem Schläfer aufmunternde Worte zu, aber er erwachte nicht, denn die reinen Männer hatten ihre Arbeit an ihm noch nicht beendet. Und da sie watend nicht einmal mit einem so langsam dahinziehenden Gott Schritt halten konnten, blieben sie stehen und begrüßten die Gruppen eine nach der anderen.

Es gab jedoch eine Gruppe, die sie nicht begrüßten, sondern nur mit schweigendem Staunen beobachteten: Am Ende des Zuges und durch eine Lücke von ihm getrennt, kam eine Abteilung von Soldaten, den sich sträubenden Lügner in ihrer Mitte. Er trug, ebenso wie all diejenigen, die seitwärts und Hand in Hand gingen, die Kette des Gottes um den Hals. Wenn der Lügner – wie es hin und wieder geschah – eine Hand freibekam, zerrte er verzweifelt an dieser Kette. Manchmal stieß er ein paar Worte hervor, manchmal schrie er und manchmal klagte er; dabei kämpfte er die ganze Zeit mit den Soldaten, die ängstlich bemüht waren, ihn nicht zu verletzen. Fast den ganzen Zug entlang war sein Geschrei zu hören.

»Ich sage euch, ich will nicht! Ich will nicht leben! Ich will nicht!«

Der letzte von denjenigen, die sich bei den Händen hielten, drehte sich nach ihm um, dann wandte er sich wieder der Frau zu, die neben ihm ging.

»Ich habe nie verstanden, was Großes Haus an ihm findet.«

Die Watenden stiegen auf den Fußweg hinauf und eilten hinter dem Zug und dem Lügner her. Als der trockene Landstreifen sich verbreiterte und der Zug anhielt, um sich in einzelne Gruppen zu teilen, wurden die Wartenden zu einer dichten Menschenmenge. Der Zug stand jetzt vor jenem langgestreckten, niedrigen Gebäude, um das Großes Haus und der Lügner herumgelaufen waren. In seiner Mitte lag ein Gang, der zwischen schräg abfallenden Schotterhaufen ins tiefe Dunkel, weitab von der Sonne, führte. Der Eingang zum Gebäude war nur halb so breit wie dieser Gang; daneben befand sich eine Mauer mit einer

Spalte in Augenhöhe. Diejenigen, die in der Nähe des Ganges standen, konnten die Spalte sehen; und selbst die anderen, die zu weit entfernt waren oder denen die Menge die Sicht versperrte, wußten, daß dort eine Spalte war und was durch sie herausblicken würde. Die Träger brachten den Schläfer den Gang hinunter, hoben ihn von der Bahre und stellten ihn, das Gesicht dem Eingang zugewandt, auf die Füße. Die Leute, die sich vorwärtsdrängten, sahen, daß er noch schlief, denn seine Augen waren geschlossen. Aber gleich darauf kamen die reinen Männer mit ihren Instrumenten und Zaubersprüchen. Nach wenigen Minuten waren seine Augen geöffnet, und ein reiner Mann warf den Lehm fort, der sie geschlossen gehalten hatte. So erwachte der Schläfer, und Großes Haus stand da und starrte, lebendig, gesund und stark, aus seinem bewegungslosen Jetzt durch seine Familie hindurch. Dann übte der Vorsteher – der unter anderem ein reiner Mann war – sein Amt aus: Er hüllte ihn in ein Leopardenfell, das er an der Taille gürtete; er nahm ein kleines Stockbeil mit einem Steinblatt zur Hand und zwängte das Blatt zwischen die steifen Lippen. Er bewegte es auf und ab, und diejenigen, die nahe genug standen, hörten ein Knistern wie von einem Feuer zwischen kleinen Zweigen. Als der Vorsteher zurücktrat, konnten die Leute sehen, daß Großes Haus in seinem bewegungslosen Jetzt etwas sprach, denn sein Mund war geöffnet. So begannen sie zu singen und zu tanzen. Aber viele unter ihnen weinten, als sie daran dachten, wie vergänglich ihr eigenes Jetzt war, und ebenso wenig greifbar wie ein Schatten. Die Soldaten und die reinen Männer trugen Großes Haus aus dem Gang und auf das Dach des Gebäudes, wo man die schweren Holzblöcke zur Seite geräumt hatte, so daß eine Öffnung entstanden war. Sie brachten ihn hinunter. Und die Soldaten, die auf dem Dach um das Loch herum standen, sahen, daß sie den Gott in einen steinernen Sarg legten, sahen, wie der Deckel geschlossen und befestigt wurde. Dann stiegen die reinen Männer wieder aufs Dach und ließen den Gott mit Nahrung und Getränken, Waffen und Spielen in seinen Gemächern zurück.

Sie standen da und sahen zu, wie die Soldaten die Holzblöcke wieder an ihren Platz legten und mit einem Hebel die riesigen Steine darüber häuften.

Das gleiche, was die reinen Männer mit Großem Haus getan hatten, taten sie mit seinem Zwilling, der aufrecht in der Dunkelheit hinter der Spalte stand. Nur als der Vorsteher mit dem Beil kam, stemmte er den Mund nicht auf, denn er war aus Stein, sondern berührte ihn nur leicht. Die Augen des Zwillings waren bereits geöffnet und starrten durch die Spalte nach draußen.

Dann drängten sich diejenigen, die seitlich Hand in Hand gegangen waren, nach vorne und erhielten jeder, was sie mitzunehmen hatten. Sie schritten zwischen den Reihen von reinen Männern hindurch, der Steinmetz mit seinem Bohrer, der Tischler mit seinem Holzhammer und Beitel, der Bäcker mit seiner Hefe, der Brauer mit seinem Malz, die Frauen elegant gekleidet und geschminkt, die Musiker mit ihren Instrumenten unter dem Arm. Sie lachten und schwatzten, als sie hereinkamen, und sie nahmen stolz und freudig ihre Trinkgefäße in Empfang. Nur der Lügner wehrte sich immer noch; seine Schreie hatten jetzt einen noch durchdringenderen Ton als zuvor. Der Vorsteher versuchte, ihn zu besänftigen, nannte ihn krank und behext, aber der Lügner wollte nichts hören.

»Wenn du es tust, werde ich ihm nie wieder eine Lüge erzählen — *nie wieder*!«

Der Tanz brach ab, und die Begünstigten im Gang sahen sich überrascht und entrüstet nach dem Lügner um. Der Vorsteher versetzte ihm eine schallende Ohrfeige, so daß er für den Augenblick vor Schreck schniffelnd und zuckend verstummte.

»Beruhige dich, Lügner. Beruhige dich. Gut. Sag uns, warum schlägst du das ewige Leben aus?«

Da sprach der Lügner die schrecklichen Worte, die verachtenswerten Worte, die Worte, die die Welt zerrütteten. Er schwieg einen Augenblick. Er hörte auf zu schniffeln. Er drehte sich ruckartig herum, so daß die Soldaten, die ihn festhielten, ins Wanken gerieten. Er kauerte zwischen ihnen, erwiderte wütend den Blick des Vorstehers und schrie, so laut er konnte.

»Weil mir dieses vollauf genügt!«

Die Worte erstickten jeden anderen Ton außer dem erregten Keuchen des Lügners. Der Tanz wurde abgebrochen, und ein Kreis von erschreckten, verachtungsvollen Gesichtern bildete sich um den Lügner. Offenbar hatte er das Gefühl, daß diese Verachtung ihn dem Gott entgegentrieb, denn er fing plötzlich an, sich wie ein Rasender zur Wehr zu setzen. Der Vorsteher hob die Hand. Der Lügner hörte auf zu kämpfen und starrte auf diese Hand, als ob in ihr sein Leben läge. Der Vorsteher sprach ruhig, fast wie ein Arzt, der eine Krankheit erklärt.

»Großes Haus ist noch nie einem Menschen begegnet, der eine Gnade von Ihm ausgeschlagen hat. Aber dieser Mann ist unrein und muß geläutert werden. Bringt ihn zur Grube.«

Der Lügner blieb nur so lange regungslos stehen, bis er fühlte, daß die Soldaten sich abwandten. Dann fiel er nieder und wäre im Sand zusammengebrochen, wenn seine Arme ihn nicht wie Seile an die Soldaten gefesselt hätten. Sein Kopf hing schlaff herab und sein Mund stand offen, als die Männer ihn fortzerrten. Die Menge sah ihnen schweigend nach.

Dann wandten sich die Leute wieder dem Gang zu, als hätte dieses ungewöhnliche Ereignis sie mehr denn je verbunden. Diejenigen, die mit ihren Geräten und Trinkschalen im Gang warteten, fingen an zu singen und weiterzugehen; und diejenigen, die am anderen Ende verschwanden, wo man sie nicht mehr sehen konnte, waren auch nicht mehr zu hören, so daß das Singen allmählich immer schwächer wurde. Als nur noch zwei übrig waren, hörte die Menge draußen schon kaum mehr etwas von dem Gesang. Dann war noch einer da, dann keiner, und am Ende des Ganges hallte nur noch die schwache Andeutung eines Tones nach. Die Leute horchten gespannt, beugten sich vor, den Kopf zur Seite geneigt – wußten nicht, ob es tatsächlich noch ein kaum vernehmbares Geräusch war oder nur die Erinnerung daran. Letztlich herrschte unzweifelhafte Stille; und Kummer breitete sich unter denjenigen aus, denen es überlassen blieb, ihr persönliches Jetzt zu meistern. Dieser Kummer kam allmählich wie das Nachlassen des Singens, aber er war ebenso unzweifelhaft wie die Stille. Er kam aus der Erde empor. Die Frauen begannen zu jammern, sich an die Brust zu schlagen und sich die Haare zu raufen; und die Männer stöhnten wie gefangene Tiere. Nur die reinen Männer waren unbeeindruckt von diesem Kummer. Sie schlossen den Eingang, brachten Speisen und

Getränke an der Mauerspalte dar und sprachen zu den starren Augen, die sie aus der Dunkelheit anblickten. Dann traten sie aus dem Gang heraus und gingen mit dem Vorsteher den Fußweg entlang zum Großen Haus. Die Menge zerstreute sich. Nur die Soldaten blieben zurück, um den Gang mit Steinen und Sand zu füllen.

Man ließ den Prinzen die Haltung des Gottes üben. Der Vorsteher hatte ihn von seinen Kinderfrauen fortgeholt und auf einen passenden Sessel gesetzt. Und da saß er nun, im düsteren Bankettsaal, Füße und Knie zusammen, die Brust gewölbt, das Kinn erhoben, die Augen offen und ins Leere starrend. Er trug die zeremonielle Kleidung in Kindergröße, komplett mit Schweif und allem; Stab und Flegel waren vor seiner Brust gekreuzt. Man hatte seine schöne Seitensträhne abgeschnitten, und er war kahl wie ein Kiesel unter der enganliegenden Perücke. Der hohe Kopfputz aus Leinen war an seiner Perücke befestigt, und ein Bart war mit Riemen an sein Kinn gebunden. Er saß da und versuchte, unmerklich zu atmen und nicht zu zwinkern, während die Dunkelheit flimmerte und Tränen der Anstrengung ihm in die Augen traten.
Der Vorsteher ging mit langen Schritten immer wieder um ihn herum. Das leise Rascheln seines Rocks war das einzige Geräusch. »Gut«, sagte der Vorsteher. »Sehr gut.«
Um ihn herum, fortwährend um ihn herum. Eine der Tränen lief von dem getrübten Auge des Prinzen die Wange hinab. Er gab auf und zwinkerte verzweifelt.

»Da haben wir's«, sagte der Vorsteher. »Du hast

deine Sache so gut gemacht, und jetzt hast du alles verdorben. Halt die Augen offen, und die Tränen werden für die Leute fließen. Zwinkere nicht!«
»Ich muß zwinkern! Jeder Mensch zwinkert.«
»Du wirst nicht ›jeder Mensch‹ sein«, sagte der Vorsteher gereizt. »Du wirst der Gott sein, Großes Haus, feierlich auf den Thron erhoben, die Macht in einer Hand, das Symbol der Fürsorge in der anderen.«
»Sie werden mich weinen sehen!«
»Sie sollen dich weinen sehen. Darin liegt eine tiefe religiöse Wahrheit. Glaubst du, ein Gott, der seine Augen offenhält, kann etwas anderes tun als weinen über das, was er sieht?«
»Jeder würde weinen«, sagte der Prinz verstockt, »wenn er seine Augen offenhielte, ohne zu zwinkern oder sie sich zu reiben.«
»›Jeder‹ würde zwinkern oder sie sich reiben«, entgegnete der Vorsteher. »Das ist der Unterschied.«
Der Prinz richtete sich auf und starrte wieder in die Dunkelheit. Das große Rechteck des Eingangs am anderen Ende des Saals wurde allmählich heller, und er wußte, daß die Sonne sich langsam durch den Gang heranschlich. Er gab auf, schloß die Augen und senkte den Kopf. Der Stab und Flegel klapperten in seinem Schoß. Der Vorsteher blieb stehen.
»Nicht noch einmal!«
»Ich kann es nicht. Den Himmel hochhalten – auf meiner Schwester auf und ab hüpfen – meine Augen offenhalten – den Fluß zum Steigen bringen –«
Der Vorsteher schlug mit der Faust in die Hand. Einen Augenblick lang schien es, als ob er in Zorn ausbrechen würde; aber er beherrschte sich, neigte den Kopf, schluckte und atmete tief.

»Hör zu, Kind. Du weißt nicht, in welcher Gefahr wir schweben. Du weißt nicht, wie wenig Zeit uns bleibt – deine Schwester hat sich zurückgezogen – will niemanden empfangen – der Fluß steigt –«
Er beugte sich hinunter und sah dem Prinzen ins Gesicht.
»Du *mußt* es tun! Es wird alles gut werden. Das verspreche ich dir. Versuch es noch einmal.«
Der Prinz nahm abermals die Haltung des Gottes ein. Der Vorsteher beobachtete ihn eine Weile.
»Schon besser! Paß auf. Ich muß deine Schwester sprechen – muß! Deshalb werde ich dich jetzt verlassen. Bleib so, wie du bist, bis die Sonne sich von einer Seite des Eingangs zur anderen erstreckt.«
Er richtete sich auf, hob eine Hand, ließ sie aufs Knie sinken, trat drei Schritte zurück, dann wandte er sich ab und eilte fort.
Als das Rascheln seines Rocks außer Hörweite war, stieß der Prinz die Luft aus und ließ sich, die Augen geschlossen, vornübersinken. Er hob den schmächtigen Unterarm und wischte sich übers Gesicht. Er verlagerte sein mageres Gesäß dort, wo der Schweif ihm weh tat. Er legte den Stab und Flegel auf den Boden neben dem Stuhl. Er warf einen Blick auf die Türöffnung; dann riß er sich mit einer heftigen Bewegung die Leinenkrone vom Kopf, so daß die enganliegende Perücke mitkam und der schmale Riemen des Bartes zerriß. Er warf das Ganze auf den Stab und Flegel und hockte verdrossen da, das Kinn auf die Fäuste gestützt, die Ellbogen auf den Knien. Ein Körnchen Sonnenlicht blitzte auf den Fliesen, und er kniff die Augen zusammen. Der Funke vergrößerte sich zu einem glänzenden Fleck.

Er richtete sich ruckartig im Sessel auf, dann begann er, ruhelos in dem riesigen Raum umherzuwandern. Hin und wieder blickte er auf die Wände, wo die Figuren mit ihren Vogel- und Hundeköpfen tränenlos ins Leere starrten. Schließlich blieb er mit dem Rükken zum Sonnenlicht in der Mitte des Raumes stehen. Langsam hob er den Kopf und sah hinauf zu dem düsteren Gebälk und der furchterregenden Dichte der Sparren. Er schreckte vor dem Anblick zurück, als ob die Balken auf seinen Kopf zu fallen drohten.

Er ging auf Zehenspitzen zum Eingang und blickte in den Gang. An einem Ende stand ein Wachtposten schläfrig gegen die Wand gelehnt. Der Prinz straffte die Schultern, so gut er konnte, und ging mit ruhigen Schritten auf den Wachtposten zu, der plötzlich munter wurde und seinen Speer hob. Der Prinz beachtete ihn nicht und bog um die Ecke, wo ein Mädchen unterwürfig an die Mauer zurücktrat, um ihn vorbeizulassen. Ohne auf die Menschen zu achten, denen er begegnete, ging er mit raschen Schritten durch das Große Haus, bis er zur Rückseite kam, wo er gedämpfte Geräusche aus den Küchenräumen hörte. Er ging vorbei an den schlafenden Köchen, den scheuernden und starrenden Küchenjungen, quer durch den Hof, wo Gänse unter offenem Himmel langsam an Spießen über dem Holzkohlenfeuer rösteten. Das Hintertor, das zu den Felsen und der Wüste führte, stand offen. Er holte tief Atem wie ein Junge, der im Begriff ist, ins Wasser zu tauchen, ballte die Fäuste und ging hinaus.

Außerhalb des Tors blieb er im Schatten der Mauer stehen und blickte auf den Steilhang, die mit Geröll und Sand bedeckten Halden, die zackigen Spitzen der

Felsen, die sich scharf gegen den Himmel abhoben. Alles war wild und öde. Es gab nichts, was so angenehm gewesen wäre wie Palmenschatten am Ufer. Aber es gab viele Plätze, wo man sich verstecken konnte. Er kletterte den Hang hinauf, hielt sich, soweit wie möglich, im Schatten der Felsen, obwohl es nicht viel davon gab. Dabei murmelte er vor sich hin:

»*Sie* kann ihn hochhalten!«

Er weinte.

Plötzlich hörte er ein leises Geräusch. Er sprang zur Seite, kauerte sich hinter einen Felsblock und spähte hinter ihm hervor. Zwischen den Felsen war ein Mann. Er kniete auf einer Kuppe, so daß seine Gestalt sich im Profil gegen den Steilhang abzeichnete. Sein Kopf war gesenkt, als ob die Sonne ihn niedergeworfen hätte.

Der Mann richtete sich auf. Er fing an, die Arme in regelmäßigem Rhythmus zu bewegen, und plötzlich erkannte der Prinz, daß der Mann einen Strick oder ein Seil aus der Erde zog. Und fast im gleichen Augenblick sah er einige Schüsseln und Tassen unter der Hand des Mannes auftauchen — vermutlich von einem Netz gehalten, das zu dünn war, um sichtbar zu sein. Der Mann stand auf, lachte höhnisch und spuckte vor seine Füße. Er nahm einen Stein und bedrohte damit den Boden. Ein- oder zweimal tat er so, als ob er ihn hinunterwerfen würde, dann warf er ihn mit voller Kraft, und aus dem Felsen drang ein Schrei herauf. Der Mann drehte sich um und kam, das Netz mit den Schüsseln und Platten schwingend, gemächlich näher. Der Prinz duckte sich zitternd hinter seinen Felsblock und lauschte auf die

Schritte des Mannes, die sich in Richtung des Großen Hauses entfernten. Selbst nachdem das Hintertor längst zugeschlagen worden war, zitterte er immer noch.

Er stand auf, beschattete die Augen mit beiden Händen und ging weiter. Die Sonne schien auf seinen kahlen Kopf und strahlte vom Felsen zurück. Er beschränkte sich auf sein gesundes Auge und kletterte auf die Kuppe.

Das erste, was er bemerkte, war der Geruch; danach die Fliegen. Auf der Kuppe schwärmte es von ihnen. Ihr Gesumm nahm mit jedem Schritt zu, und bald hatten sie ihn entdeckt.

Er befand sich am Rand einer Grube. Die Sonne erhellte sie bis auf den Grund, außer an einer Seite, wo neben der Wand ein kleiner Schatten lag. Offensichtlich liebten die Fliegen die Grube, denn sie summten dort unten herum und bedeckten den Abfall, die Knochen, das faulende Fleisch, die schleimigen Gemüsereste und die besudelten Steine. Der Blinde lag, den Kopf gegen die Felswand gestützt, in einer Ecke unter der Sonne. Der einzige Unterschied zwischen seinen Knochen und den anderen bestand darin, daß die seinen noch von Haut überzogen waren. Er war sehr schmutzig. Sein Mund stand offen, und seine Zunge war über und über mit Fliegen bedeckt. In dem Augenblick, als der Prinz sich klarwurde, wer es war, hörte er, daß der Blinde, ohne Zunge oder Lippen zu bewegen, einen leisen Ton von sich gab.

»Kek.«

In der Mitte der Grube, auf einem kleinen Fleck, der frei von Unrat war, kniete ein Mann. Der Prinz musterte ihn, dann rief er:

»Lügner!«

Aber der Lügner sagte nichts, sondern fuhr fort zu trinken. Sein Kopf steckte in der Schüssel, die er zwischen den Händen hielt, und er schlürfte gierig, lauter als das »Kek« des Blinden oder das Gesumm der Fliegen. Er hob den Kopf und die Schüssel, um den letzten Tropfen zu schlucken. Seine Augen standen jetzt über dem Rand der Schüssel. Er erblickte eine Gestalt, die neben der Grube kniete, und duckte sich.

»Nein!«

»Lieber Lügner! Ich bin's!«

Furchtsam, den Unterarm schützend erhoben, blickte der Lügner blinzelnd hinauf. Sein Gesicht war mit Blasen bedeckt und schmutzig, außer dort, wo frisches Blut über seine Wangen lief, und die Ränder um seine Augen waren so rot wie das Blut.

»Der Prinz?«

»Hilf mir!«

Der Lügner stolperte in dem Unrat umher. Er schrie zurück:

»Dir? Du brauchst keine Hilfe! Was ist mit mir?«

»Ich bin weggelaufen.«

»Ich träume. Ich sehe Gespenster. Man hat gesagt, ich sei verrückt – und jetzt –«

»Ich will nicht zurückgehen.«

Der Lügner legte beide Fäuste über die Augen und blinzelte nach oben.

»Bist du's wirklich?«

»Sie wollen mich zu einem Gott machen.«

Der Lügner sprach jetzt mit leidenschaftlicher Eindringlichkeit.

»Hol mich hier heraus! Deine Schwester – sag ihr, sie soll helfen!«

»Sie will niemanden sehen«, sagte der Prinz. »Und außerdem bin ich weggelaufen. Wir könnten zusammen fortgehn.«

Der Lügner wurde ruhiger.

»Du? Weggelaufen?«

»Wir könnten dort leben, wo es kalt ist.«

»Oh, wie einfach«, sagte der Lügner spöttisch. »Du hast ja keine Ahnung!«

»Schließlich bin ich ja allein bis hierher gekommen.«

Der Lügner ließ ein schrilles Lachen hören.

»Wir müßten den Fluß hinunter, übers Meer, quer übers Land, dann wieder über ein Meer –«

»Ja, machen wir's!«

»Bist du schon jemals für eine Schiffsladung Zwiebeln eingetauscht worden?«

»Nein, natürlich nicht.«

»Oder von einem Syrier betastet worden, der sehen will, ob du zu alt bist, um Eunuch zu werden?«

»Was ist ein Syrier?«

»Wir würden wieder als Sklaven verkauft werden –«

Der Lügner schwieg, leckte sich die aufgesprungenen Lippen, ließ den Blick langsam durch die Grube wandern, dann sah er wieder zum Prinzen hinauf.

»Vielleicht eine halbe Bootsladung, nur bist du nicht sehr kräftig, und du bist auch nicht sehr hübsch, nicht wahr?«

»Ich bin ein Junge. Wäre ich ein Mädchen, dann wäre ich hübsch. Und müßte nicht den Fluß zum Steigen bringen oder –«

»Die Armreifen, die du trägst«, sagte der Lügner langsam. »Die würden als Zugabe dienen. Du könntest vielleicht Eunuch werden.«

»Ich möchte lieber ein Mädchen sein«, sagte der Prinz mit einem Anflug von Verschämtheit. »Glaubst du, es ließe sich einrichten?«

Unter dem Schmutz lag immer noch ein Ausdruck der Berechnung auf dem Gesicht des Lügners.

»Natürlich. Hol mich hier heraus, dann –«

»Dann gehen wir fort? Wirklich?«

»Ja, wir gehen fort. Jetzt hör zu–«

»Kek.«

»Warum macht er dieses Geräusch?«

»Er stirbt«, sagte der Lügner. »Nur braucht er sehr lange dazu.«

»Wie hat er seinen Stock zerbrochen?«

»Ich habe versucht, damit aus der Grube zu klettern, aber er ist zerbrochen. Ich stand auf den Schultern des Alten, und er ist hingefallen.«

»Ich glaube, er hat Durst.«

»Natürlich hat er Durst«, sagte der Lügner ungeduldig. »Das ist der Grund, weshalb er stirbt.«

»Warum hat er kein Wasser bekommen?«

»Weil ich es brauchte«, rief der Lügner. »Sonst noch irgendwelche Fragen? Wir verlieren unnütz Zeit.«

»Trotzdem –«

»Hör zu. Hat dich irgend jemand hierherkommen sehen?«

»Nein.«

»Könntest du jemanden bestechen?«

»Der Vorsteher würde es herausbekommen. Er weiß alles.«

»Du bist zu klein, um eine Leiter zu tragen. Aber du könntest ein Seil bringen. Du könntest es um einen Felsen binden und das Ende herunterlassen –«

Der Prinz sprang auf und klatschte in die Hände.

»O ja, ja!«

»Deine Schwester – *sie* wäre natürlich nicht bereit – dieses einfältige, eigensinnige, aufreizende, schöne – könntest *du* ein Seil beschaffen?«

Der Prinz wäre vor Glück und Erregung herumgehüpft, hätte er nicht so dicht am Rand der Grube gestanden.

»Ich werde eins finden«, rief er. »Ich werde es suchen!«

»Und noch etwas. Du hast doch mehr Juwelen, als du trägst.«

»Natürlich.«

»Bring sie mit.«

»Ja, o ja!«

»Ein Seil. Juwelen. Nach Einbruch der Dunkelheit. Schwörst du?«

»Ich schwöre! Lieber Lügner!«

»Dann geh. Es ist meine – es ist unsre einzige Chance.«

Der Prinz wandte sich von der Grube ab und war schon einige Meter den Hang hinunter, ehe er sich erinnerte und seitlich in Deckung ging. Aber es stand kein Wachposten am hinteren Tor. Es war überhaupt niemand zu sehen; und das Tor war geschlossen. Er beschloß, sich einen Weg zu den überschwemmten Feldern zu bahnen und dann durch das seichte Wasser seitlich um das Große Haus herum zum Haupttor zu waten. Aber am Rand der Felder traf er zwei nackte Jungen, die mit einem Boot aus Schilfrohr spielten.

Er bat sie, ihn zum Haupttor zu bringen, und sie taten es sofort, schweigend, von ehrfurchtsvoller Scheu vor seinen Armreifen und dem Halsschmuck, seinen Sandalen, seinem Heiligen Schweif und Faltenrock ergriffen. So ging er durch den Vorhof zum Eingang und von dort aus direkt zu seinen Gemächern; er weckte seine Kinderfrauen aus ihrem Mittagsschlaf, und da er schon nahezu ein Gott war, fiel es ihnen nicht schwer, ihm angesichts seiner ungewohnten Entschlossenheit zu gehorchen. Er brauchte Juwelen, viele Juwelen; und als sie ihn zu fragen wagten, wozu, sah er sie schweigend an, und sie taten, wie ihnen befohlen. Schließlich waren die Juwelen vor ihm aufgehäuft; und es war eine seltsam angenehme Aufgabe, sich damit zu behängen, bis er bei jeder Bewegung klingelte und klirrte.

Das Seil war ein schwierigeres Problem. Das Große Haus schien knapp an verfügbaren Seilen zu sein. Es gab Seile an den Brunnen neben den Küchenräumen, aber sie waren zu lang und zu schwer zu erreichen. Es gab Spannseile an jedem der Maste, die mit schlaff herabhängenden Wimpeln vor dem Haupttor standen. Der Prinz war ein wenig ratlos und setzte sich klingelnd in eine Ecke, um zu überlegen, was er tun sollte. Schließlich wurde er sich über eines klar: Er konnte kein Seil finden. Die Diener, die er darum bat, verbeugten sich respektvoll, schlichen heimlich fort und kamen nicht wieder. Er seufzte tief und fing an zu zittern. Wenn man wirklich ein Seil brauchte, gab es nur einen Mann, den man darum bitten konnte – den Mann, der alles wußte. Er stand langsam und klingelnd auf.

Die Terrasse lag, von hohen Mauern gestützt, unmittelbar über dem angeschwollenen Fluß. Man hatte ein Sonnendach über sie gespannt, und der Stoff hing unbeweglich in der stillen Luft. Schöne Blume saß im Schatten des Sonnendachs und sah auf das Wasser. Sie hatte sich verändert: Ihr langes Haar war über der Stirn und ringsherum kürzer geschnitten, so daß es nicht mehr ganz bis zu den Schultern reichte. Obwohl ihr Kopf in ein goldenes Netz gehüllt war, aus dem sich das Haupt einer Kobra in Gold und Topas erhob, wirkte sie kleiner und schmaler, und das einzige Make-up, das sie trug, war das schwere Malachitgrün auf ihren Augenlidern und Wimpern. So blickte sie düster auf das Wasser; und wenn es an ihrem Ausdruck etwas zu deuten gab, so war es Scham, die sich hinter Gleichgültigkeit verbarg.
Der Vorsteher stand vor ihr. Er hielt das Kinn in der rechten Hand, und sein rechter Ellbogen ruhte auf der Handfläche seiner Linken. Er lächelte immer noch, aber es war ein angespanntes Lächeln.
Schöne Blume senkte den Kopf und blickte auf das Pflaster.
»Ja – ich habe versagt. Ich weiß, daß Er böse mit mir ist. Das ist mir ständig bewußt.«

»Mit mir auch. Mit uns allen.«

»Ich werde es mir nie, nie verzeihen.«

Der Vorsteher machte eine leise Bewegung. Sein Lächeln wurde ironisch.

»Vielleicht wird keiner von uns mehr Zeit dafür haben.«

Sie sah ihn überrascht an. Ihre Brust ging auf und ab.

»Du willst sagen, Er wird uns alle ertrinken lassen?«

»Das wäre durchaus denkbar. Und das ist der Grund, weshalb ich es gewagt habe, dich mit meiner Gegenwart zu belästigen. Ich sagte, es bleibt wenig Zeit. Trotzdem müssen wir, die wir für das Volk verantwortlich sind, alles tun, was getan werden kann. Wir müssen nachdenken. Weißt du, Schöne Blume – in diesem Augenblick der Not darf ich dich doch Schöne Blume nennen, nicht wahr?«

»Wie du willst.«

»Was unterscheidet den Menschen vom Rest der Schöpfung?«

»Das weiß ich nicht.«

»Seine Fähigkeit, den Tatsachen ins Auge zu sehen – und daraus einen Schluß zu ziehen.«

Er ging, die Hände hinter dem Rücken verschränkt, auf der Terrasse auf und ab.

»Als erstes«, sagte er, »müssen wir die Tatsachen feststellen.«

»Welche Tatsachen?«

»Wer hat den Himmel hochgehalten? Hm?«

»Nun, Er hat es getan.«

»Wer hat Jahr um Jahr – in Seiner väterlichen Großmut – den Fluß zum Steigen gebracht?«

»Er natürlich.«

»*Dieses* Mal – gibt es bereits einen anderen Gott?«
»Nein«, sagte Schöne Blume bedrückt. »Noch nicht.«
»*Deshalb* – wer bringt jetzt den Fluß zum Steigen?«
»Er. Ich dachte –«
Der Vorsteher hob den Zeigefinger.
»Schritt um Schritt. Ja. Er tut es. Wir haben die erste Tatsache festgestellt. Jetzt die zweite. Wie hoch war das Wasser, als Er in Sein Bewegungsloses Jetzt einging?«
»An der Kerbe des Ausgezeichneten Essens.«
»Das war nach der Gelegenheit, bei der du, wie du meinst, versagt hast. Zu diesem Zeitpunkt muß er jedoch zufrieden gewesen sein. Verstehst du?«
»Aber –«
»Dein weibliches Herz darf sich nicht der Unerschütterlichkeit eines vernunftmäßigen Beweises widersetzen.«
Ihre Augen weiteten sich.
»Was soll das heißen?«
Der Vorsteher dachte einen Augenblick nach.
»Zugegeben, die Worte sind schwer verständlich; aber es soll heißen, daß ich recht habe und daß du unrecht hast.«
Sie richtete sich auf und lächelte leicht.
»Vielleicht zum Teil.«
»Trotzdem, sei nicht zu glücklich, Schöne Blume – nicht zu glücklich!«
»Das ist nicht zu befürchten.«
»Also die Tatsache. Irgend etwas hat ihn erzürnt, nachdem Er sich in das Haus des Lebens begeben hat.«
Er schwieg und begann wieder auf und ab zu gehen. Dann blieb er in einiger Entfernung stehen und wandte ihr das Gesicht zu.

»Man hat gesagt – und es wäre falsche Bescheidenheit, es zu leugnen –, daß alles Wissen zu meinem Aufgabenbereich gehört. Was ein Mensch wissen kann, das weiß ich.«

Ihre Augen unter den langen Wimpern sahen ihn aufmerksam an. Nur einer ihrer Mundwinkel bewegte sich, als sie lächelte.

»Weißt du auch über mich Bescheid?«

»Ich weiß, daß du seit jener Zeit streng zurückgezogen lebst und niemanden sehen willst. Aber diese Dinge müssen ausgesprochen werden, sonst können wir uns nicht damit auseinandersetzen. Sein Zorn betrifft einen Menschen, der dir – vielleicht unbewußt – sehr am Herzen liegt. Gut. Ich habe es ausgesprochen.«

Einen Augenblick lang waren ihre Wangen dunkel von dem Blut, das ihr ins Gesicht geschossen war. Aber ihr Lächeln blieb unverändert.

»Ich weiß wieder nicht, was du damit sagen willst.«

»Ich beziehe mich natürlich auf den Lügner.«

Sie errötete und erblaßte, aber ihre Augen ließen ihn nicht los. Er fuhr mit der gleichen kühlen Stimme fort.

»Es ist notwendig, Schöne Blume. Wir können uns den Trost der Selbsttäuschung nicht leisten. Es gibt nichts, was du mir nicht sagen kannst.«

Plötzlich vergrub sie das Gesicht in den Händen.

»Unrecht über Unrecht. Laster, so tief verwurzelt, Sündhaftigkeit, so abscheuerregend, so schmutzig –.«

»Armes Kind, armes, armes Kind!«

»Ungeheuerliche Gedanken und unbeschreibliche –«

Er war dicht bei ihr. Er sprach sanft.

»Laß diese Gedanken, wo sie sind, und sie nagen an dir. Hol sie heraus, und – sie sind fort. Komm, mein

Kind. Laß uns zwei demütige Seelen sein, die Hand in Hand die tragischen Tiefen der menschlichen Natur ergründen.«

Sie ließ sich vor ihm auf die Knie sinken, das Gesicht in den Händen verborgen.

»Als er zu Füßen des Gottes saß und Ihm – uns – von den weißen Bergen erzählte, die im Wasser schwimmen – wie kalt es war – ein weißes Feuer; und er so dünn gekleidet, so hilflos und so tapfer –«

»Und du wolltest ihn wärmen.«

Sie nickte kläglich, ohne etwas zu sagen.

»Und nach und nach – wolltest du bei ihm liegen.«

Seine Stimme war so unpersönlich, daß die Seltsamkeit, die Unmöglichkeit ihrer Unterhaltung ihr gar nicht zum Bewußtsein kam.

»Wie hast du dich vor dir selbst gerechtfertigt?« fragte er sanft.

»Ich habe mir vorgemacht, daß er mein Bruder sei.«

»Obwohl du die ganze Zeit über wußtest, daß er ein Fremder war, so fremd wie die weißen Menschen, von denen er phantasierte.«

Ihre Stimme drang gedämpft durch ihre Hände hindurch.

»Mein Bruder vom Gott ist erst elf Jahre alt. Und die Tatsache, daß der Lügner – wie du gesagt hast – *kann* ich es dir sagen?«

»Sei tapfer.«

»Es hat meiner Liebe einen noch größeren Reiz gegeben.«

»Armes Kind! Arme verirrte Seele!«

»Was wird mit mir geschehen? Was *kann* mit mir geschehen? Ich habe die Gesetze der Natur verletzt.«

»Zumindest bist du aufrichtig.«

Sie näherte sich seinen Knien und streckte mit erhobenem Gesicht die Hände aus, um sie zu umarmen.
»Aber dann – als wir *wirklich* zusammen lagen –«
Es gab keine Knie zu umarmen. Sie waren einen Meter weit weg, hatten sich mit der Geschwindigkeit eines Menschen entfernt, der einer Schlange ausweicht. Die geballten Fäuste gegen die Brust gepreßt, sah der Vorsteher sie über die Schulter hinweg an.
»Du – du und er – du – die –«
Sie ließ sich, immer noch kniend, mit ausgebreiteten Armen auf die Fersen sinken, starrte ihn an und rief:
»Aber du hast doch gesagt, du wüßtest alles!«
Er ging rasch zur Brüstung und blickte ins Leere. Eine Zeitlang stammelte er lächerliche, kindische Worte.
»Nun. Du meine Güte. Nun ja, nun ja. Tss, tss. Ach du lieber Himmel!«
Schließlich hörte er auf zu murmeln, drehte sich um und kam auf sie zu – aber nicht direkt auf sie zu. Er räusperte sich.
»Und all dies – dies hat zwischen dir und deinem rechtmäßigen Verlangen nach deinem Vater gestanden.«
Sie erwiderte nichts, und er sprach mit erhobener, zorniger Stimme weiter.
»Wundert es dich, daß der Fluß immer noch steigt?«
Aber Schöne Blume war aufgestanden. Ihre Stimme wurde laut wie die des Vorstehers.
»Was willst du? Du sollst doch üben!«
Der Vorsteher folgte ihrem Blick.
»Hast du zugehört, Prinz?«
»Du hast gelauscht!« rief Schöne Blume. »Du ungezogener kleiner Bengel! Wozu hast du dir all diese Sachen umgehängt?«

»Sie gefallen mir«, erwiderte der Prinz zitternd und klingelnd. »Ich habe nicht viel gehört. Nur was er über den Fluß gesagt hat.«

»Ach, mach, daß du wegkommst!«

»Ich will gar nicht bleiben«, sagte der Prinz rasch. »Ich habe mich nur gefragt – ich wollte wissen –, ob einer von euch vielleicht ein Seil hat –«

»Ein Seil? Wofür?«

»Ich wollte es einfach haben.«

»Du warst wieder außerhalb des Tors. Sieh dir deine Sandalen an!«

»Ich dachte mir nur –«

»Geh und sag den Frauen, sie sollen dich saubermachen.«

Der Prinz wandte sich, immer noch zitternd, zum Gehen; aber der Vorsteher sagte plötzlich energisch:

»Warte!«

Er verbeugte sich leicht vor Schöner Blume, als bäte er sie um Erlaubnis, dann ging er auf den Prinzen zu und nahm ihn beim Arm.

»Bitte hock dich nieder, Prinz. Hier. Ausgezeichnet. Wir möchten also ein Seil haben, und wir waren draußen. Du hast ihn sehr gern gemocht, nicht wahr? Ich fange an zu verstehen. Und die Juwelen – natürlich!«

»Ich wollte nur –«

Schöne Blume blickte vom einen zum anderen.

»Was hat das alles zu bedeuten?«

Der Vorsteher wandte sich ihr zu.

»Dies steht in unmittelbarem Zusammenhang mit unserer Unterhaltung. Es gibt eine Grube – obwohl man nicht genau weiß, wo. Wenn man sagt ›Bringt ihn zur Grube –‹«

»Ich weiß«, sagte Schöne Blume ungeduldig. »Was hat das mit mir zu tun?«

»Manche der schrecklichen Gründe für die Gefahr, in der wir uns befinden, können nicht ungeschehen gemacht werden. Aber einem Übel können wir zumindest abhelfen. Der Gott ist zornig auf Seinen Lügner und läßt das Wasser steigen — wenigstens zum Teil —, weil der Lügner das Geschenk des ewigen Lebens ausgeschlagen hat.«

Schöne Blume fuhr in die Höhe. Ihre Hände umklammerten die Armlehnen ihres Sessels.

»Die Grube —«

Er neigte den Kopf.

»Sein Lügner erduldet immer noch die Qualen, die Ungewißheit, die Prüfungen eines beweglichen Jetzt.«

Er fing sie gerade noch rechtzeitig auf, ließ sie behutsam auf ihren Sessel sinken und begann, ihr leicht auf die Hände zu klopfen. Jetzt murmelte er wieder leise vor sich hin.

»Ach du meine Güte, ach du meine Güte!«

Der Prinz fand seine Stimme wieder.

»Kann ich jetzt gehen?«

Aber der Vorsteher schenkte ihm keine Beachtung. Der Prinz hörte schweigend zu, wie er den Soldaten an der Tür Befehle gab, beobachtete ohne Kommentar, wenn auch vielleicht mit einem gewissen Neid, wie die Dienerinnen dem Gesicht von Schöne Blume seine Schönheit wiedergaben. Eine kleine alte Frau brachte eine Schale mit einem Getränk herein und stellte sie auf einen Sockel neben dem Stuhl. Dann warteten sie alle drei, während die Sonne sich dem Abend entgegen senkte.

Schöne Blume räusperte sich leise.

»Was wirst du tun?«

»Ihn überreden. Laß mich dich trösten, so gut ich kann; denn du mußt stark sein. Du hältst dich für außergewöhnlich. Natürlich bist du das – vor allem außergewöhnlich schön. Aber dieses geheime Verlangen –« er warf einen kurzen Blick auf den Prinzen – »das geht nicht nur dir so. In uns allen schlummert ein tiefes, unausgesprochenes, ja fast krankhaftes Verlangen nach einem, einem – du verstehst, was ich meine. Nicht blutsverwandt mit uns. Ein fremder Mensch mit seinen eigenen Phantasien. Verstehst du nicht, was diese Phantasien in Wirklichkeit sind? Sie sind der verzweifelte Versuch, sich von dem eigenen entarteten Verlangen zu befreien, es in der Vorstellung zu befriedigen; denn es kann – auf Grund der Naturgesetze – nicht nach außen projiziert werden. Glaubst du, liebes Kind, daß es wirklich Gegenden gibt, wo die Menschen über die natürlichen Grenzen der Blutsverwandtschaft hinweg heiraten? Außerdem, wo sollten die Personen dieser phantastischen Lügengewebe wohl leben? Nehmen wir einmal an, der Himmel wäre so groß, daß er sich auch über diese Länder erstreckte. Und wie stünde es mit dem Gewicht?«

»Ja, es ist verrückt.«

»Endlich gestehst du dir die Wahrheit ein. Ein Irrer, dessen Lügen – für uns alle – die Welt in Unordnung gebracht haben. Ein Irrer, der für uns alle eine Gefahr bedeutet, es sei denn, er erklärt sich bereit, dem Gott zu dienen.«

Er schwieg und wandte sich ab, um auf das überschwemmte Tal zu blicken. Ein leeres Boot trieb schwankend in der Strömung.

»Verstehst du, wir können es uns nicht leisten, auf eine Besserung zu warten. Wenn er nicht zu überreden ist – wir werden es natürlich versuchen –, müssen wir Gewalt anwenden.«
Eine Weile herrschte Stille. Schöne Blume fing an zu weinen. Sie unterbrach die Stille nicht mit ihrem Weinen. Die Tränen flossen über ihre Wangen, und das Malachitgrün floß mit. Der Fluß stieg weiter. Der Prinz saß schweigend da.
Dann hörte Schöne Blume auf zu weinen.
»Ich muß schrecklich aussehen.«
»Nein, nein, liebes Kind. Vielleicht ein wenig – wirr. Aber es steht dir sehr gut.«
Sie ließ ihre Dienerinnen rufen.
»Siehst du, Vorsteher? Das beweist, wie weit es mit mir gekommen ist. Es ist mir schon beinahe gleichgültig. Natürlich nicht ganz, aber beinahe.«
Er sah sie stirnrunzelnd, verständnislos an.
»Die Überschwemmung?«
»Ach *die* – nein. Mein Gesicht meine ich.«
Die Dienerinnen gingen wieder fort. Schöne Blume ließ sich tief in den Sessel sinken.
»Ich bin jetzt bereit.«
Der Vorsteher sprach laut.
»Laßt ihn hierherbringen.«
Der Prinz stand hastig auf.
»Nun – ich glaube – ich möchte mir etwas zu trinken holen –«
Die Worte drangen zischend aus dem Sessel.
»Bleib, wo du bist, du lächerlicher Zwerg!«
Der Prinz setzte sich wieder.
Jenseits der Terrasse waren Geräusche zu hören und unter ihnen der Klang einer wohlbekannten Stimme,

redselig wie immer, aber in einem höheren Ton. Zwei hochgewachsene schwarze Soldaten, nur mit einem Lendenschurz bekleidet, brachten den widerstrebenden Lügner auf die Terrasse und blieben vor der Prinzessin stehen. Er hörte auf zu reden und sah sie an. Sie erwiderte seinen Blick mit eiskalten Augen und hätte so ruhig und sicher wie ein Mensch im Haus des Lebens gewirkt, wenn ihr Kleid nicht so seltsam über ihrer Brust gezittert hätte. Der Lügner erblickte den Prinzen, der hinter ihr an der Wand hockte. Er versuchte, sich aus dem Griff der Soldaten zu befreien, und schrie mit voller Stimme:

»Du – Verräter!«

»Ich habe nichts –«

»Einen Augenblick, Lügner.« Der Vorsteher wandte sich an Schöne Blume. »Soll ich?«

Sie öffnete die Lippen, aber es kam kein Ton hervor. Der Vorsteher hob die Hand.

»Laßt ihn los.«

Die beiden Soldaten traten zurück. Sie nahmen ihre Speere aus der Schlinge und hielten sie auf den Lügner gerichtet, als wäre er ein wildes Tier in einem Netz. Er begann wieder zu sprechen, schnell, verzweifelt, an den Vorsteher gewandt.

»Gift ist grausam. Du wirst vielleicht sagen, es tut nicht weh, aber woher weißt du das? Sag mir, bist du jemals vergiftet worden? Ich kenne viele Geheimnisse, die dir nützlich wären. Ich könnte sogar das Steigen des Flusses aufhalten – aber ich brauche Zeit, Zeit! Keiner von uns hat gerne Angst, nicht wahr? Es ist schrecklich, Angst zu haben – schrecklich, schrecklich!«

Der Vorsteher unterbrach ihn.

»Wir wollen dir keine Angst einjagen, Lügner!«
»Warum klappern dann meine Zähne, sobald ich aufhöre zu sprechen?«
Der Vorsteher streckte die Hand nach dem Lügner aus, der erschreckt zurückwich.
»Beruhige dich, lieber Mann. Es wird dir nichts geschehen. Nicht in diesem Augenblick.«
»Nichts?«
»Nichts. Laß uns eine Pause einlegen. Entspanne dich, Lügner. Leg dich einfach auf die Matte und mach es dir bequem.«
Der Lügner sah ihn mißtrauisch an; aber der Vorsteher nickte nur und lächelte. Der Lügner legte eine Hand auf den Boden, beugte das Knie und blickte seitlich hinauf. Er sah sich um, zuckte zurück beim Anblick der Speere, dann legte er sich langsam hin. Er rollte sich zusammen, als ob er die Haltung eines Fötus nachahmen wollte. Aber kein Fötus war jemals so angespannt, so beunruhigt; kein Fötus hat jemals so ängstlich um sich gestarrt.
Der Vorsteher blickte auf den angeschwollenen Fluß und schreckte vor ihm zurück, wie der Lügner vor den Speeren zurückgeschreckt war. Er riß sich sichtbar zusammen.
»Nun, Lügner. Es gibt nichts, wovor du dich zu fürchten brauchst. Wir haben soviel Zeit, wie wir nur wollen.«
Er sah ein starres Auge, das wachsam zu ihm heraufblickte wie ein Krebs unter einem Felsblock.
»Schließ die Augen. Entspann dich.«
Das Auge schloß sich, öffnete sich, dann schloß es sich wieder, aber es blieb ein schmaler, schimmernder Schlitz. Der Vorsteher sprach sanft.

»Laß uns an wirkliche Dinge denken.«
Der Lügner zuckte und zitterte auf dem Boden.
»Tod. Mord. Wollust. Die Grube.«
»Nein! Nein! Gute Dinge, sanfte Dinge, schlichte Dinge!«
Der Schimmer bebte, weitete sich, dann verschwand er. Der Fötus drehte das Gesicht zum Boden und murmelte etwas vor sich hin.
»Wind auf den Wangen. Kühle.«
»Gut.«
»Weiße Flocken, die niedergehen. Berge, die von Weiß umhüllt sind –«
«Jetzt fängst du schon wieder an! Wirkliche Dinge, habe ich gesagt!«
»Weiße Männer. Reine weiße Frauen, Elfenbein und Gold – alle fremd – und somit erreichbar. Oh, die Güte einer fremden Frau an einem fremden Herd!«
Der Vorsteher war so erregt, daß er kicherte, dann blickte er schuldbewußt auf Schöne Blume. Ihr Kleid zitterte wieder.
»Hör zu, Lügner. Jetzt, da du ruhig bist, werde ich zum letztenmal an deine Großzügigkeit appellieren. Der Gott liebt dich. Es erzürnt Ihn, daß du nicht zu Ihm gehen willst. Nimm das Geschenk des ewigen Lebens entgegen – um unseretwillen!«
Der Lügner schrie gellend.
»Nein.«
»Warte. Wir verstehen, daß du krank und nicht großmütig bist. Um dir deshalb zu helfen, um uns zu helfen, werden auch wir großzügig sein. Wir werden dir ebensoviel geben, wie wir Ihm gegeben haben.«
»Bestechung?«
Aber der Vorsteher hörte nicht zu. Er ging fortwäh-

rend um den Lügner herum, dessen Kopf seinen Bewegungen folgte wie der Kopf einer Schlange.
»Wohlgemerkt, selbst das mag nicht genügen. Nach dem, was ich kürzlich gehört habe, könnte Er so zornig sein, daß – aber wir müssen tun, was wir können. Glaubst du, wir würden dich bitten, dich den anderen in den Außenräumen anzuschließen und einfach dort von der Hitze getrocknet zu liegen? O nein, gewiß nicht! Wir werden die Steine und die Balken forträumen –«
»Wovon sprichst du?«
»Du wirst beim Gott selbst liegen. In nicht weniger als drei Särgen, deren innerster aus jeglichem Material gefertigt sein soll – so kostbar es auch sein mag –, das du bestimmst.«
Der Lügner hatte sich aufgerichtet. Er schrie:
»Du alter Narr!«
»Laß mich ausreden. Wir werden deinen Leib öffnen und ihn leeren. Wir werden dein Gehirn durch deine Nasenlöcher ziehen und deinen Schädel mit duftender Flüssigkeit füllen –«
Völlig hingerissen vor Begeisterung unterstrich der Vorsteher seine Beschreibung mit anschaulichen Gesten. Der Lügner hatte die Arme um sich geschlungen und schrie wie eine wahnsinnige Eule. »– wir werden deine Geschlechtsteile abschneiden –«
Der Prinz sprang auf.
»O ja, ja!«
Der Lügner hörte auf zu schreien und begann mit steigender Erregung zu sprechen.
»Ein Stück Land, nicht größer als ein Bauernhof – eine Handvoll Affen, vom Strom der Menschheit irgendwo zurückgelassen – zu unwissend, zu selbstgefällig, zu

beschränkt, um zu glauben, daß die Welt mehr ist als zehn Meilen von Flußufer —«

»Du wirst uns alle ertrinken lassen!«

»Dann ertrinkt, wenn ihr nicht genügend Verstand habt, euch die Felsen hinauf zu retten —«

»Wir flehen dich an!«

»Ich selbst, gefangen, verurteilt — der einzige vernünftige Mensch in dieser, dieser —«

Er warf sich nach vorne und packte Schöne Blume beim Fuß.

»Verstehst du nicht? Dein Bruder ist — was ist er — zehn? *Du* hast die Macht, die Macht, die Macht! Willst du ihn heiraten? Diesen elenden Knirps von einem Jungen —«

»Laß mich los!«

»Er möchte lieber ein Mädchen sein. Du hast die Soldaten — du, eine von dem Dutzend Häuptlingen längs dieses Flusses — du hast die Anfänge eines Heeres —«

Schöne Blume rang keuchend nach Atem. Sie hielt die Hände an die Wangen gepreßt und starrte ihn an, als wären seine Augen das einzige, wohin sie blicken konnte. Der Lügner sprach abermals.

»Willst du ihn heiraten?«

Ihr Mund öffnete und schloß sich. Ihre Hände umklammerten die Armlehnen des Sessels. Ihre Knöchel wurden weiß. Sie nahm die Augen von seinem Gesicht, blickte auf den lächelnden Prinzen, auf die Schüssel, die auf dem Sockel stand.

»Du hast die Anfänge eines Heeres. Es gibt nichts, was du nicht tun könntest!«

Der Vorsteher sprach.

»Wir wissen, was wir zu tun haben.«

Aber es war, als hätte der Lügner eine Hoffnung, eine

Sicherheit in Schöner Blume gefunden oder sogar entdeckt, daß er irgendeine Macht über sie besaß, denn er stand jetzt vor ihr und sprach wie ein Gott.

»Der Mann, der das höchste Amt in diesem Land bekleidet, ist derjenige, der dich, seltsame und schöne Frau, für sein Bett hat. Er könnte die Ufer dieses Flusses von einem Ende zum anderen niederbrennen, bis alle Menschen, die dort leben, sich vor deiner Schönheit beugen.«

»Wer, um alles in der Welt, würde so etwas tun wollen?« fragte der Vorsteher. »Ich habe ja gesagt, du bist verrückt!«

»Ich bin nicht verrückt. Es gibt keine Hinterlist und keine Sündhaftigkeit in meiner Seele.«

Schöne Blume rief aus:

»Keine Sündhaftigkeit? Nach dem, was du über fremde Frauen gesagt hast?«

Der Lügner breitete die Arme aus.

»Verstehst du nicht? Keiner von euch hat es verstanden! In diesem Land von Schwachköpfen gibt es nur einen Mann, der Zutritt bei allen Frauen hat – Großes Haus, der Gott!«

Schöne Blume stand aufrecht da, die Hände an die Wangen gelegt. Aber der Lügner hatte sich abgewandt und starrte den Vorsteher haßerfüllt und verachtungsvoll an.

»Nicht einmal du – ein Mann, den man für weise hält – all dieser Unsinn, daß ich diese Frau, dieses Mädchen, dieses wunderschöne Mädchen nicht haben soll – daß sie mich nicht begehren darf –«

Er deutete mit dem Zeigefinger auf das Gesicht des Vorstehers.

»Angenommen ich wäre Großes Haus!«

Das Gesicht des Vorstehers erblaßte unter der dunklen Haut, dann schoß ihm das Blut wieder in die Wangen. Er trat drei Schritte vom Lügner zurück.

»Soldaten — tötet ihn!«

Die Soldaten kamen hinter ihren Speeren heran. Wie ein loser Mantel fiel die Würde vom Lügner ab. Als ob Furcht und Haß ihm göttliche Kräfte verliehen hätten, tat er, ohne eine Sekunde zu verlieren, unmögliche Dinge. Sein Körper machte sich selbständig. Er warf sich zur Seite und nach vorn, drehte sich um. Die Soldaten stürmten an ihm vorbei und noch ehe sie diese Bewegung aufhalten konnten, hatte der Lügner einem von ihnen einen Fuß gestellt, hatte ihn zu Fall gebracht und ihm seinen Speer entrissen. Kein Auge konnte der Schlangenzunge der Spitze folgen, die ein ums andre Mal den Hals des Soldaten durchbohrte. Der andre Soldat wandte sich um und wurde im gleichen Augenblick von der Spitze getroffen. Er preßte die Hände an die Brust und sackte in sich zusammen. Noch ehe er den Boden erreichte, hatte sich der Lügner bereits nach dem Vorsteher umgedreht, der aus voller Lunge schrie:

»Bogenschützen!«

Der Speer des Lügners beschrieb magische Kreise um den Vorsteher, der wie gelähmt dastand. Unaufhörlich schwatzend lief der Lügner mit langen Sätzen über die Terrasse und sprang auf die Brüstung. Er drehte sich um, als die Bogenschützen gerade mit ihren entspannten Bogen angerannt kamen. Er warf den Speer, und ein Schütze fiel, die Bogensehne noch zusammengerollt in der Hand. Und während der ganzen Zeit, da sein Körper diese unmöglichen Dinge tat, redete der Lügner unentwegt mit sorgenvollem Gesicht. Selbst als er von der Brüstung sprang, redete er immer noch. Er tauchte in die Flut, und vielleicht redete er auch dort unter Wasser; aber als er wieder auftauchte und sich mit kräftigen Armbewegungen einen Weg durch das Wasser bahnte, herrschte auf der Terrasse zuviel Lärm, als daß irgend jemand hätte feststellen können, ob er redete oder nicht. Pfeile schlugen um ihn herum ins Wasser und trieben, die Federn nach oben, stromabwärts.

Mit dem Vorsteher ging eine Veränderung vor sich. Er hielt die Hände ans Zwerchfell gepreßt und blickte gleichzeitig in die Ferne und in sich hinein. Er ließ sich auf die Knie sinken. Sein Gesicht sah eingefallen aus. Er wirkte kleiner, älter.

Auch der Prinz hatte sich verändert. Er schenkte den Toten und Sterbenden keine Beachtung. Ein frohes Lächeln lag auf seinen Zügen, als er zu Schöner Blume sprach, die ihn jedoch nicht zu hören schien.

»Dann wären meine Augen nicht so wichtig, und ich brauchte kein Gott zu sein, nicht wahr?«

Der Vorsteher sprach, die Wange an den Boden gedrückt.

»Es blutet innerlich. Er sticht wie ein Skorpion.«

Weit fort und außer Reichweite der Pfeile war der Lügner aus dem Wasser auf eine Mauer geklettert, die wie ein schmaler Pfad unter den Palmenkronen zur Hauptströmung der Fluten führte. Er wandte sich der Terrasse zu, bewegte lebhaft die Arme und beschrieb mit stummem Gebärdenspiel die mechanischen Einzelheiten, die Notwendigkeit des Überlebens. Die Bogenschützen standen an der Brüstung; ihre Köcher waren leer. Sie wandten sich nach der Prinzessin um und warteten auf ihre Befehle; aber Schöne Blume blickte immer noch mit erhobenen Händen und offenem Mund hinter dem Lügner her.

Der Vorsteher gab klar und nüchtern seine letzte Erklärung ab:

»Er hat noch einen letzten Wunsch.«

Der Prinz grinste übers ganze Gesicht.

»Kann ich jetzt etwas zu trinken haben?«

Schöne Blume antwortete geistesabwesend:

»Gleich, liebes Kind.«

Sie ging langsam zur Brüstung.

»Einen letzten Wunsch. Aber trotzdem —«

Die Bogenschützen sahen sie mit fragenden Blicken an. Auch mit ihr ging jetzt eine Veränderung vor sich. Sie wurde voller, üppiger sogar. Ihre Haare und ihre Augen glänzten, ihre Wangen hatten sich gerundet. Ihre ganze Gestalt funkelte und strahlte wie von einem verborgenen Licht erhellt. Es lag jetzt Farbe auf ihren runden Wangen, auf denen die Anfänge eines Lächelns zwei Grübchen erkennen ließen. Ihre Arme waren erhoben, die mit Henna gefärbten Handflächen nach außen gekehrt – eine Geste, die der Offenbarung vorbehalten war.

»Aber trotzdem – sollten wir lieber hinuntergehen und mit Ihm reden.«

Clonk-Clonk

Gesang vor Rede,
Dichtung vor Prosa,
Flöte vor Pfeife,
Leier vor Bogen.

I.

Palme hörte den Bienenfrauen zu; in ihrem Lächeln lag Beifall, der die Frauen glücklich machte, wie Palme es beabsichtigt hatte. Es gab keine Krankheit, und ja, die Bienen brachten Honig sowohl von der Ebene als auch aus dem Wald. Man konnte die Ebene im Honig schmecken – ein Gewürz, ein Aroma. Ja. Die Bienen taten gute Arbeit. Nachdem sie ihr Lächeln so lange wie nötig gezeigt hatte, wandte sie sich ab, um es die kurze Strecke zu dem freien Platz zwischen dem Fluß und den Strohhütten, den Verschlägen und Höhlen inmitten der Felsblöcke zurückzutragen. Dies war der Platz, auf dem die Kinder spielten; er war jetzt heiß und staubig, aber nicht so heiß, wie er sein würde, wenn die Sonne ihren höchsten Stand erreichte. Die Kinder spürten die Hitze, das erkannte sie sofort, denn zwei kleine Jungen kämpften verbissen und ließen erst voneinander ab, als sie Palme und ihr Lächeln sahen. Ein anderer Junge – er war kleiner, fast noch ein Baby – kam mit zwei Eiern in den Händen herangewatschelt und hielt sie ihr entgegen.
»Klug«, sagte sie. »Klug!«
Sie zauste ihm die Haare und ging weiter. Es war Zeit, daß die Kinder ihren Mittagsschlaf hielten. Einige

andere – drei Jungen und zwei Mädchen – lärmten am Flußufer. Die Mädchen marschierten im Schritt an den Jungen vorbei. Sie hoben gleichzeitig die Stöcke, die sie in der rechten Hand hielten. Sie sangen:
»Rah! Rah! Rah!«
Einer der Jungen war rot im Gesicht und weinte bereits. Die beiden anderen hielten die Köpfe gesenkt und malten mit den Zehen Figuren in den Staub. Die Mädchen drehten sich um, sahen Palme und ließen kichernd die Stöcke sinken. Sie wandten den Blick ab und rieben verlegen einen Fuß am anderen. Palme sprach ruhig, als sie an ihnen vorbeiging.
»Spielt woanders, ja?«
Es gab viel Platz und viele Kinder – Jungen, die mit irgendwelchen Dingen warfen oder Ringkämpfe ausfochten, Mädchen, die mit Puppen spielten, umherhüpften oder miteinander sprachen. Palme ließ im Vorbeigehen jede der Gruppen an ihrem Lächeln teilhaben. Dann stieg sie den Hang hinauf.
Die Morgensonne hatte die pilzförmige Dampfwolke über den heißen Quellen aufgelöst. Jetzt lag nur noch ein leichter Dunst über dem höchsten Punkt der Anhöhe, wo das kochende Wasser aus der Erde drang. Weiter unten in der Kette von Mulden, dort, wo das Wasser nur noch lauwarm war und sich schließlich im Fluß verlor, gab es überhaupt keinen Dampf. Und dennoch – wenn man nur ein kleines Stück bergan stieg, wurde die Luft kühler, als wäre sie statt über die Ebene vom Berg herunter gekommen. Palme beschloß, diesmal eine Mulde höher als sonst zu baden. Sie freute sich auf ein langes, geruhsames Bad, denn sie spürte ein leises Knirschen in der einen Schulter und

hoffte, daß das heiße Wasser es beseitigen werde. So stieg sie würdevoll und mit einer Anmut, die von dem Knirschen kaum beeinträchtigt wurde, den Hang hinauf. Ihr langer Grasrock raschelte, ihre nackten Zehen fanden Halt und entspannten sich auf dem ausgewaschenen Felsgestein. Und trotzdem mußte sie sich eingestehen, daß ihr Herz heftiger schlug als gewöhnlich. Sie hielt auf halbem Weg inne und fuhr mit der Hand durch das Wasser einer Mulde, als wolle sie prüfen, wie heiß es war – oder als wolle sie ein totes Insekt oder ein Blatt herausfischen. Sie richtete sich auf, drehte sich um und musterte, was unter ihr lag, so als ob sie das stets von hier aus tun würde, statt weiter oben auf der Kuppe, neben der brodelnden Quelle.

Die Frauen arbeiteten im Wald und am Platz der Frauen. Sie konnte sie nicht sehen, aber sie hörte ihr Geschwätz und von Zeit zu Zeit ein schrilles Lachen. Dort, wo der Wald sich lichtete und das Wasser von den heißen Quellen in den Fluß mündete, standen junge Mädchen bis zur Taille in den Fluten und holten ein Netz ein. Palme sah, daß das Wasser vor ihnen wie von Regentropfen getüpfelt war, und wußte, daß sie einen Schwarm gefangen hatten. Und noch weiter hinten arbeiteten die Bienenfrauen zwischen den Bienenkörben aus Stroh. Viel Nahrung, arbeitende und lachende Mädchen, viele Kinder, zwei Frauen, die zwischen den Felsen ihre Babys stillten, eine andere, die hochschwanger war und gerade jetzt von ihren Schwestern in eine Höhle geführt wurde, die heißen Quellen, warme Luft –

Sie sprach zu sich selbst, wie sie es jetzt immer häufiger tat.

»Es gibt zuviel Nahrung. Vielleicht kein Fleisch, aber Fische, Eier, Wurzeln, Honig, Blätter und Knospen –« Sie legte beide Hände auf ihren Leib und lächelte ein wenig traurig.
»Und ich esse zuviel davon.«
Nun, sagte sie sich im stillen, ich werde älter. Das erklärt alles. Ich kann nicht erwarten, ewig schön zu sein.
Sie stieg weiter zwischen den Mulden hinauf, folgte dem ausgetretenen Pfad durch die weißen und grünen Inkrustationen. Die Luft wurde nach oben zu immer wärmer. Der Lärm der Frauen und Kinder ließ nach und wurde schließlich von dem Sieden, Brodeln und Gurgeln der kochenden Quelle auf der Kuppe geschluckt. Dort oben auf der kleinen ebenen Felsplatte neben der Quelle stand ein Mädchen. Sie war schlank, und ihr Grasrock reichte ihr nur bis zu den Knien. Ihr langes schwarzes Haar war fest um kleine Stäbe gewunden. Sie hatte ein breites, reizloses Gesicht, das jedoch von der Anmut der Jugend verschönt wurde. Sie richtete sich kerzengerade auf, als sie sah, wer sich ihr näherte. Lachend deutete sie seitlich über die Ebene.
»Es war dort. Auf der Höhe der Felsspalte.«
»Bist du sicher, Kind? Du weißt, es gibt auch so etwas wie Buschfeuer.«
»Es war ein Lagerfeuer – Palme.«
Das Mädchen zögerte bei dem Namen; es war ihr offensichtlich immer noch peinlich, sie anzureden, wie es zwischen erwachsenen Frauen üblich war. Aber Palme hatte sich umgedreht und blickte auf die Ebene hinaus. Sie spitzte die Lippen.
»Dann gehen sie jetzt auf jener Seite der Ebene ent-

lang, in der Nähe der Hügel – wo die trockene Schlucht ist. Ich vermute, du wirst heute abend das Lagerfeuer dort drüben sehen – es sei denn, sie haben es sich anders überlegt, haben Angst bekommen, haben angefangen sich zu streiten oder sonstwas.«

Das Mädchen kicherte.

»Oder sonstwas!«

Palme lächelte ihr zu.

»Demnach werden sie zwei volle Tage unterwegs sein. Du kannst dein Haar aus den Lockenwicklern nehmen.«

Das Mädchen machte ein bestürztes Gesicht.

»Zwei Tage?«

»Vielleicht auch länger.«

Sie sah das Mädchen aufmerksam an.

»Er ist Zorniger Elefant, nicht wahr?«

»O nein – Palme. Er *war* Zorniger Elefant, aber jetzt ist er Wütender Löwe.«

»Vorher war er, soviel ich weiß, Eifrige Biene. Natürlich war er damals viel jünger. Du wirst dich wohl kaum daran erinnern.«

Das Gesicht des Mädchens hatte die Farbe gewechselt. Es trat nervös von einem Fuß auf den anderen und kicherte.

»Du weißt ja, wie sie sind – Palme.«

»Allerdings. Das weiß niemand besser als ich. Nun – denke daran!«

Das Mädchen machte ein ernstes Gesicht und sagte stolz:

»Ich bin jetzt eine erwachsene Frau.«

Palme nickte zustimmend und wandte sich zum Gehen.

»Palme –«

»Was gibt's?«
»Der alte Leopardenmann –«
»Welcher, Kind? Schließlich haben wir drei hier.«
Das Mädchen deutete nach unten.
»Der dort.«
Palme blickte hinunter, sah den kahlen Kopf zwischen den Felsen, die knorrigen Schultern, die mageren, gespreizten Beine. Das Mädchen sprach dicht neben ihr.
»Ich kenne seinen Namen nicht. Aber er hat sich seit – oh, seit einer Ewigkeit nicht mehr bewegt. Und sein Atem – ich glaube, er gehört jetzt zu uns. Er ist wieder zu einem kleinen Kind geworden. Hab' ich recht?«
»Du hast gut daran getan, es zu beachten. Ich werde mich darum kümmern. Bis später. Halt die Augen offen!«
Sie wandte sich ab und stieg hinunter; aber nicht den Weg, den sie gekommen war, sondern einen anderen. Sie ging auf den kahlen Kopf des Leopardenmannes zu, den sie weiter unten sah. Er war nicht weit von der Höhle der Leopardenmänner entfernt. Armer Kerl, dachte sie bei sich, er ist so dicht herangekommen, wie er konnte! Der Fels über ihm war jetzt steiler, und sie kletterte vorsichtig, stirnrunzelnd vor Anstrengung, hinunter. Aber sie runzelte nicht die Stirn, als sie zu der Stelle kam, wo er, den Rücken gegen den Fels gelehnt, die Beine ausgestreckt, auf der nackten Erde lag. Seine Hände spielten ruhelos mit dem abgenutzten, schmutzigen Fetzen Leopardenfell, den er im Schoß hielt. Sein Mund war offen, und der Speichel lief heraus. Sein Atem ging rasch. Palme kniete sich neben ihn und legte die Hand auf seine Stirn. Sie blickte ihm in die Augen, die nichts zu sehen schie-

nen. Dann lächelte sie mit unendlicher Güte und sagte leise zu dem ausdruckslosen Gesicht:

»Schläfst du?«

Sie stand rasch auf, ging zur Öffnung einer Höhle und sprach hinein.

»Der Mann dort, der arme Alte – wie heißt er? Grimmiger Aal? Ach ja, ich erinnere mich – und Flamme und Wespe. Er braucht dich. Jetzt, sofort.«

Sie wandte sich ab und ging quer über die Felsen zu der Kette von Mulden. Nüchtern schob sie den Gedanken an den alten Mann beiseite. Sie freute sich über die Wärme und die Sonne, gute Gedanken und Gefühle drängten sich ihr auf. Dieses nette Kind dort oben auf dem Beobachtungsposten, sie ist so lieb, so eifrig – heißes Wasser – dann, wenn ich gebadet habe – es bleiben uns noch mindestens zwei Tage – ich werde dafür sorgen, daß es reichlich, gut und stark ist –

Sie sprach wieder laut und in bedauerndem Ton.

»Ich trinke zuviel.«

Jetzt erinnerte sie sich an das, was die Bienenfrauen, die Kinder, der Ausguck und der alte Leopardenmann aus ihren Gedanken verdrängt hatten: das Unbehagen. Es breitete sich aus und erfüllte ihr Gemüt, so daß sie ihr freundliches Lächeln mühsam dort festhielt, wo es war. Sie sagte sich: *Ich lächle freundlich, wie eine Katze Gras gegen die Staupe frißt!*

So stand sie da und konnte sich nicht entschließen, ins Bad zu steigen, aus Furcht, daß es sie enttäuschen und das Unbehagen nicht vertreiben würde. Sie blickte durch den leichten Nebel über dem siedenden Wasser der obersten Mulde zu dem dahinter gelegenen Berg hinauf, der in seinen eigenen Dunst gehüllt war.

Er ragte riesenhaft empor, und aus roten oder gelben Flecken auf schwarzem Grund schossen Dampfstrahlen in alle Richtungen. Auf seiner Spitze stieg mitten aus einer Krone von Schnee eine Rauchwolke auf. Palme war sich sofort bewußt, daß der Berg auf sie herabblickte. Sie legte beide Hände an den Mund, aber sie erwiderte den Blick; denn man läßt sich nicht einschüchtern, wenn man nicht nur Palme ist, sondern auch Sie, Welche Die Frauen Benennt; und dann war der Berg einfach ein Berg, und ihr Unbehagen hatte sie nicht verlassen.

»Ich bin noch jung genug, ein Kind zu haben. Vielleicht, wenn sie zurückkommen —«

Sie blickte rasch hierhin und dorthin, aber es war kein männliches Wesen in der Nähe — nicht einmal irgendein alter Leopardenmann, der nichts weiter tun konnte als in der Sonne liegen — nicht einmal irgendein männliches Kind, das sich erinnern könnte, gehört zu haben, was Sie, Welche Die Frauen Benennt, gesagt hatte. Es war überhaupt niemand in Hörweite. Sie ließ die Hände sinken und stieg zu ihrem Bad hinauf.

Von oben gesehen, lag jede der Mulden etwa eine Unterarmlänge höher als die nächste. Jede lief über und ließ ständig eine dünne Schicht Wasser über den glatten Rand in die nächste rinnen. Manchmal war die Schicht dicker als gewöhnlich, als ob die Erde wechselnden Stimmungen unterworfen wäre; aber stets waren die Mulden voll. Diese Fülle war für Palme eine Quelle der Freude, denn sie empfand sie als Reichtum, Üppigkeit, als eine Großzügigkeit des Wassers. Sie war dem Wasser dankbar, ohne es zu personifizieren. Das Bad lockte sie. Sie legte die Hände an die Taille und löste den Grasrock, so daß er um ihre Füße fiel. Sie hob die Haare hoch und griff nach ihrem Nacken. Aber nachdem sie die Reihen von klirrenden Muscheln auf den Felsen gelegt hatte, ging sie nicht sofort hinauf, um sich in die beruhigende Wärme sinken zu lassen. Sie kniete sich auf den Boden, schob das lange Haar zurück und blickte in eine kühlere Mulde. Sie ließ die Sonne auf ihr Gesicht fallen, hielt den Atem an und betrachtete das Gesicht, das aus der Dunkelheit heraufschwamm.

»Ich bin schön.«

Eine Haarsträhne fiel hinunter, und kleine Wellen brachten das Gesicht zum Zittern. Sie strich das Haar zurück und blickte abermals auf ihr Spiegelbild. Die dunklen Augen waren wie zwei riesige schwarze Flecken, das Gesicht ein zartes Oval. Sie hob eine Hand und fühlte die weiche Haut – fühlte auch, obgleich sie sie nicht sehen konnte, die Anfänge von Runzeln um den Mund, die Runzeln des Halses dort, wo die Muscheln sie verborgen hatten.

»Ich bin immer noch schön. Das – kann es nicht sein.«

Aus dem Wald und vom Platz der Frauen drang das Geschwätz und Gelächter der Mädchen herauf. Die Kinder waren still, schliefen im Schatten. Sie, Welche Die Frauen Benennt, stand energisch auf. Sie kletterte drei Mulden höher und prüfte mit der Zehe das Wasser der obersten. Dann stieg sie, sich auf die Unterlippe beißend, hinein. Sie ließ sich in das heiße Wasser sinken, und der Schweiß brach ihr aus den Poren. Eine Weile hockte sie da und zwang sich zu warten, bis ihre Haut sich an den Schmerz gewöhnt hatte. Schließlich entspannte sie sich, legte sich zurück und lehnte den Kopf an den Stein, der zu diesem Zweck dort lag. Ihre Haare breiteten sich aus; und langsam kam ihr Körper herauf, hellbraun und grün in dem klaren Wasser, lag wie ein Diagramm der Weiblichkeit ausgestreckt an der Oberfläche. Sie schloß die Augen. Die Zeit stand still.

Die Frau in der Höhle schrie wie eine Eule. Palme öffnete die Augen, und sofort formten sich Gedanken in ihrem Gehirn. Ich werde bald ein Neugeborenes untersuchen müssen. Nach der Art, wie sie das Kind getragen hat, möchte ich annehmen, daß es ein Mädchen ist. Ich hoffe – ich hoffe, was auch immer es sein mag, daß wir es behalten können. Ich mag nicht –

Das Gefühl des Unbehagens war wieder da, stark, tief, ungreifbar wie Wasser. Sie setzte sich auf und schob die Haare zurück. Sie drehte sich um und sah durch den Dampf zu dem Punkt hinauf, wo die weiße Spitze und die dunklen Felsvorsprünge des Berges unter seinem eigenen Rauch in die Höhe ragten. Manchmal, sagte sie sich, blickt der Berg zum Himmel hinauf, als ob wir gar nicht da wären!

Sie schüttelte sich so heftig, daß das Wasser über den Rand spritzte.

»Ein Berg ist ein Berg! Palme, du denkst wie ein Mann!«

Sie tauchte rasch unter, und als sie wieder heraufkam, strömte ihr das heiße Wasser übers Gesicht. Sie fing an, sich die Haut mit den Fingern zu massieren, und beschäftigte sich mit ihrem Körper, aber ihre Gedanken beschäftigten sich die ganze Zeit mit anderen Dingen. Es ist alles in Ordnung. Du kannst glücklich oder traurig sein, du kannst auch nichts im besonderen sein, wenn du darüber nachdenkst, was

getan werden muß. Aber du kannst nicht beunruhigt sein über das, was *ist*.
Gleichviel sind wir *bedroht*.
Sie stand auf, stieg hinunter in kühleres Wasser, tauchte unter, dann kam sie heraus und setzte sich auf den Felsen, um sich von der Sonne trocknen zu lassen. Sie neigte den Kopf und fuhr sich ein ums andre Mal mit den Fingern durch die Haare. Gefühle sind Gefühle; aber jedes Haar muß glatt neben dem anderen liegen. Und jetzt widme dich dem Kämmen der Haare, dem Einfetten des Gesichts, dem Feilen der Nägel mit einem geeigneten Stein.
»Palme! Palme!«
Es war das Mädchen vom Beobachtungsposten, das mit ausgebreiteten Armen und fliegendem Grasrock erregt zwischen den Mulden herabsprang.
»Palme! O Palme!«
Jetzt, da sie gelernt hat, mich so zu nennen, dachte Palme im stillen, wird sie es mit jedem zweiten Wort tun! Sie lachte über das Mädchen und warf ihm eine Kußhand zu.
»Palme! Palme! Palme! Ich bin doch kein Wald!«
»Ich habe sie gesehen!«
»Sie kommen doch nicht etwa zurück? Nicht schon jetzt?«
»O nein! Du hattest recht, Palme. Palme – sie gehen weiter weg. Sehr weit! Ich hätte sie nicht sehen können, aber –« Sie kicherte. »Sie klettern auf einen Baum!«
Palme lachte.
»Sie alle? Nach Nüssen? Oder einfach aus Übermut?«
»Ich konnte nur einen sehen – sehr hoch oben.«
»Vogeleier.«

»Ich dachte, es wäre besser, wenn du's weißt, Palme.« Palme schob mit einer Hand ihre Haare zurück und streichelte mit der anderen die Wange des Mädchens.

»Du hast recht getan« – sie suchte einen Augenblick nach dem Namen – »Minnow. Schließlich bist du ja dafür da, nicht wahr? Und jetzt hilf mir mit meinem Rock!«

»Ich möchte wissen, ob es Wütender Löwe war? Natürlich konnte ich es auf die Entfernung nicht erkennen. Was für ein Spaß muß das für ihn sein!«

Sie, Welche Die Frauen Benennt, legte die Muschelkette um ihren Hals.

»Es ist nett, sich vorzustellen, daß sie sich gut unterhalten. Ich hoffe nur, sie haben nicht vergessen, wozu sie ausgezogen sind! Nun gut. Ich komme mit dir hinauf und sehe es mir an. Geh voran.«

Die Frau in den Wehen schrie wieder wie eine Eule. Es wird jetzt nicht mehr lange dauern, dachte Palme. Ich hoffe –

Minnow stand, mit einer Hand die Augen beschattend, neben der siedenden Quelle. Sie atmete immer noch erregt.

»Dort. Siehst du den großen Baum, Palme, der ganz oben einen kahlen Zweig hat? Nun, genau da, wo er aus dem Laub ragt – kannst du ihn nicht sehen?«

»Nein«, sagte Palme. »Aber wenn sie bis dorthin gegangen sind, haben sie noch einen langen Weg vor sich. Du brauchst nicht mehr Wache zu halten. Es genügt, wenn du bei Sonnenaufgang heraufkommst, um zu sehen, wo sie ihr Lagerfeuer haben.«

Minnow drehte sich um und sah sie ängstlich an.

»Was würde geschehen, wenn sie – nun, wenn sie es herausbekämen?«

»Das ist ausgeschlossen.«
Palme blickte hinunter auf die Höhle der Leopardenmänner. Sie hatte kein Dach, und so konnte man von der Anhöhe neben der siedenden Quelle aus in den Innenraum sehen. Die Reihen von Leopardenschädeln glänzten in der Sonne. Sie lächelte, und das Lächeln wurde zu schallendem Gelächter. Minnow begann ebenfalls zu lachen. Sie waren Schwestern und gleichaltrig, solange das Lachen anhielt.
Palme verstummte zuerst.
»Wir werden natürlich nichts tun, bis das Kind geboren ist. Und auch dann nur, wenn das Kind – einen Namen bekommt.«
Minnow wurde ernst.
»Ich verstehe.«
Palme lächelte; Minnows feierlicher Ernst gefiel ihr. Sie beugte sich vor und küßte sie leicht auf die Lippen, so daß das Mädchen errötete, zurückwankte und die Luft anhielt. Dann drehte Palme sich um und begann, wieder hinunterzugehen; sie atmete leicht beim Abstieg, ihr Körper schwang anmutig von einer Seite zur anderen, und sie hielt die Arme ausgebreitet. Die Wände der Höhle der Leopardenmänner stiegen in die Höhe und verbargen die glänzenden Schädel. Diesmal, sagte sie sich, werde ich vorsichtig sein! Ich werde kaum etwas trinken! Als hätten ihre Gedanken das Ding aus der Luft geholt, tauchte jedoch sogleich darauf das Bild einer Kokosschale, mit dunkler Flüssigkeit gefüllt, in allen Einzelheiten vor ihr auf. Sie konnte das Zeug sogar riechen, so daß sie tief errötete und die Luft anhielt, wie Minnow es getan hatte. Es liegt in meiner Natur, dachte sie, ich bin nicht wie die anderen. Ich bin damit geboren worden;

und keine Namengeberin Von Frauen könnte in mich hineinsehen und dies, dies –

Der alte Leopardenmann lag nicht mehr ausgestreckt gegen den Fels gelehnt. Die Kinder schliefen. Palme stand anmutig, würdevoll und gütig lächelnd auf dem offenen Platz, auf dem die Kinder gespielt hatten.

II.

Am oberen Ende des kahlen Astes, der aus dem großen Baum herausragte, war ein Nest. Kleine Nahrungshappen – Haut, Fell – hingen zwischen den Zweigen. Eine Handvoll rote Federn flatterte am Rand. Der Leopardenmann, der den kahlen Ast erkletterte, war kaum mehr bedeckt als der Ast selbst, abgesehen davon, daß er einen schmalen Fellstreifen um die Taille und einen knapp sitzenden Beutel aus Fell zwischen den Beinen trug. Die übrigen Leopardenmänner standen in Gruppen um den Baum herum, blickten über die Laubkrone hinweg hinauf und lachten. Jedesmal, wenn Waldbrand auf dem Ast zurückrutschte, wobei er Gefahr lief, sich den Hals zu brechen, schrien sie vor Lachen. Sie hielten sich aneinander fest, ihre Augen wurden feucht und ihre Knie gaben nach. Aber als er es abermals versuchte, diesmal langsamer und vorsichtiger, und sich mit schlangenartigen Bewegungen immer höher emporwand, wurden sie schweigsam und blickten starr hinauf. Sie standen, die Speere mit ihren in Feuer gehärteten Spitzen im Arm, in eleganter Haltung da. Manche der Leopardenmänner waren fast noch Kinder, aber die meisten waren schlanke junge Männer von hellbrauner Hautfarbe – oder schienen es zu sein. Es gab wenig Anhaltspunkte für ihr Alter. Die Älteren unter ihnen waren nur an den grauen Strähnen im Haar zu erkennen. Wenn sie auch zum Teil mehr Waffen, mehr Schmuck und sonstige Gegenstände trugen als Waldbrand, der seinen kahlen Ast erklomm, so waren sie doch im wesentlichen ebenso nackt wie er – Männer mit scharfgeschnittenen Gesichtern, faltenlos, aber narbig, mit dunklen Augen, Brauen und Haaren und staubigen, nackten Füßen. Ihre Bärte waren kaum mehr als dunkle Flecken auf Oberlippe und Kinn.

Waldbrand befand sich jetzt direkt unterhalb des Nestes. Er nahm beide Hände vom Ast, umklammerte ihn mit seinen Oberschenkeln, Schienbeinkanten und Füßen und lehnte sich in der Luft zurück, um nach den roten Federn zu greifen. Die Leopardenmänner wechselten mit einer geschmeidigen Bewegung ihre Haltung, mimten Aufmerksamkeit und Erregung.

»Oh –!«

Waldbrand nahm die roten Federn und steckte sie in seinen Gürtel. Die Leopardenmänner öffneten den Mund, um ihm Beifall zu spenden – aber statt dessen kam ein Schrei, von Krallen, einem riesigen Schnabel und einem Wirbel von Flügeln und Federn begleitet, den Himmel herabgestürmt. Es gab sofort ein wildes Durcheinander von braunen Gliedmaßen und Federn an der Spitze des Astes unter dem Nest, es gab umherfliegende Federn und Blut. Dann war alles still. Waldbrand drehte irgend etwas kräftig mit beiden Händen. Sein Gesicht war verzerrt, und helles Blut lief an ihm herab. Er sah aus wie von roten Schlangen bedeckt. Mit einem lauten Ruf schleuderte er das tote Ding in die Baumkrone hinunter. Die Leopardenmänner lachten, schlugen sich auf die Schenkel und eilten zum Baumstamm. Waldbrand rutschte hinunter, kletterte durch das Laub und schrie. Zweige, Blätter und Flechten kamen vor ihm herab. Er schwang hin und her, dann ließ er sich die letzten zehn Fuß hinunterfallen und wurde von seinesgleichen umringt. Die Jungen und die Älteren standen freudig erregt in einem Kreis um ihn herum. Die jungen Männer umarmten und küßten ihn, ohne sich um das Blut zu kümmern. Alle lachten und schwatzten. Waldbrand machte sich los und rief:

»Eine scharlachrote Feder für Wütenden Löwen!«

»Für mich? Lieber Freund!«

»Eine scharlachrote Feder für Brünstiges Nashorn!«

»Du bester aller Männer!«

»Eine scharlachrote Feder für Herabstoßenden Adler!«

»Liebling!«

Waldbrand zitterte vor Anstrengung und Erregung. Aber während seine Freunde ihn streichelten und küßten oder ihm anerkennend auf den Rücken klopften, wurde er schweigsam, betastete seinen Gürtel, und dann sah er auf seine leeren Hände. Das Lächeln um seine Lippen verschwand, und sein Mund blieb offen. Er starrte hinunter zu der Stelle, wo seine Waffen und sein Schmuck auf der nackten Erde unter dem Baum lagen. Er knirschte mit den Zähnen, griff nach seinem Speer und schleuderte ihn gegen den Baumstamm.

»Keine scharlachrote Feder für Waldbrand!«

Er brach in Tränen aus.

Die anderen jungen Männer umringten ihn sofort und versuchten, ihn zu beruhigen. Waldbrand schniffelte und schluckte. Wütender Löwe legte den Arm um seinen Hals, küßte ihn und drückte ihm die rote Feder in die Hand.

»Sieh her, Waldbrand, hier ist eine scharlachrote Feder für dich!«

»Nein, nein! Ich will sie nicht!«

»Und hier ist noch eine rote Feder für dich —«

»Und noch eine —«

»Ich wollte, daß ihr sie haben sollt. Als ich sie sah, sagte ich mir, hier sind Federn für Wütenden Löwen, Brünstiges Nashorn und Herabstoßenden Adler —«

»Waldbrand hängt die scharlachroten Beeren um seinen Hals —«

»Waldbrand hängt die scharlachroten Beeren um seine Knöchel —«

»Scharlachrote Federn für Waldbrand!«

»Ich könnte es nicht. Nicht jetzt. Oh, meint ihr das wirklich im Ernst?«

»Beug den Kopf ein wenig herunter —«

»Bist du sicher? Tust du es nicht nur, weil ich so dumm war und geweint habe?«

»Alle drei vorne nebeneinander, finde ich. So!«

Waldbrand schüttelte sich und lachte unter Tränen. Er beugte sich hinunter, hängte rote Beeren um seinen Hals und befestigte Fußringe aus roten Beeren an seinen Knöcheln. Herabstoßender Adler nahm das Instrument mit drei Saiten, das über seiner Schulter hing, und fing an zu klimpern.

»Waldbrand hat einen Baum von der Wurzel bis zum Wipfel niedergebrannt!
Waldbrand hat der Sonne rote Federn ausgezupft!«

Waldbrand sprang in die Luft. Er fing an, auf der nackten Erde unter dem Baum umherzulaufen, zu springen, auf sie niederzuschießen und zu fliegen.

Seine Arme waren ausgebreitet und machten flügelähnliche Bewegungen.
»Seht mich an! Ich kann fliegen!«
»Und ich kann fliegen!«
»Und ich!«
Waldbrand blieb stehen und hüpfte mit ausgebreiteten Armen auf und ab.
»Seht mich an! Ich bin ein schöner Vogel!«
»Er ist ein schöner Vogel!«
»Ich bin ein schöner Vogel! Seht mich! Hört mich! Liebt mich! Ich bin ein schöner Vogel!«
Er neigte sich nach vorn und flog zum Ältesten der Ältesten.
»Schöner Vogel?«
Der Älteste der Ältesten sah sich mit ernstem Gesicht um. Er hob seinen Speer. Überall wurden feierlich die Speere gehoben. Es herrschte Stille. Der Älteste der Ältesten blickte hinunter. Waldbrand kniete vor ihm. Der Älteste der Ältesten ließ seinen Speer sinken, bis er auf Waldbrands Schulter lag.
»Schöner Vogel.«
Schöner Vogel stand freudestrahlend auf, vergoß ein paar Tränen des Glücks, lachte. Herabstoßender Adler legte den Arm um seine Schulter und küßte ihn.
Durch die Stille drang ein leises Geplapper. Die Leopardenmänner drehten sich alle gleichzeitig herum und starrten auf das hohe Gras der Ebene. Das Geplapper kam näher, das Gras bewegte sich, die Schimpansen kehrten zum Schatten ihres Baumes zurück. Die Jungen kamen in Sicht und schrien. Die Mütter, die Babys bei sich hatten, drängten sich zurück ins Gras. Die jungen Schimpansen sprangen auf und nieder und bleckten die Zähne. Die Leopardenmänner

standen seitlich da, das Gewicht auf den hinteren Fuß gestützt. Sie starrten im Profil, das Kinn erhoben, vor sich hin. Der Leithammel der Schimpansen stand auf, hob Kopf und Schultern aus dem Gras. Er fletschte die Zähne und knurrte. Die Leopardenmänner lachten, spotteten und machten Wurfbewegungen mit ihren Speeren. Der Leithammel der Schimpansen sprang auf und ab, knurrte und schlug mit den Pfoten auf den Boden. Die jungen Männer ahmten lachend seine Bewegungen nach. Nur die Ältesten standen, die Speere elegant in der Armbeuge haltend, regungslos da und lächelten nachsichtig. Der Leithammel der Schimpansen hörte auf zu springen. Er stellte sich langsam und schwerfällig auf die Hinterbeine. Er drehte sich schwerfällig um. Langsam und schwerfällig ging er aufrecht durch das hohe Gras davon. Erst als es ihm bis zu den Schultern reichte, ließ er sich auf alle viere fallen und schlurfte hinter seinen Schützlingen her.

Als die Schimpansen fort waren, entspannten sich die Leopardenmänner lachend und singend. Der Älteste der Ältesten musterte den Schatten, auf dem er stand; er war nicht viel länger als sein Fuß. Er reckte sich und gähnte laut. Die anderen begannen ebenfalls zu gähnen und begaben sich zum Stamm des großen Baumes. Sie sprachen alle auf einmal, achteten jedoch wenig auf das, was irgendein anderer sagte.

Es war kein Gespräch, das Palme oder Minnow sich zu verstehen bemüht hätten. Als Frauen hätten sie sofort erkannt, daß es kein nützliches Gespräch war. Es war nichts weiter als der Ausdruck eines Gemütszustandes, so daß jeder Leopardenmann gewissermaßen zu sich selbst sprach oder sang. Mimik des

Körpers, Gesang der Kehle – eine Mitteilung, die zugleich vollständig und ungenau war wie der Geist, der hinter ihr lag. Sie drückte Verachtung gegenüber den Schimpansen aus, Freude bei dem Gedanken an Schlaf und Liebe – Liebe, die ebenso natürlich und ungezwungen war wie der Schlaf. Einer legte sein Saiteninstrument nieder, ein anderer seine Handtrommel. Sie entledigten sich ihrer Waffen, so daß schließlich ein wirrer Haufen von Gegenständen vor den verzweigten Wurzeln lag. Sie kuschelten sich, Alte und Junge zusammen, in die von der Natur geschaffenen Ruheplätze zwischen den Wurzeln, bis ein Kranz von brauner Haut und gleitenden Muskeln aus dem Stamm zu wachsen schien. Der gesprenkelte Schatten bewegte sich über ihnen. Das Singen wurde zu einem leisen, murmelnden Geräusch, als sie sich umarmten, sich aneinander schmiegten und ihre Körper sich vereinten. Es gab viel Streicheln und vertrauliche Gemeinsamkeit, ehe Hitze und Befriedigung sie allmählich in den Schlaf sinken ließen.

Aber nicht alle schliefen. Einer der jungen Männer hatte sich nicht dem allgemeinen Beisammensein angeschlossen. Er hatte es, wenn man so will, auch nicht bewußt gemieden. Es gab Ruheplätze auf der anderen Seite des Baumes, aber dorthin war er nicht gegangen. Statt dessen saß er am Rand der Schläfer, dort, wo ihre Füße lagen. Er hatte die Knie ans Kinn gezogen und blickte hin und wieder, ohne zu sprechen, zur Seite. Dabei streichelte er fortwährend seinen Knöchel. Er hatte eine dicke Schwiele über dem Knochen und darunter eine Quetschwunde an der Seite des Fußes. Manchmal strich er über die Wunde, manchmal zupfte er an der Schwiele; und seine Augen wanderten von einem Gesicht zum anderen, während die Jäger sich umarmten oder mit offenem Mund schnarchend in den Schlaf sanken. Einmal legte der junge Mann den Kopf auf die Knie und schloß die Augen; aber gleich darauf hob er ihn wieder und blickte verstohlen aus dem Winkel seiner Augen auf die anderen.

Schöner Vogel hatte sich an einen Jungen geschmiegt, der in seiner Armbeuge lag. Schöner Vogel öffnete verschlafen die Augen, sah den jungen Mann mit der Schwiele und grinste. Schläfrig streckte er die Zunge heraus. Er holte tief Luft und fing an, leise zu singen:

»Stürmender Elefant Ist Vor Einer Antilope Auf Die Nase Gefallen!«

Die schläfrige Masse von Körpern hob und senkte sich, gluckste, kicherte; aber gedämpft, wie über einen abgedroschenen Witz. Der Junge neben Schönem Vogel grinste den jungen Mann mit der Schwiele an, dann schmiegte er sich noch enger an seinen Freund. Schöner Vogel streckte mit geschlossenen Augen, aber immer noch grinsend, wieder die Zunge heraus.

Stürmender Elefant wandte den Blick ab und nahm die Hand von seinem schwieligen Knöchel. Er sagte nichts. Er starrte über seine Knie hinweg auf all die Gegenstände, die auf der nackten Erde verstreut waren. Er musterte verdrießlich die Trommel und das Saiteninstrument, sah auf die weiße Knochenflöte, die vor seinen Füßen lag. Er langte hinunter, hob sie auf und hielt sie an den Mund. Er spitzte die Lippen, um zu blasen, warf einen Blick auf den Ältesten der Ältesten, dann legte er die Flöte langsam wieder auf den Boden. Hinter ihm flüsterte eine Stimme, und er konnte nicht sehen, welcher Jäger es war.

»Stürmender Elefant Ist Vor Einer Antilope Auf Die Nase Gefallen —«

Stürmender Elefant sprach mit eindringlicher Stimme.

»Da war ein Stein — der Zweig ist gekrümmt, die Wurzel verbogen, aber nicht gebrochen. Sieh her!«

Er sprang auf die Füße und taumelte sofort zur Seite, als sein Knöchel nachgab. Er fiel mit einem stechenden Schmerz auf den verhärteten Knochen, biß die Zähne zusammen und ging unbeholfen vor dem anderen Leopardenmann auf und ab. Der Junge, der an der Brust des Ältesten der Ältesten lag, wechselte einen Augenblick lang wieder zu seiner Kinderstimme über und quiekte begeistert —

»Schimpanse!«

Der Älteste der Ältesten richtete sich ruckartig auf und versetzte ihm einen kräftigen Schlag auf die Kehrseite, so daß der Junge laut aufschrie vor Schmerz. Aber auch bei den jungen Männern waren erstickte Geräusche zu hören, man sah Brustkästen, die sich hoben und senkten, zuckende Schultern. Dann ertönte nochmals ein heftiger, klatschender Schlag, von einem Klagelaut gefolgt, auf der anderen Seite der Gruppe; langsam verebbten die Geräusche und Bewegungen, und die Stille wurde nur noch hie und da von einem unterdrückten Schnauben oder Gurgeln — und einmal von einem regelrechten Gelächter — durchbrochen.

Schimpanse stand regungslos da, mit seinem neuen Namen behaftet. Sein Gesicht erglühte unter der braunen Haut, wurde blaß, dann wieder rot. Er beugte langsam die Knie und tastete mit den Händen, ohne hinzusehen, nach dem Platz, auf den er sich setzen würde. Dann hockte er sich nieder. Seine Lippen hingen schlaff herab, seine Augen und seine Nasenlöcher waren weit geöffnet. Sein Gesicht war immer noch tief gerötet.

Die Sonne wanderte über den Baum hinweg und hinunter, der Schatten des Laubs näherte sich wieder dem Stamm. Schimpanse blieb sitzen, wo er war, und schlief nicht. Die Röte war aus seinem Gesicht gewichen, aber er legte die Wange nicht auf die Knie, sondern blickte düster auf die Ebene hinaus.

Sie war ringsum von Bergen umgeben, deren helles Blau hier und dort mit weißen Flecken gesprenkelt war. Weiter unten wurde das Blau zu Dunkelblau, dann zu Blau und Braun. Und unterhalb davon begann das Grün der bewaldeten Hügel, aber Schimpanse sah durch all das hindurch. Nur als eine schwarze Sturmwolke in Sicht kam, die sich langsam über die Berge zu seiner Linken fortbewegte, beobachtete er sie und suchte tastend nach seiner Flöte. Aber dann legte er die Flöte wieder nieder und blickte mit ausdruckslosem Gesicht auf die Wolke. Sie war so weit entfernt, daß sie wie eine Schnecke an den Bergen entlangkroch. Dort, wo sie vorüberkam, sah man Blitze und Wetterleuchten, so daß die Sturmwolke eine glitzernde Schneckenspur hinter sich ließ. Er sah zu, wie die Wolke mit ihren schmutziggrauen Flecken von niedergehendem Regen in der Ferne verschwand; und seine Augen standen voller Tränen, so daß die Hügel und die Ebene vor seinem Blick verschwammen.

Das Sonnenlicht zog einwärts. Ein leichter Windstoß kam von der Ebene herüber; der große Baum bewegte seine Blätter, erwachte, tobte und war wieder still.

Auch die Leopardenmänner wurden allmählich munter. Sie gähnten, streckten die Glieder und leckten sich die trockenen Lippen. Dann standen sie auf und sammelten ihre diversen Habseligkeiten ein. Der Älteste der Ältesten legte wieder die Ketten von ausgeblasenen Eierschalen um den Hals. Schimpanse steckte die Flöte in seinen Gürtel, Herabstoßender Adler glättete mit den Fingern die Schnüre seiner Wurfschlinge und untersuchte die Steine, als ob sie sich, dort neben dem Baum liegend, verändert haben könnten, während er schlief. Niemand lächelte oder lachte.

Der Älteste der Ältesten hatte seine Ausrüstung beisammen. Er wartete stirnrunzelnd und um sich blikkend, während die anderen ihre Beutel und Schultertaschen befestigten und die Schnüre ihres Lendenschurzes straffer zogen. Als alle fertig waren, blieb er noch eine Weile stehen und spitzte die Ohren. Er legte einen Finger an die Lippen und deutete mit seinem Speer auf einen Punkt in der Ferne. Lautlos krochen die Leopardenmänner durch das hohe Gras.

Tierherden, knie- und schultertief im Gras, zogen gemächlich weidend über die Ebene. Zwischen ihnen unterbrachen Dornbüsche, Termitenhügel oder riesige Bäume hier und dort die weite Fläche; aber abgesehen davon war es flaches Grasland, das sich bis zu den Wäldern des Vorgebirges erstreckte. Die Leopardenmänner durchquerten diese Ebene im Gänsemarsch auf einem schmalen, von Tieren flachgetretenen Pfad. Sie hielten genau die Geschwindigkeit ein, von der sich kein Lebewesen bedroht fühlte. Leuchtkäfer schlich gebückt und wachsam voran. Als er zu einem Punkt kam, wo sie auf drei Seiten von Herden umgeben waren, blieb die ganze Reihe wie auf Befehl stehen. Selbst Schimpanse blieb stehen, obwohl er unterdessen ein wenig hinter den anderen zurück war. Der Älteste der Ältesten blickte um sich, sah nicht nur, was wo graste, sondern musterte auch der Reihe nach jedes einzelne Tier, fett, mager, alt, jung, gesund, krank, männlich oder weiblich. Zebras, wilde Rinder, Antilopen, Gazellen, Nashörner – er sah sie alle und wußte von den unsichtbaren Schluchten mit ihren Tümpeln und Steilhängen aus Lehm, zwischen denen sie sich befanden. Er sah, er wußte, welches Tier am Rande eines Steilhanges eingefangen oder über ihn hinweg getrieben werden konnte. Als er sich daher nach links wandte, drehte sich die ganze Reihe um, die Männer blickten auf die am nächsten gelegene Hügelkette und erinnerten sich an die trockene Schlucht, die zwischen ihr und ihnen lag. Es war nicht leicht, eine Anzahl von Menschen so weit in jene Tiergesellschaften einzufügen, daß es ihnen gelang, ein einzelnes Tier abzusondern. Sie bewegten sich leise, wenn der Älteste sich bewegte, ohne ihre Schritte bewußt auf ein bestimmtes Ziel zu lenken, strebten aber genau auf den Punkt zu, der keine der Herden im besonderen bedrohte. Zwischen ihnen und der Schlucht gab es drei getrennte Herden – die sich jedoch an den Rändern auch vermischten –, Herden von Rindern, Zebras und Gazellen. Während die Leopardenmänner sich langsam voranschlichen, wurde der Spielraum für Fehler immer geringer. Tiere, die Wache hielten, hoben den Kopf und starrten. Die Kunst bestand darin, so vorzugehen, daß die Wächter zwar die Gefahr bemerkten, aber nicht wissen konnten, welche Herde bedroht war – daß sie wachsam, aber nicht verängstigt waren. Diese Wachsamkeit war vorläufig nichts weiter als eine leichte Steigerung des normalen Zustands von Furcht. So begannen die Herden, sich langsam zu entfernen, sich grasend in Gegenden zu begeben, wo die Bedrohung so gering war, daß man sie außer acht lassen konnte. Die Zebras zogen nach links, die Rinder nach rechts. Die Gazellen, die sich keiner der beiden anderen Herden anschließen wollten, entfernten sich ein wenig weiter auf den Rand der Schlucht zu. Die Jäger blieben stehen. Es waren viele Tiere vor ihnen – Tiere, die an ihnen vorbei entkommen würden, so wie Wasser durch die hohle Hand entkommt und nur einen Tropfen in der Handfläche zurückläßt. Denn die Männer waren mindestens jeweils zehn Schritte voneinander entfernt; und wenn das letzte Tier nicht über den Rand der Schlucht ins Leere sprang, konnte es sich zwischen sie stürzen. Deshalb hielten jetzt alle Jäger den Speer locker auf der Handfläche ihrer Rechten, während sie mit der Linken die Schnüre der Bola befühlten, die an ihrem Gürtel hing. Es würde ein verzweiflungsvoller Augenblick sein, wenn das letzte Tier nur noch von Todesangst getrieben wurde. Sollte es durch oder über die Reihe der Jäger zu fliehen versuchen, würde es einen Aufruhr von Schreien und Rufen geben, von wirbelnden Wurfschlingen und Speeren mit Spitzen aus Holz, aber in Feuer gehärtet, von Bolasteinen, die mit der Bewegung von Planeten am Ende ihrer Schnüre wirbelten. Ein Auge oder ein paar Zähne würden vielleicht verlorengehen. Es mochte einen gebrochenen Arm, ein gebrochenes Bein oder sogar einen zerschmetterten Schädel geben. Aber dann würde, mit etwas Geschick und Glück, ein zappelndes, hysterisches Wesen sich im Gras hin und her werfen, und eine Reihe von hellbraunen Männern würde es umringen.

So blieben die Leopardenmänner im Gras stehen und machten ihre Waffen bereit, während die Tiere sich entfernten. Ihre Bewegungen waren noch langsam, als ob die Herden ein statistisches Gefühl für die Gefahr besäßen und wüßten, daß es wenig Bedrohung für jedes der Tiere, aber Tod für eines gab. Die Jäger gingen wieder vorwärts, und die Tiere bewegten sich ein wenig schneller, aber aus Vorsicht, nicht aus Angst. Die Jäger waren wie der Bug eines Schiffes, das durch Packeis fährt, wo die weißen Schollen nicht mit Gewalt, sondern lediglich durch ein leichtes Anstoßen oder sogar nur durch ein weitergeleitetes Drängen des Wassers auseinandergetrieben werden.

Die Jäger beschleunigten ihren Schritt. Sie bewegten jetzt nichts weiter als ihre Beine, die vom Gras verdeckt waren, als ob man den wachsamen Augen weismachen könnte, daß sie nicht näher kamen. Und dann begannen sie zu rennen: Es war genau der Punkt, wo sie den größten Vorteil aus der Verwirrung der ahnungslosen Tiere ziehen und am wenigsten durch die offene Zurschaustellung ihrer Absichten verlieren konnten. Die Herden brüllten, schnaubten und stürmten davon, so daß die Ebene unter ihnen bebte und Staub zwischen dem trockenen Gras aufstieg. Immer schneller die Jäger, immer schneller die Herden, immer lauter die Hufe, Panik und gellende Schreie –

»Olly-olly-olly-olly!«

Es würden Gazellen sein, die ihnen in die Falle gingen — scheue, harmlose, unverständige Gazellen, wehrlos, abgesehen von der Behendigkeit ihrer hohen, schlanken Beine; Gazellen, stimmlos und zart, die hierhin und dorthin schossen, gegeneinander stießen, über sechs Fuß hoch in die Luft schnellten. Die meisten von ihnen sprangen in großen Bögen davon, berührten die Erde nur, um zu einem neuen Sprung anzusetzen. Die Bolas schwangen frei herum, die Speere waren in Schulterhöhe. Die letzte der Gazellen stolperte und stürzte, die letzte von allen, die allein zwischen der Schlucht und den schreienden Männern mit ihren wirbelnden Wurfgeschossen zurückgeblieben war. Sie floh zum Rand des Abgrunds und zurück. Ein Speer flitzte über sie hinweg und verschwand in der Schlucht. Sie sprang senkrecht in die Höhe, als ein weiterer Speer dem ersten folgte. Sie kam herunter und schoß zu der Seite, wo sich eine Gestalt verspätet und unbeholfen in die Reihe einordnete. Die Gestalt hob ihren Speer, dann fiel sie seitlich ins Gras. Die Gazelle sprang in einem großen Bogen über die Gestalt hinweg und jagte mit weiten Sprüngen auf die Ebene hinaus. Zwischen dem Halbkreis der Jäger und der Schlucht bewegte sich nichts mehr.

Herabstoßender Adler lief zu der Gestalt im Gras. Er schlug mit einer Faust in die andere, während er mit wütenden Blicken hinunterstarrte.

»Du, du — Schimpanse!«

Schöner Vogel blickte in die Schlucht hinab.

»Jetzt muß Schöner Vogel hinunterfliegen, um seinen Speer zu holen.«

»Und Wütender Löwe!«

»Und Leuchtkäfer!«

Die Jäger versammelten sich am Rand der Schlucht. Sie sangen und blickten düster drein. Der Älteste der Ältesten deutete auf einen mit lockerer Erde bedeckten Hang, der bis zu knapp einer Speereslänge unter ihnen heraufreichte. Einer nach dem anderen sprangen sie hinunter und arbeiteten sich durch die weiche Erde zum Grund der Schlucht, wo die Speere zwischen Pfützen im Schlamm steckten. Schimpanse hob sich langsam mit seinem Speer auf die Füße. Er biß sich auf die Unterlippe und schnitt eine Grimasse vor Schmerzen. Er folgte nicht den anderen Jägern, sondern ging mit besorgter Miene am Rand der Schlucht entlang, um sich einen bequemeren Abstieg zu suchen. Das Donnern der Herden war zu einem fernen Rollen geworden, das allmählich verklang. Er fand nichts außer einem Pfad, der so schmal und schwindelerregend war, daß er zögernd stehenblieb und auf die Jäger hinunterblickte. Der Junge, den man Libelle nannte, kniete vor einem kleinen Tümpel und trank behutsam aus der hohlen Hand. Schöner Vogel wusch sich das Blut ab, während die anderen um ihn herum standen und seine langen Risse und Kratzer bewunderten. Schimpanse blickte die Schlucht entlang, aber sie war so gewunden, daß er nur die nächste Biegung ein wenig weiter oben sehen konnte. So fand er sich mit dem steilen Pfad ab und ließ sich, eine Hand an den trockenen Lehm des Abhangs geklammert, die andere auf den Speer gestützt, langsam hinunter. Aber als er noch etwa zwei Körperlängen vom Grund der Schlucht entfernt war, hörte der Pfad plötzlich auf. Das letzte Lebewesen, das hier entlang gekommen war, war hinuntergesprungen und hatte im Sprung mit den Hinterbeinen ausgeschlagen, so daß die lehmige Erde des Steilhangs abgebröckelt war. Ohne diese Vorgänge bewußt miteinander zu verbinden, erkannte Schimpanse, was für ein Tier es war, das diesen Pfad zuletzt benutzt hatte, und seine Kopfhaut kribbelte. Er starrte mit geblähten Nasenflügeln in die Schlucht hinunter. Er sah eine Tatzenspur im Schlamm und einen Blutfleck dort, wo das Tier seine Beute niedergelegt hatte, um zu trinken. Im gleichen Augenblick wurde ihm alles klar: Irgendwo im weiteren Verlauf der Schlucht gab es eine Höhle oder möglicherweise einen geeigneten Baum. Irgendein Lebewesen, vielleicht eine Gazelle, hing tot und halb verzehrt zwischen den Zweigen. Das Raubtier lag dort, vollgefressen und träge seine Pfoten leckend, in der Sonne. Schimpanse erblaßte, dann wurde sein Gesicht dunkelrot. Sein Atem ging stoßweise. Er öffnete den Mund, um zu rufen, brachte aber nur ein glucksendes Geräusch hervor. Dann holte er tief Luft und schrie:

»Leopard!«

Die Jäger griffen nach ihren Waffen, drehten sich um und starrten, regungslos vor Schreck, zu ihm hinauf. Schimpanse deutete mit dem Speer auf den Boden der Schlucht.

»Leopard! Er hat gefressen!«

Libelle kicherte und Herabstoßender Adler ließ ein erschrecktes Lachen hören. Die Jäger stellten sich Schulter an Schulter. Ihre Beine zitterten. Der Älteste der Ältesten ging zu der Stelle, auf die Schimpanse deutete. Er hockte sich nieder, roch zuerst an der Tatzenspur, dann am Blut. Er berührte das Blut mit dem Finger und kostete es. Er blickte die Schlucht entlang in Richtung der Biegung, ging etwas weiter nach vorne und musterte eine Spur, die so schwach war, daß nur er sie sehen konnte. Sein Gesicht war ausdruckslos, aber er atmete ebenso erregt wie Schimpanse. Dann drehte er sich um und lief zu den anderen Jägern zurück. Er packte einen der Ältesten bei den Handgelenken und starrte ihm ins Gesicht. Einen Augenblick lang standen sie beide regungslos und schweigend da. Dann, im nächsten, umarmten sie sich und lachten. Libelle stand neben ihnen. Er hielt seinen Speer mit beiden Händen umklammert. Sein Mund war geöffnet, und seine Zähne klapperten. Als er die Lippen zusammenpreßte, hörte das Zähneklappern auf, aber dafür fing sein ganzer Körper zu zittern an.

Der Älteste der Ältesten ließ seinen Freund los. Sein Gesicht war wieder ausdruckslos. Er winkte die Jäger mit den Augen herbei und sah jeden von ihnen der Reihe nach an. Es war, als ob er ihnen einen stummen Befehl erteilte. Er drehte sich um, ging schweigend durch die schlammigen Pfützen die Schlucht entlang, und die anderen begleiteten ihn. Die jungen Jäger gingen an seiner Seite, die Jungen und die übrigen Ältesten hinter ihm. Tief geduckt, die Speere wurfbereit, schlichen sie sich langsam voran. Sie waren sich so ähnlich, daß sie alle ein einziges Gesicht hätten haben können — ein stolzes, furchtsames und freudiges Gesicht.

Schimpanse stieß einen Ruf aus, und der Kummer machte seine Worte klar und deutlich:

»Wartet auf mich!«

Er blickte in die Ferne auf den Grund der Schlucht, bleckte die Zähne und ließ den Steilhang los, um zu springen. Aber als er gerade die Knie beugte, bemerkte er eine Veränderung in der Luft, ein schwaches Geräusch, neu, unbestimmbar. Keine Tierherde raste so – und jetzt noch lauter, weiter oben aus der Schlucht, lauter, näher – er starrte auf die Biegung, und die Jäger blieben stehen, unsicher in ihrer Furcht und ihrem Stolz, und blickten in die gleiche Richtung. Sie wichen zurück, verloren Stolz und Freude, waren nur noch furchtsam und unsicher, bewegten sich ziellos hin und her, umklammerten einander. Der Lärm wurde zu einem ungeheuerlichen Brüllen. Ein rasendes Wesen aus Erdschollen und Zweigen, aus wehrlos gefangenen Tieren und rollenden Steinen, aus schlammigem Wasser und Schaum stürmte, einer riesenhaften Pfote gleich, um die Biegung der Schlucht. Es kam, über sechs Fuß hoch, brüllend heran, ergriff die Jäger, die Ältesten, Männer und Jungen, schloß sie ein, riß ihnen den Boden unter den Füßen weg, wirbelte sie herum, schwemmte ihre Kraft und ihre Waffen fort. Es schlug kreisende Köpfe gegen Steine, preßte Gesichter in den Schlamm, verrenkte Glieder, als ob sie Strohhalme wären. Es war eine Urkraft, unwiderstehlich und überwältigend. Und dann war die erste Welle des Sturzbaches vorüber, und das Brüllen mäßigte sich zu einem starken, strömenden Geräusch. Das Wasser wurde ruhiger, klatschte seitlich an den bröckeligen Wänden der Schlucht empor, nahm die herabfallenden Klumpen auf, schlug unten in der Mitte zusammen und floß weiter. Wütender Löwe wurde mit dem Steiß nach oben mitgerissen, und nur das Zappeln seiner Hinterbacken ließ erkennen, wie sehr er sich bemühte, wieder auf die Füße zu kommen. Der Älteste der

Ältesten hielt sich am Schlamm des Abhanges fest und hustete dunkelbraunes Wasser aus. Ein Erdrutsch warf ihn wieder hinunter. Das Wasser sank auf Kniehöhe. Schöner Vogel stand auf und fuhr taumelnd zurück, als eine grüne Schlange an ihm vorüberglitt. Libelle setzte sich schluckend und schluchzend auf. Der Älteste der Ältesten kam ein Stück weiter unten wieder zum Vorschein. Seine Züge waren abermals ausdruckslos, aber diesmal, weil man sein Gesicht vor Schlamm nicht sehen konnte. Dann lag das Wasser still da, bewegte sich hier und dort im Kreise, war aber nur noch knöcheltief. Man hörte das Geräusch von planschenden und watenden Leopardenmännern und das plop! plop! der herabfallenden Erdklumpen.

Ein Drittel des Weges den Hang hinauf hockte Schimpanse auf dem Trockenen. Sein Mund war weit geöffnet, während er von einem Jäger zum anderen blickte. Sie bewegten sich wortlos aufeinander zu. Schimpanse brach in gackerndes Lachen aus. Er schlug sich mit den Händen auf die Knie, so daß er um ein Haar hinuntergefallen wäre. Er warf den Kopf zurück, und die Tränen liefen ihm über die Wangen. Er brüllte vor Lachen, und als ihm der Atem ausging, schrie er wie eine Frau in den Wehen. Die Jäger sahen durch Schlamm und verklebte Haare böse zu ihm hinauf. Er holte tief Luft und rief:

»Wir sind die Fischmänner! Rah! Rah! Rah!«

Schöner Vogel zog eine durchnäßte Feder vom Kopf und hielt sie den anderen hin.

»Wie kann Schöner Vogel jetzt fliegen?«

Er fing an zu weinen, und die Tränen hinterließen hellbraune Streifen auf seinen Wangen. Herabstoßen-

der Adler hob eine Handvoll Schlamm auf und schleuderte sie. Sofort fingen auch die anderen an, mit Schlamm zu werfen und zu schreien. Ein Klumpen mit einem Stein darin traf Schimpanse an der Schulter. Er hörte auf zu lachen und klammerte sich wieder an den Steilhang. Dann rief er, so laut er konnte:
»Stürmender Elefant, Der Vor Einer Antilope Auf Die Nase Gefallen Ist, würde springen wie ein Leopard, aber die Wurzel ist verbogen, der Zweig gekrümmt —«
»Du — Schimpanse!«
Herabstoßender Adler tastete an seinem Gürtel herum. Er holte die Wurfschlinge heraus und fing an, sie um seinen Kopf zu wirbeln. Wütender Löwe krabbelte ein Stück den Hang hinauf, dann rutschte er unter einem Hagel von Lehmbrocken wieder hinunter. Die Steine der Bola schlugen gegen die Wand des Steilhangs, und die Wucht ihres Anpralls traf Schimpanse wie ein Schlag. Er kletterte hastig und entrüstet zum oberen Ende des Hanges, und als er sich hinunterbeugte, sah er, daß die Jäger ihm folgten. Zornig und unbeholfen lief er durch das hohe Gras davon und blieb erst wieder stehen, als er außer Reichweite der Speere war. Er drehte sich um und blickte zurück, aber die anderen stiegen über den Rand der Schlucht, und so lief er noch ein Stück weiter, ehe er sich abermals umdrehte. Sie standen alle zusammen in einer dichten Gruppe, riefen ihm böse Worte zu und gestikulierten. Er sah, daß Leuchtkäfer ihm mit der Faust drohte. Schöner Vogel hielt das Gesicht in den Händen, während Herabstoßender Adler ihm den Arm um die Schulter legte. Schimpanse breitete, den Kopf zur Seite geneigt, die Arme aus

und versuchte, mit dieser Gebärde ein Gemisch von Gefühlen auszudrücken, die er mit Worten nicht hätte ausdrücken können.
Wütender Löwe machte eine Bewegung, als ob er mit dem Speer nach ihm werfen wolle.
»Geh fort!«
Brünstiges Nashorn legte die Hände vors Gesicht und rief durch die Finger hindurch:
»Wir mögen dich nicht mehr!«
Schöner Vogel hob den Kopf und klagte mit herzzerreißender Stimme:
»Schöner Vogel wollte fliegen!«
Herabstoßender Adler küßte ihn. Ein Jäger – Schimpanse konnte nicht sehen, wer es war – legte die Hände an die Wangen.
»Geh zu den anderen Schimpansen!«
Darauf ertönte heulendes Gelächter. Es klang nicht freundlich. Schimpanse fauchte die ferne Gruppe an und hob seinen Speer, aber dann ließ er ihn wieder sinken. Sie wandten sich ab und gingen am Rand der Schlucht entlang tiefer ins Jagdgebiet hinein. Er lief hinter ihnen her, aber als ob sie wüßten, was er tat, drehten sie sich alle auf einmal nach ihm um, und eine hohe Stimme ließ ihn jählings innehalten.
»Fordere den Leithammel der Schimpansen zum Kampf heraus!«
Er hörte wieder ihr Lachen; und selbst auf die Entfernung sah er, wie ein junger Mann aufrecht und unbeholfen den Gang des alten Schimpansen nachahmte. Bald konnte er von der Gruppe nur noch ein paar dunkle Haarschöpfe erkennen, dann war sie außer Sicht.
Während dieser ganzen Zeit stand Schimpanse re-

gungslos mit offenem Mund und starren Augen da. Die Jäger waren längst aus seinem Gesichtsfeld verschwunden, als er sich wieder bewegte. Er stieß den Speer in die Erde, dann holte er ihn hastig wieder heraus. Er lief ein paar Schritte nach vorne, dann taumelte er zur Seite. Er ließ sich langsam in die Knie sinken und befühlte seinen Knöchel, ohne ihn anzusehen. Er blickte nur auf die Stelle, wo die Jäger gestanden hatten. Den Kopf zwischen den Händen, beugte er sich hinab. Er legte die Stirn auf den Boden. Er brach in Tränen aus. Er heulte laut. Er wiegte sich in dem plattgedrückten Gras hin und her, auf und nieder, und als er soviel geweint hatte, wie er weinen konnte, streckte er die Beine aus und lag still da, das Gesicht an die zermalmten Grashalme gepreßt.

Die Schatten und Rufe der Vögel weckten ihn. Sie kehrten zu ihrem Schlafplatz zurück und unterhielten sich im Flug über die Ereignisse des Tages. Für Schimpanse war ihre Botschaft klar und dringlich. Er fuhr mit einem Ruck in die Höhe und starrte auf den blutroten Sonnenuntergang. Er sprang auf die Füße und wirbelte herum, als ob ein Leopard hinter ihm sein könnte – dann wirbelte er wieder herum und wankte. Trotz der Wärme bekam er am ganzen Körper eine Gänsehaut. Er straffte die Lippen und biß die Zähne zusammen – und sobald er sie einen Augenblick locker ließ, klapperten sie. Er fing an, hinter der Gruppe von Jägern herzulaufen, aber dann hielt er inne und lief im Kreis. Nach einer Weile blieb er stehen und schlang die Arme um seinen Körper. Die Tränen strömten ihm übers Gesicht, aber er brachte keinen Laut hervor. Es gab ein Problem, das ihn zu überwältigen drohte, doch er fand keine Worte dafür, es war anders als alles, denn er hatte noch nie ein Problem zu lösen gehabt. Er war weder krank noch alt; aber er war allein.

Dem Sonnenuntergang gegenüber schob sich eine weiße Schulter über die Berge empor. Sie stieg, wie es der Natur der Dinge entsprach, weit entfernt über dem Platz der Frauen auf. Schimpanse wußte, daß sie hochschwanger war, und er fürchtete sich nicht vor ihr. Sie drohte nicht und lockte nicht, sie war gelassen in ihre eigenen Angelegenheiten vertieft und gestattete den Männern zu jagen. Aber als Schimpanse in dem sich verändernden Licht um sich blickte, fand er keinen Trost, denn er hörte, daß die Geräusche der Tiere bei ihrem Aufgang lauter wurden. Sie gestattete auch ihnen zu jagen. Er begann, schwerfällig durch das Gras zu traben. Als sei irgendein Instinkt in ihm erwacht, lief er blind in die Richtung, wo das Gelände anstieg – dort drüben durch das milchige Licht hindurch, wo die Schlucht sich zu einem breiten Tümpel erweiterte und die Felsen des Vorgebirges begannen. Die Steine der Bola schlugen gegen seinen Schenkel, und er umklammerte seinen Speer, als wäre es das Handgelenk eines Freundes. Die Himmelsfrau stieg höher, schwebte frei. Aus weiter Ferne hörte er den Schrei eines Zebras, das vermutlich von irgendeinem Raubtier gepackt worden war, und er taumelte im Lauf. Die Himmelsfrau überflutete ihn mit ihrem Licht und beachtete ihn nicht. Er blieb zitternd stehen und kniete sich ins Gras. Sein Mund war weit geöffnet, und der Schweiß strömte an ihm herab. Eine Zeitlang hörte er nichts außer dem Pochen seines Herzens. Er ließ sich auf den Boden sinken, das Gesicht zur Seite gewandt, so daß sein Atem kleine Staubwolken aufwirbelte. Durch die Grashalme hindurch sah er, daß die letzten Spuren der Abendröte von den Bergen gewichen waren. Blau und Grün versickerten langsam in der Erde. Die Hyänen und Schakale waren unterwegs. Er hörte sie, und er sah sie. Überall gab es Augen, die wie Funken eines kalten Feuers blitzten. Er stand auf und machte sich wieder auf den Weg. Er lief nicht mehr, sondern schnellte ein Stück voran, dann blieb er stehen, blickte um sich und lauschte. Das Gelände fiel zum Tümpel hin ab, und wie er näher kam, gab es einen plötzlichen Aufruhr, Planschen, Schnauben und das Trampeln und Poltern von Hufen, als die Tiere, die dort getrunken hatten, die Flucht ergriffen. Er zitterte und bleckte die Zähne.

Aber er war in Sicherheit, obgleich er es nicht wissen konnte. Mit ihm kam die drohende Gefahr einer ganzen Reihe von hellbraunen Lebewesen, die aus der Ferne zuschlugen; und für diejenigen mit wenig oder gar keinem Denkvermögen genügte seine bloße Erscheinung. So stahl er sich ungefährdet in das Dunkel von Felsen und Bäumen und dann in den Schatten eines hohen Steilhangs. Der Hang war nicht senkrecht, und er kletterte mühsam hinauf, an Felsvorsprüngen und Spalten vorbei, wo die aufgescheuchten Vögel den Eindringling mit wildem Kreischen und Flügelschlagen empfingen; oder, die Ungleichheit anerkennend, ihre Horste verließen und schwerfällig ins Licht flatterten.

III.

Die Siedlung blieb ebenso hellwach wie die Tiere auf der Ebene. Es war nicht nur, weil die Kinder zur Mittagszeit geschlafen hatten und jetzt bis in die Dunkelheit hinein im Freien spielten, denn das taten sie immer. Es war vielmehr, weil Palme und die anderen Frauen wußten, in welcher Verfassung die Himmelsfrau sein würde, wenn sie erschien. Sie ging hier später auf als dort, wo die Leopardenmänner waren, denn die heißen Quellen lagen im Schatten des Berges. So wanderten die Frauen eine Weile im bläulichen Zwielicht umher. Sie sprachen nicht viel, obgleich sie in Gruppen gingen. Nur hin und wieder war Gelächter zu hören. Die Frau im Kindbett schrie jetzt regelmäßig und hemmungslos.

Palme stand wieder neben der obersten Mulde, wo das Wasser brodelte und der Dampf über den Felsen hing. Sie beobachtete einen Teil des Berges, der sich dunkel gegen das tiefer werdende Blau des Abendhimmels abhob. Unten am Fluß schlenderten die Frauen Arm in Arm umher, oder sie standen wartend in Gruppen, von denen Lachsalven und Kichern aufstiegen, aber Palme beachtete sie nicht. Vor der Hütte, wo die Frau in den Wehen lag, brannte ein helles

Feuer, doch sie nahm auch davon und von den Schreien der Frau keine Notiz. Sie stand da, nur wenige Fuß vom siedenden Wasser entfernt. Ihre Fäuste waren geballt, und sie blickte sehnsüchtig zu dem dunklen Umriß hinauf.

Die Kinder am Fluß fingen an zu schreien. Sie hatten den Punkt erreicht, wo sie nicht merkten, wie müde sie waren. Sie stritten sich und heulten. Palme hörte, daß die Frauen zu ihnen gingen und sie zu beruhigen suchten. Irgendwo wimmerte ein Baby, und irgendein Dummkopf von einem Jungen weinte sich die Augen aus. Plötzlich gab es kein Gelächter mehr unter den Frauen, sondern energische Worte. Palme hörte, wie sie die Kinder zum Schweigen brachten, sie versammelten und zu den Felsen führten; und die Kinder wurden ruhig, abgesehen von einer gelegentlichen Zankerei aus purer Erschöpfung. Bald darauf war außer den regelmäßigen Schreien der Frau kein menschlicher Ton zu hören. In einem Dutzend Hütten, Verschlägen oder Höhlen wurde den Kindern eingeschärft, daß sie in dieser besonderen Nacht wegen der umhergeisternden Träume nicht vor Sonnenaufgang herauskommen durften. Palme sah sehnsüchtig zum Berg empor; ihr Mund war weit geöffnet, und sie atmete schwer.

Der Himmel veränderte sich. Knapp über dem dunklen Umriß und genau an der vorhergesehenen Stelle erhellte sich das tiefe Blau. Sie blickte aufmerksam dorthin, bis das Wasser in ihren Augen alles verschwimmen ließ, so daß sie sich auf der Ferse herumdrehte und ein paarmal zwinkerte, bis sie wieder klar sehen konnte. Die halbe Ebene und die Hügelkette, die sie umgaben, waren in ein milchiges Licht getaucht, das sich jetzt immer mehr dem Fluß und der Siedlung näherte. Die Frauen kamen wieder aus ihren Behausungen heraus. Sie sah Geflimmer und glitzernde Windungen, als das Licht so schnell über den Fluß zog, wie Mädchen in einer Reihe mit einem Fischernetz waten konnten. Das Licht erreichte das diesseitige Ufer. Die Bäume um den Platz der Frauen hatten Laub aus silbrigen Muscheln und elfenbeinfarbene Zweige. Die Frauen standen schweigend da und warteten auf ihre Schatten. Palme drehte sich um und blickte hinauf. Ein winziger weißer Streifen erschien über dem Rand des Berges – die Rundung einer weißen Schulter. Sie hob die Hände und stieß laute Rufe aus. Das Weiß umspülte sie, die Muscheln schimmerten silbrig weiß auf ihrer braunen Haut, ihre Augen glitzerten wie Eis. Unter ihr standen die Frauen, das bleiche Licht auf ihren Gesichtern. Die Himmelsfrau schwang sich über den Berg empor.

Palme ließ die Hände sinken. Der Mond fiel in das siedende Wasser und tanzte dort, löste sich auf, nahm wieder seine Form an und zerbrach abermals, als ob das Wasser so kühl wäre wie der Fluß. Die Frauen lachten und schwatzten. Sie hörte ein hohes Kichern, beinahe hysterisch, einen kleinen Schrei, dann ein Quietschen und wieder Kichern. Sie glauben, daß alles erledigt ist, dachte Palme bei sich. Daß sie anfangen können, sich die Lippen zu lecken –

Und sogleich war das Bedürfnis wieder da. Deutlicher als das Licht, das auf dem Wasser tanzte, sah sie eine Schale, voll von dem dunklen, unwiderstehlichen Getränk. Sie roch es und hielt den Atem an. Es war da, nirgends, überall, in greifbarer Nähe; und hinter ihm lag Dunkelheit. Sie schloß die Augen und den Mund, ballte die Fäuste. Sie zitterte. Die Frau in den Wehen schrie wieder.

Als Palme die Augen öffnete, zitterte sie nicht mehr, und die Schale war mitsamt dem Getränk und seinem Geruch woandershin gegangen. Sie blickte auf die Himmelsfrau, und eine Art trübe Gewißheit kam wie ein kalter Wind über sie. Sie befeuchtete ihre Lippen, und sie sprach zu sich selbst, wie sie es immer tat, wenn sie den kalten Wind spürte.

»Die Himmelsfrau ist einfach die Himmelsfrau, weiter nichts. Etwas anderes zu denken heißt jung sein – heißt denken wie ein Mann –«

Sie wandte sich um. Das Licht hatte die Höhle der Leopardenmänner unter ihr erreicht, und einige der Leopardenschädel glänzten hell. Sie sah nur die vorderste Reihe, aber sie wußte, wo die anderen lagen, die älteren Schädel, vergilbt und brüchig, diejenigen ganz hinten, die kaum mehr als zwei Reihen von Fängen und Zähnen waren. Und plötzlich, als ob der kalte Wind, der über sie gekommen war, ihr die Augen geöffnet hätte, sah sie die Höhle als das, was sie in Wirklichkeit war, sah sie klar und nüchtern, ohne sich von irgendwelchen Stimmungen oder Gefühlen beeinflussen zu lassen. Sie war ein Wasserloch wie all die anderen, nur ohne Wasser. Das Loch war – wie Wasserlöcher es zu tun pflegen – mehr und mehr in die Höhe gewachsen, denn das Wasser hatte immer neue Schichten von gelbem und weißem Kalkstein am Rand hinterlassen; und durch irgendeinen Vorgang in der Erde – ein leichtes Beben vielleicht – hatte sich das Wasser dort an der schmalen Öffnung, wo jetzt der Vorhang hing, einen Ausgang geschaffen. Aber damit war die Sache noch nicht beendet gewesen; denn im Inneren des Lochs hatte ein anderes zu wachsen begonnen, war jedoch unvollendet geblieben, als das Wasser den ganzen Platz zugunsten einer Kette von Mulden weiter oben verlassen hatte. Dies alles stand ihr jetzt plötzlich so klar und deutlich vor Augen, als ob sie aus einem Traum erwacht wäre und nichts weiter als die tatsächlichen Strohhalme neben ihrer Wange vorgefunden hätte.

Die Frau schrie. Palme setzte ein anmutiges Lächeln auf. Sie stieg mit wiegenden Schritten von der siedenden Quelle hinab. Die Hände ausgebreitet, um das Gleichgewicht zu halten, das lange Haar leicht vom Luftzug des Abstiegs bewegt, kam sie unten auf der Ebene an. Die Frauen liefen ihr entgegen.

»Palme! Palme! Wann fangen wir an?«

Leichtfüßig ging sie zwischen ihnen hindurch zum Platz der Frauen und lächelte im Vorbeigehen dem einen oder anderen Mädchen zu.

»Wenn das Neugeborene einen Namen erhält.«

Die Mädchen sprachen erregt, aber sie schenkte ihnen keine Beachtung. Die älteren Frauen sagten nichts, beobachteten sie jedoch aufmerksam, als sie langsam auf die Bäume zuging. Sie kam zu den Vorhängen aus Tierfell, die über und über mit Muscheln besetzt waren, deren bloßer Anblick jeden Mann zurückgeschreckt hätte. Sie hob den Vorhang und trat ein. Der Platz wurde von den Bäumen verdunkelt, die dicht um ihn herum standen, aber auf der offenen Seite drang genügend Licht vom mondbeschienenen Wasser des Flusses herein. Zwei Frauen standen, sich deutlich vom glitzernden Hintergrund abhebend, am Flußufer und machten sich an dem Gerät zu schaffen, das zwischen ihnen stand. Der Geruch dessen, was es enthielt, erfüllte die Luft. Es war ein bauchiger Sack aus Häuten, der in einem Dreifuß aus starken Ästen hing. Die Frauen rührten in ihm herum und sangen leise. Als sie Palme sahen, traten sie zurück. Sie kam nahe heran, beugte sich hinunter und schnupperte, so daß der Geruch ihr in den Hals drang und sie abermals zu zittern anfing. Die Brauerin übergab ihr einen Stecken.

»Es ist fertig.«

Palme murmelte heiser:

»Wir müssen noch warten.«

Die Bienenfrau blickte auf.

»Warten? Wie lange?«

Wieder heiser, mit klopfendem Herzen, von Dunkelheit eingehüllt:

»Bis es einen Namen gibt.«

Die Frauen sahen sich an, sagten jedoch nichts. Versuche ich, mir Einhalt zu gebieten? fragte Palme sich im stillen. Klammere ich mich an irgend etwas? Und will ich – möchte ich lieber, daß – ich muß! Oh, ich muß!

Sie rührte die Flüssigkeit mit dem Stecken, schob die Blasen und den Schaum zur Seite und blickte sehnsüchtig auf den dunklen Trank, den Trank, der so sehr der Dunkelheit hinter der Schale glich. Die Bienenfrau schluckte, dann kicherte sie. Palme sah zu ihr hinauf.

»Koste es, Palme. Du mußt es kosten!«

Die Brauerin langte hinunter, füllte eine Kokosschale mit dem stark riechenden Getränk und hielt sie ihr hin.

»Koste es.«

Schließlich muß ich es tun, sagte sie sich. Es ist meine Pflicht. Das steht außer Frage. Selbst wenn keine Namengebung stattfindet, muß ich es kosten, muß mich vergewissern –

Sie hielt die Schale an die Lippen und trank mit kleinen Schlucken. Sofort wurde das Bedürfnis offenbar, war da, drängte sie sanft.

»Es ist gut.«

Die beiden Frauen lachten mit ihr. Auch sie hielten Schalen in der Hand.

»Es ist wirklich gut. Sehr gut!«

Sie hob die Schale wieder an die Lippen und leerte sie bis auf den Grund. Wärme und ein stilles Glücksgefühl erfüllten sie. Sie hörte einen lauten Schrei aus der Hütte, und plötzlich wußte sie, es spielte keine Rolle, daß die Himmelsfrau nichts weiter als die Himmelsfrau war, es würde trotzdem einen neuen Namen geben, ja, einen neuen Namen und dann ein Mitternachtsfest. Der Schrei war kaum verklungen, als sie bereits die Vorhänge öffnete, denn sie wußte, daß es der Geburtsschrei war und daß alles gut sein würde. Sie verließ rasch den Schatten der Bäume, und die Frauen beobachteten sie wieder, sagten aber nichts. Sie ging eilig zur Hütte, senkte den Kopf und trat ein. Die Frau lag lang ausgestreckt da, ihr feuchtes Gesicht sah eingefallen aus und wurde nur vom Widerschein des Feuers bewegt. Eine Helferin stand neben ihr und wischte ihr den Schweiß von der Stirn, während auf der anderen Seite eine weitere Helferin sich mit der abgebissenen, verknoteten Nabelschnur und dem Neugeborenen zu schaffen machte. Sie hörte die Namengeberin hereinkommen, drehte sich um und hielt ihr das Kind hin. Palme nahm es, ein Mädchen, hob es an den Beinen in die Höhe, tastete, spähte, zählte. Sie kniete nieder und legte es in ihren Schoß. Das Kind wand sich mit dem ganzen Körper und machte ein miauendes Geräusch. Die Helferin gab ihr einen hölzernen Span. Sie hielt ihn übers Feuer, bis er aufflammte, dann bewegte sie ihn vor den dunklen, unscharfen Augen des Kindes hin und her, bis sie sah, daß die Augen der Flamme zu folgen suchten. Sie warf das Holz ins Feuer und schloß das Baby in die Arme. Ihre Brüste pochten und schmerzten. Lachend legte sie ihr Gesicht auf den mit zartem Flaum bedeckten Kopf. Eine Hand schloß sich um ihren kleinen Finger und hielt ihn fest. Sie lachte wieder und sah die Mutter an.

»Sie hat einen Namen! Hörst du, Anemone? Deine Tochter hat einen Namen! Sie ist Kleine Palme!«

Sie beugte sich vor und legte das Kind in die Arme seiner Mutter, die sich ihm entgegenstreckten. Anemone brachte mit ihren feuchten Lippen ein Lächeln zustande. Sie, Welche Die Frauen Benennt, kroch gebückt unter den herabhängenden Fellen hinaus. Die Frauen scharten sich draußen um die Hütte. Sie warteten schweigend.

»Kleine Palme!« rief sie und erkannte jetzt, wie der Name das Kind gewählt hatte. »Sie ist Kleine Palme!«

Danach gab es nichts als Lachen und Gesang. Einige der Frauen eilten zu dem Platz am Fluß, andere stiegen hinauf zu den heißen Quellen, einige drängten sich zur Mutter und dem neugeborenen Baby.

Palme ging atemlos zwischen ihnen zurück zum Platz der Frauen, wo der Geruch des Getränks vor der glücklichen Dunkelheit hing. Ihre Brüste schmerzten, und sie lachte. Sie sagte laut:

»Ich bin noch nicht zu alt, um ein Kind zu gebären.«

IV.

In dem vom Mondlicht durchtränkten Jagdgebiet war das geschäftige Treiben der Tiere in vollem Gang. Aber im bewaldeten Hügelland gab es wenig zu tun, und an den kahlen Steilhängen gab es überhaupt nichts. Das Leben spielte sich lärmend in den Baumwipfeln unter Vögeln und Affen ab. Auf den Felsen hingegen schien es keinerlei Leben zu geben, denn die Vögel waren entweder in ihre Horste zurückgekehrt, oder sie waren in der leichten Luft über die Ebene geflogen, um sich den Vogelgesellschaften an den Tümpeln anzuschließen. Es gab nur ein einziges Zeichen von sichtbarem Leben – zwei Funken, die hin und wieder aufblitzten, wenn Schimpanse den Kopf bewegte. Er hockte hoch oben auf einem Gesims, wo nur die Vögel an ihn herankommen konnten; und diese hatten kein Verlangen danach. Sein Speer stand zu seiner Rechten an die Felswand gelehnt, und seine Knochenflöte lag auf dem Gesims neben dem Speer, wo er sie hingelegt hatte, als sei sie für ihn nicht mehr als ein Stock. Von Zeit zu Zeit strich er mit der Hand über seinen Knöchel, während seine Augen in die Ferne schweiften. Er war sich noch immer nicht bewußt, daß er ein Problem zu lösen hatte. Er fühlte

nichts außer Kummer und Zorn. Sein Instinkt hatte ihm geboten, dem durch Essen abzuhelfen. So hatte er zu Anfang dagesessen und an dem getrockneten Fleisch genagt, das die Frauen ihm mitgegeben hatten. Aber dies war keine angemessene Nahrung, sondern nur etwas, das man im äußersten Notfall aß. Es war in sich selbst ein Beweis für die Tatsache, daß derjenige, der darauf zurückgreifen mußte, es irgendwie versäumt hatte, sich als Mann zu zeigen. Daher fügte es dem, was er bereits empfand, noch Demütigung hinzu. Es brachte ihm keinen Nutzen, und er hatte den Versuch, sich mit Essen zu trösten, schon nach kurzer Zeit aufgegeben, so daß er jetzt wieder nicht recht wußte, was tun. Von der Gruppe der Jäger fühlte er sich angezogen und abgestoßen zugleich. Er rief laut:
»Fischmänner! Die Mädchen fangen euch in ihren Netzen!« Da Zorn so viel leichter zu ertragen war als Demütigung, verweilte er in seinen Gedanken bei ihnen und lächelte spöttisch auf die Ebene hinaus. Vermutlich, sagte sein Geist in seiner männlichen Denkweise, hatten sie die Feuerblume wachsen lassen und hockten jetzt um sie herum. Er sah sie plötzlich so lebendig vor sich, daß er abermals von Kummer überwältigt wurde. Er stöhnte und wand sich, als wäre dieser Kummer ein körperlicher Schmerz. Es gab jedoch nichts anderes, woran er denken konnte; und nachdem sein Geist erst einmal diesen Weg eingeschlagen hatte, war er nicht mehr davon abzubringen. Er betrachtete das Feuer, das in Stücke geteilte, geröstete Fleisch, hörte Lachen und Singen. Er sah, wie Wütender Löwe seine kleine Trommel schlug und Herabstoßender Adler an seinem Saiteninstrument

zupfte. Er sah auch Schimpanse dort, der unbekümmert und zufrieden auf seiner Knochenflöte blies. Und dieses Doppeldasein von Schimpanse dort und hier zugleich, dort befriedigend, hier unbefriedigend, verwandelte den Kummer in eine fast unerträgliche Qual, so daß er laut jammerte und ein Vogel, aus dem Schlaf aufgescheucht, mit den Flügeln schlug und kreischte. Er sah sie singen, hörte sie singen.

»Auf die Jagd wollen wir gehen,
auf die Jagd wollen wir gehen!«

Der Schimpanse, der hier war, drehte den Kopf nach links und suchte auf der fernen Ebene, im Wald, an den Hängen der Hügelkette nach einem Feuerfunken oder einem Streifen Rauch. Er nahm seine Flöte zur Hand, legte sie an die Lippen, dann warf er sie wieder auf die Erde. Die ganze Welt unter der Himmelsfrau verschwamm vor seinen tränenfeuchten Augen. Er hörte den Ältesten der Ältesten mit seiner tiefen, frohen Stimme singen, während Schimpanse ihn auf der Flöte begleitete. Sie alle schrien und klatschten in die Hände, sangen triumphierend das Lied der Himmelsfrau:

»Du stehst nicht aufrecht und verbittert da,
Du liegst nicht auf dem Rücken und klagst,
Oh, weißgesichtige, dickbäuchige Himmelsfrau,
Laß uns in Ruh!«

Dann sangen sie wieder:

»Auf die Jagd wollen wir gehn!
Auf die Jagd wollen wir gehn! Rah! Rah! Rah!«

Und jetzt, da sie gesättigt waren, wandten sie sich dem Schlaf und einander zu. Libelle, der noch vor so kurzer Zeit ein kleiner Junge gewesen war – Reifer Apfel – Schöner Vogel und Stürmender Elefant, Der Vor Einer Antilope Auf Die Nase Gefallen Ist – die ruhige Würde des Ältesten der Ältesten – die beiden anderen Ältesten, die sich niemals trennten – Schimpanse, der hier war, stöhnte, und wieder liefen ihm die Tränen übers Gesicht. Schimpanse, der dort war, streckte die Hand nach Libelle aus, der sein Lächeln erwiderte; aber Wütender Löwe packte den hübschen Jungen beim Knöchel. Schöner Vogel stand auf, machte den unbeholfenen Gang des Leithammels der Schimpansen nach, und der Älteste der Ältesten lachte. Schimpanse schlug sich mit den Fäusten auf die Knie. Und plötzlich war es, als ob sich eine Gewitterwolke in seinem Kopf entlud – ein riesiger Sturm, ein feuriger Blitz. Der Schmerz in seinem Inneren gab ihm die Worte ein.

»Ich bin Leopard, Der Mit Der Wasserpfote Zugeschlagen Hat!«

Er war der Leopard aller Leoparden, riesenhaft und geschmeidig. Er war aus Mondlicht und Feuer geschaffen. Er pirschte mit gewundenem Schweif durch den Wald, die Zähne gefletscht, die Augen wie Blitze. Er kam aus der Dunkelheit auf sie zu, und sie heulten vor Angst. Sie fielen auf die Knie und flehten um Gnade, sahen jedoch, daß es keine gab, und flohen. Libelle kniete kläglich da, war zu verängstigt, um zu fliehen. Er war wieder zu einem Jungen geworden, zart, zierlich und furchtsam. Der Leopard aller Leoparden packte ihn mit den Zähnen, und er schrie vor Angst. Der Leopard ließ die Jäger hinter den Bäumen kauern und trug den Jungen in die Dunkelheit –

Stürmender Elefant war der mächtigste Elefant, den es je gegeben hatte. Seine Herde erstreckte sich weit und breit über die Ebene. Sie achteten ihn. Er war der Leithammel der Elefanten. Unter Bullen war er wie ein Mann unter Jungen, wie ein Ältester der Ältesten unter Frauen. Sein Kopf ragte über die ganze Herde hinaus. Seine Ohren boten ihnen Schatten, mit seinen Hauern riß er riesige Bäume aus. Wenn er trompetete, antworteten die Berge, aber alles andere war still. Seine Füße waren der Schrecken aller Dinge mit Zähnen und Klauen. Selbst der Leopard Mit Der Wasserpfote schlich sich davon, wenn er diese Füße auf der harten Erde hörte. Stürmender Elefant machte sich auf den Weg, die Welt in Ordnung zu bringen. Er kam zum Rand des Waldes. Er riß die Äste beiseite, und seine Augen spien Feuer bei dem Anblick, der sich ihm bot. Es waren Jäger, kleine Männer, und sie hatten getötet, denn Stürmender Elefant sah die zerhackten Füße seiner Kuh neben ihrem Feuer. Er trompetete, und die Berge antworteten ihm. Er riß ganze Bäume aus, die ihm im Wege waren, und ebnete einen Pfad aus zermalmtem Gestein. Der Älteste der Ältesten sprang auf einen Baum und schrie vor Schreck, aber Stürmender Elefant riß den Baum mit den Wurzeln aus und schleuderte Baum und Ältesten zusammen über die Berge. Er kniete auf Schönem Vogel und Wütendem Löwen! Libelle lag, zitternd und weinend, mit dem Gesicht nach unten auf dem Boden. Stürmender Elefant hob ihn sich bis zuletzt auf. Er kniete mit seinen eichenen Knien auf Leuchtkäfer und Brünstigem Nashorn – er kniete auf dem letzten der Jäger, einem Mann mit einem schwieligen Knöchel und einer Knochenflöte in der Hand! Blut strömte aus dem Mund des Mannes –

Schimpanse, der hier war, sprang auf und schrie, als hätte man ihn mit einem Dornenbüschel geschlagen. Dann fiel er, stürzte kopfüber den Hang hinab in die Tiefe. Er griff nach dem Felsen und fühlte, wie die Haut seiner Hände zerriß. Schließlich fanden seine Füße einen Halt, und er blieb stehen, das Gesicht seitlich an die Felswand gepreßt. Die Vögel wirbelten und kreischten um ihn herum.

Nach einer Weile flogen die Vögel fort, und es gab nichts als Stille, Stille aus Stein und milchigem Licht. Er leckte seine aufgerissenen Finger und untersuchte das dunkle Blut an seinen Knien. Sein Speer und seine Knochenflöte lagen unter ihm in einem Gebüsch, wo sie sein unfreiwilliger Abstieg hingefegt hatte. Er kletterte hinunter, steckte die Flöte in seinen Gürtel und nahm den Speer in die linke Hand. Zögernd blickte er über den Wald und die Ebene. Die Himmelsfrau saß hoch oben im Wipfel ihres Baumes. Und plötzlich wußte er, daß die Gruppe von Jägern irgendwo dort unten war, weit fort und ohne sich um ihn zu kümmern. Er wußte, daß er ein Ding für sich war, Schimpanse Der Hier Ist. Gefühle wallten in ihm auf, überwältigten ihn. Er hob die Stimme und heulte die Berge und die Himmelsfrau, die Wälder und die Ebene an, als wäre er nicht ein Leopardenmann, sondern ein Hund. Er dachte nicht an die Gefahr, und seine Tränen tropften auf den Stein. Er heulte wieder und wieder, und der Felshang verhöhnte ihn mit seinem Echo. Er schlug sich mit den Fäusten an den Kopf und fühlte nichts. Selbst die Vögel nahmen letztlich seinen Kummer ohne den Kommentar von Stimme oder Flügel hin. Sie bewegten sich nur leicht in ihren Nestern, während die Hundestimme heulte und die Felswand das Heulen erwiderte.

Schließlich konnte er nicht mehr heulen. Statt dessen wimmerte er, und das Wimmern lag an der Oberfläche eines Kummers, der so tief wie eh und je war. Und dann, als wäre irgend etwas in ihm geboren worden, waren die Gefühle eindeutig in ihrer Botschaft. Sie vermittelten ihm eine Kenntnis, eine Gewißheit. Er fing an, schwerfällig am Fuß der Felswand entlang zu laufen; und während er lief, wimmerte er:
»Mutter, Mutter!«

V.

Die Himmelsfrau war bis zur Hälfte ihres Baumes hinabgestiegen, aber sie war so hell, daß sie den Himmel für sich allein hatte, abgesehen von einem frostigen Lichtschimmer über den Bergen, wo der Sonnenuntergang gewesen war. Schimpanse lief jetzt nicht mehr schnell, sondern trabte mit gleichmäßigen Schritten dahin und wimmerte dabei immer noch von Zeit zu Zeit. Er hatte sich an Dinge erinnert, die seinen Lauf langsamer werden ließen, und eines davon war, daß die Kinder, wenn die Himmelsfrau ihren vollen Umfang erreicht hatte, in ihre Hütten gingen und dort blieben, während unerklärliche Dinge die Mädchen und die Mütter beschäftigten. Außerdem erinnerte er sich, daß er selbst keine Mutter hatte, da sie gestorben war – durch einen Unglücksfall natürlich, wie es so oft mit jenen ehrfurchtgebietenden, geheimnisvollen Wesen geschah. Das war ihm nicht weiter wichtig und war es auch nie gewesen; aber jetzt vermißte er sie, ohne zu verstehen, was sie hätte tun können, um seinen Schmerz zu lindern. Und er hatte auch keine eigene Frau, was ungewöhnlich war, aber hin und wieder vorkam. Diejenigen unter den Jägern, die keine Frauen hatten, betrachteten es.

wenn sie überhaupt darüber nachdachten, eher als ein Glück. Dennoch lief er jetzt zu den Frauen, fühlte sich in seiner Not zu ihnen hingezogen; und als er sich so weit an seinen Schmerz gewöhnt hatte, daß dieser einfach da war wie eine Wunde, fing er an, ein gewisses Unbehagen zu empfinden, als ob er sich dem Lager eines wilden Tieres näherte. Sein Schatten folgte ihm, und sein Fuß machte ihm keine Schwierigkeiten. Auch das war sonderbar, aber es gab einen Grund dafür. Er lief am Rand des Felsens entlang. Das Gestein stieg schräg von seiner Linken nach rechts hin an, und das Gefälle war gerade steil genug, seinen Fuß an der rechten Seite anzuheben und damit die Schwäche auszugleichen. Auch dies war eine Tatsache, die ihn veranlaßte weiterzulaufen und ihn aus irgendeinem unerklärlichen Grund zu dem Ort zu treiben schien, von dem er nicht mehr ganz sicher war, daß er ihn erreichen wollte.

Schließlich sah er die Dampfwolke, die über den heißen Quellen hing. Sein Lauf verlangsamte sich zu einem schleichenden Gang, der ihn wieder hinken ließ. Er hielt seinen Speer, als ob er ihn jeden Augenblick benötigen könnte. Er ging auf den Fluß und den offenen Platz zu, wo tagsüber die Kinder spielten. Alles war ruhig, alles war still. Er kam so dicht heran, daß er das Plätschern des Wassers hören konnte.

In einer der Hütten wimmerte ein Baby, und irgendwo hustete ein alter Mann. Schimpanse stand geduckt auf der vom Mondlicht gebleichten Erde, und ein Schauer lief über seinen Rücken. Er leckte sich die Lippen, blickte langsam um sich, sah die Bäume rings um den Platz der Frauen und wich zurück. Er tat ein paar Schritte auf die sichere Ebene zu, dann blieb er stehen. Plötzlich erinnerte er sich ohne irgendeinen besonderen Grund an die Namengeberin der Frauen, und seine Kopfhaut prickelte.

Der aufsteigende Dampf über den heißen Quellen hatte sich verändert. Er hatte sich nicht verändert, während er hinsah; aber irgend etwas war anders an ihm, war schon anders gewesen, als er über das offene Gelände lief, nur hatte er es vorher nicht bemerkt. Die Himmelsfrau überflutete die Quelle mit ihrem Licht, so wie sie alles mit Licht überflutete. Aber der Dampf war von unten her beleuchtet, als hätte man im Wasser ein Feuer angezündet, was natürlich unmöglich war. Dennoch war die Wolke von dieser Richtung aus wie von einem örtlich begrenzten Sonnenuntergang mattrosa gefärbt — ein so mattes Rosa, daß man es nicht im Auge behalten konnte, sondern es eine Sekunde lang sah und dann warten mußte, bis die Farbe zurückzukehren schien. Und jetzt hörte er — als ob seine Ohren mit seinen Augen dort hinauf zu den Mulden gewandert wären — ein schwaches Geräusch, hoch und aus mehreren Tönen zusammengesetzt. Aber diese Geräusch war ebenso unmöglich wie das Feuer, und er kümmerte sich nicht weiter darum. Er stellte einen Fuß nach hinten und hob den Speer in Schulterhöhe. Dann schlich er sich behutsam auf Jägerart voran. Er schluckte und lief hinauf zur ersten Mulde, in deren Wasser eine weiße Himmelsfrau gefangen war. Lautlos stieg er weiter; und in jeder Mulde tanzte eine weiße Himmelsfrau. Er ging rasch von einer Mulde zur anderen, bis er zu dem freien Platz vor der Höhle der Leopardenmänner kam und das rosa Licht des Feuers sich über ihn ergoß, so daß sein Gesicht zu zittern begann.

Das Leopardenfell, das den Eingang unberührt gehalten hatte, lag auf dem Felsen zu seinen Füßen. Das unwahrscheinliche Geräusch war in der Tat das Lachen von Frauen. Er ging hinein, und seine Haare sträubten sich, als ob er einem brünstigen Nashorn gegenüberstünde.

Das Feuer brannte auf dem Boden in der Mitte der Mulde, und die Frauen lagen, hockten, rekelten sich um die Glut. Auf den ersten Blick – ein Blick, der wie ein Blitz alles erstarren ließ – sah er zwei Mädchen, fast noch Kinder, die mit beiden Händen Leopardenschädel an die Lippen hielten. Der Lärm – das Plappern, Kreischen, Kichern, Geschwätz und Geschrei – war lebhafter als das Feuer. Ihm gegenüber an der Innenwand der Mulde, wo zuvor die Leopardenschädel gelegen hatten, saß Sie, Welche Die Frauen Benennt, Namengeberin der Frauen, Sie, Deren Herz Mit Namen Beladen Ist. Sie hielt einen Schädel in ihrer rechten Hand. Sie hielt ihn an den Fangzähnen, und Flüssigkeit lief aus ihm heraus. Sie lehnte sich, auf eine Hand gestützt, zurück. Sie lachte, und das Licht des Feuers spielte in ihren Augen, in ihrem zerzausten Haar. Sie sah ihn, sie schrie vor Lachen. Sie hob den Schädel mit einer typisch weiblichen Gebärde über ihre Schulter und warf damit nach ihm. Der Schädel flog, eine Körperlänge von seinem Gesicht entfernt, seitlich aus der Mulde heraus. Er schrie halb wütend, halb erschreckt:

»Nein!«

Gesichter wandten sich ihm zu, vom Feuer beleuchtete Gesichter, Gesichter vom Mond gebleicht, mit blitzenden Augen, weißen Zähnen und einer Flut von wirrem Haar. Er hörte Schreie, Gelächter und Worte.

»Ein Mann! Ein Mann!«

Sie stolperten übereinander, eine übelriechende Flüssigkeit lief aus den achtlos hingeworfenen Schädeln, so daß das Feuer sprühte, zischte und langsam erlosch. Gesichter hoben sich ihm entgegen, und Hände griffen nach ihm. Er drohte den Gesichtern mit seinem Speer, ließ ihn sinken, dann wankte er zurück und floh. Er sah sich nur einen Schritt von dem siedenden Wasser entfernt und konnte ihm gerade noch ausweichen. Er lief zur nächsten Mulde hinunter, aber dort waren die weißen Gesichter und das Gelächter, so daß er wieder umkehrte. Er stieß auf einen Knäuel von weichem Fleisch, der nicht zu lösen war. Es gab Getöse, es gab kräftige Arme, die sich wie die Schnüre einer Bola um ihn wanden. Sie schrien alle durcheinander. Sein Gürtel und sein Lendenschurz verschwanden wie aus eigenem Willen. Er wurde zu Boden gepreßt, und dort gab es wieder weiches Fleisch, ihn zu empfangen. Seine Lenden wiesen sie voller Haß und Furcht zurück; aber ihre Hände waren geschickt, so geschickt, so grausam, so erfahren. Durch den Lärm hindurch hörte er seinen eigenen Schmerzensschrei, der hinauf und immer weiter hinauf stieg —

»Huu-uu-uu-uu!«

Hoch hinauf zog sein Schrei, fort von dem Schmerz, der zwischen seinen Beinen zurückblieb und ihn steif werden ließ. Er fühlte das weiche Fleisch, die warme Feuchtigkeit und den Schrecken der Zähne. Eine Hälfte von ihm versuchte, dem Schrecken und dem Gewicht der weichen Arme, die ihn niederhielten, zu entkommen, und die andere Hälfte stieß und zuckte wie ein Tier, das in der Wirbelsäule verletzt worden ist. Dann betraten er und das weibliche Wesen den schrecklichen Ort, stießen gleichzeitig einen lauten Schrei aus, und kleine Zähne bissen ihn ins Ohr. Aber vielleicht – oder sicherlich – warteten auch Zähne inmitten jener Feuchtigkeit, und nachdem die eine Hälfte seines Körpers ihr Verlangen befriedigt hatte, riß er sich los. Die Arme ließen ihn einen Augenblick frei, aber dann fingen sie ihn wieder ein.

»Ich! Ich!«

Schreie, Lachen, Geplapper und die erbarmungslose Geschicklichkeit der Hände –

»Huu-uu-uu-uu!«

Es gab keinen Ausweg, er mußte hindurch, mußte sich abermals an den dunklen Ort begeben, wo das feuchte Fleisch seinen Willen bekam. Dann lag er mit klingenden Ohren auf den Felsen zwischen den weißen Frauen und den kichernden Mädchen. Er fühlte Blut an seinem Hals und schmeckte es im Mund. Der weibliche Geruch war rings um ihn herum, hing an seinem Fleisch, hing in seinem Bart und unter seinen Nasenlöchern. Er versuchte aufzustehen, aber seine Arme und Beine wurden festgehalten. Ein weißer Leopardenschädel näherte sich rückwärts seinem Gesicht; er wandte das Gesicht von dem üblen Geruch im Schädel ab. Er wurde ihm an den Mund gepreßt, und er biß die Zähne zusammen und schloß die Lippen. Aber eine Hand stahl sich über seine Stirn, und zwei Finger hielten ihm die Nase zu, so daß er den Mund öffnen mußte, um Luft zu holen. Seine Ohren summten so laut, daß er kaum das Lachen der Frauen hören konnte; und dann wurde ihm die schreckliche Flüssigkeit in den Mund gegossen. Er schluckte und würgte und kämpfte gegen starke Hände, aber es floß immer mehr Flüssigkeit hinein, so daß seine Brust sich schließlich zusammenzog und den letzten Rest in einem Sprühregen ausstieß. Dann sank er inmitten von weichen Armen, Gelächter, nichtssagendem Geschwätz, Küssen, kleinen Bissen und Liebkosungen schwach nach hinten auf das Felsgestein. Eine Hand kam aus dem Nichts und wischte ihm das Gesicht mit Haaren ab.

Es war still, abgesehen von dem Summen seiner Ohren. Er hustete und öffnete die Augen. Irgend jemand näherte sich über die Felsen, und die Himmelsfrau beleuchtete sie sanft von der Seite her. Sie kam mit wiegenden Schritten daher, ihr langer Grasrock raschelte, und die Muscheln klirrten leise auf ihrer Brust. Einmal taumelte sie, aber sie kam trotzdem weiter auf ihn zu. Ein paar Strähnen hingen ihr seitlich übers Gesicht und verfingen sich in den Muscheln. Sie lachte ohne einen Laut. Ihre Augen waren dunkel und schienen ihm das Mark aus den Knochen zu saugen. Sie kam näher, und die Frauen, die ihn festhielten, kicherten, als ob der Spaß niemals ein Ende finden würde. Langsam ließ sie sich zwischen seinen Füßen auf die Knie sinken. Sie kniete, lachte lautlos, beugte sich, auf die linke Hand gestützt, vornüber, und ihre Haare fielen auf seinen Schenkel.

Er schrie.

»Nein!«

Das Kichern wurde zu Gelächter, und die Hände hielten ihn fest. Sie ließ ihre rechte Hand wie eine Schlange hervorschießen.

»Huu-uu-uu-uu!«

Als er mit seinem Schrei herunterkam, zurück zu den Felsen und den Armen, war etwas geschehen – und zwar nicht zwischen seinen Beinen. Das übelriechende

Getränk hatte sich in seinem Leib erwärmt. Er fühlte, wie es glühte und brannte. Es sandte eine Flamme hinauf, die fast bis in seinen Kopf reichte. Ein weiterer Leopardenschädel tauchte auf und wurde an seinen Mund gepreßt, wieder hielt eine Hand ihm die Nase zu. Er schluckte und schluckte wieder, stieß wieder einen Sprühregen aus. Das Feuer schoß hinauf, und das Innere seines Kopfes wurde von einem Flammenhauch berührt. Plötzlich erkannte er, daß er nie bemerkt hatte, wie schön Sie, Welche Die Frauen Benennt, in Wirklichkeit war, wie köstlich und erregend ihr Geruch, wie weiß und jung ihr Körper, wie geschickt und unwiderstehlich ihre Hände! Die Frauen ließen ihn los und lachten, und er hörte sich, wie er in ihr Lachen einstimmte, während die Flammen um seinen Kopf und dann wärmend, anregend zwischen seinen Beinen züngelten. Auch sie ließ ihn los; und er griff lachend nach ihrer Hand, um sie wieder dorthin zu legen, wo sie gewesen war. Aber sie entzog sich ihm sanft, dann winkte sie. Ein weiterer Schädel erschien, und er schüttelte den Kopf, doch sie ließ sich nicht abweisen. Ihr weiches Gesicht mit den riesigen Augen kam dicht an ihn heran, sie gluckste vor Lachen und sprach mit ihrer tiefen Stimme.

»Trink, kleiner Leopardenmann, trink!«

Es war solch ein Spaß, und sie war so sanft, daß er ihr einfach den Willen tun mußte. So schluckte er wieder ein ums andere Mal, würgte und spuckte. Dann lachten sie beide, sie hielt seine Hand und zog ihn hinter sich her. Er stand in Flammen, die Welt drehte sich um ihn herum, und er ging mit ihr. Selbst als er sah, wohin sie ihn führte, empfand er keinen Schrecken. Es war, als hätte sich eine Schlucht zwischen ihm und seiner Furcht vor dem Platz der Frauen geöffnet. Sie taumelte gegen ihn, und es war nur natürlich, daß sein Arm sich um ihre Taille legte. Sie lachte, und er nahm an, es sei das Taumeln, das sie zum Lachen brachte. Sie kamen zu der Schranke aus Fellen, mit schrecklichen Muscheln besetzt, und er schrie und schlug mit der Faust danach. Sie hob den Vorhang, und er stolperte hinein. Sie stand hinter ihm, drehte ihn herum. Sie kam dicht an ihn heran, und ihr Lachen gurgelte wie eine kleine Quelle. Er sah nichts außer dem schimmernden Wasser des Flusses und Sie, Welche Die Frauen Benennt, deren Gestalt sich so jung und anmutig von dem hellen Hintergrund abhob. Sie preßte sich an ihn. Sie küßte ihn mit ihren Lippen und ihrer Zunge, sie legte ihre Brüste gegen das Blut auf seiner Brust. Als sie ihn losließ, suchte sein Mund den ihren, und er konnte ihn nicht finden. Er sah sich nach ihr um, aber es war nichts zu sehen, außer einem seltsamen Gebilde am Rand des Flusses, einem Gebilde, von dem der üble – oder doch nicht so üble – Geruch ausströmte. Dann sah er daneben ihre dunkle Gestalt auftauchen. Sie steckte den Arm hinein, hob ihn, hielt irgend etwas ans Gesicht, stand da und trank. Dann nahm sie das Ding vom Gesicht und warf es – wieder mit jener typisch weiblichen Bewegung – in den Fluß. Sie wandte sich um, und obgleich die Dunkelheit ihr Gesicht verhüllte, wußte er, daß sie ihn suchte. Sie wand sich wie eine Schlange von Kopf bis Fuß, so daß er ihre Weichheit, ihre Feuchtheit und Wärme zu spüren meinte. Er sah die Umrisse ihres Grasrockes, der ihr um die Füße fiel. Sie stieg aus ihm heraus und verschwand in der Dunkelheit. Er blickte sich um.

»Wo bist du?«
Ihr Lachen gurgelte wieder leise wie eine kleine Quelle. Das Wasser kommt lautlos herauf, es sprudelt hervor, tanzt Tag und Nacht für sich selbst und läßt ein Rinnsal von Reinheit und Leben für die Gräser und Blumen ins Tal hinunter fließen.
»Hier.«
Er kniete nieder. Sein Kopf lag in dem weiblichen Duft ihrer Haare und ihres Halses. Ihre warmen Arme streichelten seinen Rücken, es gab keine Zähne – nur eine dunkle Nähe, in der er bebend versank. Die Gedanken verließen ihn, und er hatte keine Angst. Das Ende war wie ein Anfang, und es verschmolz sanft mit dem Schlaf.

VI.

Die Himmelsfrau ging unter, nahm ihr Licht mit, und die kleinen Wellen des Flusses wurden von der anderen Seite beleuchtet. In den Bäumen um den Platz der Frauen begann ein Vogel mit seinem unaufhörlichen Gesang. Die Ringeltauben und die Felsentauben sprachen. Ein Fisch sprang. Das Sonnenlicht kroch die Bäume hinab und berührte den Vorhang aus Fellen; es glitt hinunter, schimmerte auf dem blanken Sitzbrett einer unförmigen Bank – musterte eine Vielzahl von Formen, Pflanzenbündel, Gefäße aus Kokosschalen oder Rinde. Das Licht berührte die Erde, zog weiter zu einem Fuß, einem Knöchel mit einer Schwiele. Es fand andere Füße, erwärmte ein Bein, einen Schenkel. Außerhalb der Vorhänge nahm der Tag seinen Lauf. Das Sonnenlicht fand ein Gesicht.

Schimpanse drehte sich vom Licht fort. Als erstes wurde er sich bewußt, daß er aus einer Dunkelheit ohne Träume kam, dann spürte er einen leichten, ungewohnten Schmerz, als ob er zu lange in der Sonne gewesen wäre. Es war die Seltsamkeit dieser Gefühle, die ihn die Augen öffnen ließ, noch ehe er sich an irgend etwas erinnerte. Aber als er sie geöffnet hatte, öffnete sich auch sein Mund. Vor ihm befand sich ein zweifellos weiblicher Rücken, über dem zerzauste schwarze Haarsträhnen lagen. Er setzte sich ruckartig auf und blickte um sich. Dann sprang er auf die Füße.

Die Namengeberin der Frauen stöhnte, sagte etwas und wälzte sich herum. Sie setzte sich auf und strich sich die Haare aus den Augen. Sie war weder jung noch schön. Staub lag auf ihrem Gesicht und ihrem Körper, und ihr Haar war wirr wie ein Dornengestrüpp. Sie blinzelte, legte die Hand an die Stirn und verzog das Gesicht. Sie sah sich langsam um. Ihre Augen schweiften über Schimpanse, so daß er, die Hände zwischen den Beinen, erschreckt zurückwich. Sie blickte auf den Dreifuß mit dem herabhängenden Beutel und erstarrte, als ob sie auf eine Giftschlange blickte. Sie leckte sich die Lippen und murmelte:

»Jetzt hast du's erreicht!«

Sie sah ihn so haßerfüllt an, daß er eine Gänsehaut bekam.

»Du nackter Affe!«

Er stand wie gelähmt da – hatte nicht einmal genügend Gewalt über sich, um wachsam zu sein. Sie sah an ihrem eigenen Körper hinunter, und der Haß verschwand aus ihrem Gesicht. Sie biß sich auf die Lippen.

»Jetzt sind wir zwei.«

Dann stand sie auf und ging zum Rand des Flusses. Sie wiegte sich nicht wie eine Palme, sie war nicht anmutig und würdevoll, sie ging mit wankenden Schritten. Sie nahm eine Muschel, kniete nieder, füllte sie mit Wasser und trank begierig. Sie schüttete Wasser über ihr Gesicht und ihren Körper, bis sie triefend naß war.

Schimpanse erinnerte sich an alles. Vernichtung fiel vom Himmel auf ihn herab. Er legte sich nieder, das Gesicht an die Erde gepreßt. Er konnte nicht einmal weinen.

Gleich darauf sah er Füße neben seinem Gesicht und die Enden eines Grasrockes. Ihre Stimme klang sanft.

»Nun, wir müssen uns überlegen, was wir tun sollen. Setz dich auf!«

Er wälzte sich herum und hockte da, die Hände immer noch zwischen den Beinen. Er murmelte:

»Mein Lendenschurz —«

Die Füße entfernten sich, und er hörte eine Stimme am Fluß.

»Woher soll ich das wissen?«

Er blickte vorsichtig zur Seite. Sie langte in den Beutel, der am Dreifuß hing, holte eine Kokosschale heraus und trank aus ihr. Der Geruch des Getränks drang zu ihm herüber, und sein Gesicht verzog sich vor Abscheu. Er konnte keine Worte finden und starrte wieder zu Boden. Dann hörte er eine Zeitlang, wie sie sich hin und her bewegte — hörte ein Reiben, ein Waschen, das Knistern von Haaren. Die Füße kehrten zurück, und sie waren nicht mehr staubig. Ihr Rock raschelte und breitete sich auf dem Boden aus, als sie sich vor ihn kniete.

»Nun? Willst du mich nicht ansehen?«

Er hob den Kopf. Sie war wieder die Namengeberin, die Muscheln schimmerten weiß auf ihren schönen Brüsten, die Haare hingen ihr nicht mehr übers Gesicht. Die Tränen stürzten ihm aus den Augen, und er sprach die einzigen Worte, die er in seiner Verwirrung finden konnte:

»Ich werde sterben.«
»Aber ich bitte dich! Wer hat etwas von Sterben gesagt? Nur Frauen sterben!«
Er sah wieder zu Boden.
»Ich werde sterben.«
Eine Hand berührte seinen Arm.
»Ein mächtiger Jäger und sterben? Gewiß, du könntest getötet werden. Das ist ruhmvoll für euch, nicht wahr? Aber sterben! Wenn alle mächtigen Jäger glaubten, daß sie sterben müßten, stell dir vor, wie *einsam* sie wären! Kein Mann könnte das ertragen!«
Er blickte scheu zu ihr hinauf. Sie lächelte. Jetzt war sie wieder jünger. Ihre Augen waren jung, und sie beherrschten ihr Gesicht. Zu all den verwirrenden und geheimnisvollen Dingen, ,die ihn überwältigt hatten, kam jetzt noch ein weiteres hinzu – daß Sie, Welche Die Frauen Benennt, ihn mit einem Gesicht ansehen konnte, das lächelnd und traurig zugleich war.
Sie tätschelte seinen Arm und sprach wie zu einem Kind.
»Na also! Besser?«
Seine Verwirrung ließ nach, und er fühlte, wie der Zorn sich in ihm regte. Er öffnete den Mund, um zu sprechen, aber sie wußte, was er sagen wollte, und kam ihm zuvor.
»Du hättest nicht kommen sollen, uns armen Frauen nachzustellen, wenn die Himmelsfrau schwanger ist! Wer konnte wissen, was für Träume sie dir senden würde?«
Etwas von dem gestrigen Schmerz kehrte zurück.
»Es war nicht meine Schuld – sie haben mich fortgejagt.«

»Warum?«
Der Schmerz schwoll an.
»Die Wurzel ist gekrümmt, der Zweig verbogen! Stürmender Elefant ist vor einer Gazelle aufs Gesicht gefallen –«
Sie machte eine ungeduldige Handbewegung.
»Du hast einen schwachen Knöchel. Das wissen wir alle!«
»Die Gazelle ist über mich hinweggesprungen, als ich zu Boden fiel.«
Sie hockte sich auf die Fersen, runzelte die Stirn und sprach nachdenklich zu sich selbst, als ob er gar nicht da wäre.
»Ich verstehe. Man hätte dich den Fluß hinuntertreiben lassen sollen. Aber das ist schwer zu entscheiden, wenn der Fuß bei der Geburt nicht regelrecht umgedreht ist – ach komm, mach dir nichts draus, kleiner Leopardenmann!«
Sie richtete sich auf und sah ihm ins Gesicht.
»Du brauchst keine Angst zu haben! Man hat dich nicht den Fluß hinuntertreiben lassen! Sieh – der Fluß ist dort, und du bist hier!«
Der gestrige Schmerz wallte auf und schwemmte alles fort. Er legte den Kopf zurück, heulte laut, und die Tränen schossen ihm aus den Augen.
»Sie haben mich Schimpanse genannt!«
Dann hielt sie ihn in den Armen, und er weinte an ihrer Schulter. Ihre Hände streichelten seinen Rükken.
»Schon gut, schon gut!« sagte sie, »beruhige dich –«
Und während der ganzen Zeit bebten ihre eigenen Schultern.
Sein Schluchzen ließ nach. Sie nahm seinen Kopf zwischen die Hände und hob ihn hoch.

»Sie werden es vergessen«, sagte sie. »Du wirst sehen, mein kleiner Leopardenmann, Menschen können alles vergessen. Sie werden ein neues Lied, eine neue Melodie oder Redensart haben. Sie werden einen neuen Witz haben, den sie immer wieder erzählen, einen glitzernden Stein, den sie herzeigen können, eine seltsame Blume oder eine großartige neue Wunde, auf die sie stolz sind. Und du – du wirst doch auch deinen Traum vergessen, nicht wahr?«

»Meinen Traum?«

»Letzte Nacht – den ganzen Aufruhr. Die Himmelsfrau hat dir diesen Traum gesandt. Das mit der Höhle der –«

Er blickte düster zu Boden.

»Ich werde es nicht vergessen.«

»O ja, das wirst du!«

Er hob kurz die Augen, dann senkte er sie wieder.

»Es gibt zuviel Gesang – zu viele Blätter im Wald – zu viele Worte wie Staub – sie würden es niemals glauben – niemals. Wie könnten sie?«

Sie kam dicht an ihn heran und sprach ernst.

»Hör zu, Schim – hör zu, Stürmender Elefant. Die Leopardenmänner würden es nicht glauben. Das hast du selbst gesagt.«

»Und?«

»Bist du kein Leopardenmann?«

»Ich glaube ja.«

»Dann kannst du es doch auch nicht glauben, nicht wahr?« sagte Sie, Welche Die Frauen Benennt.

Schimpanse dachte darüber nach. Es folgte ein langes Schweigen.

Sie lehnte sich zurück, die Beine unter ihrem Körper, das Gewicht auf eine Hand gestützt, die Finger gespreizt. Der Zeigefinger der anderen Hand machte kleine Zeichen auf dem Boden. Sie beobachtete den Finger.

»Auf jeden Fall«, sagte sie schließlich, »bin ich der Meinung, daß ich nicht mit den anderen über meinen Traum sprechen sollte. Vor allem nicht mit Herabstoßendem Adler und Leuchtkäfer. Weißt du, Herabstoßender Adler und Kirsche, Leuchtkäfer und Kleiner Fisch —«

»Kirsche? Kleiner Fisch?«

Es herrschte wieder Schweigen.

»Nun«, sagte sie nach einer Weile. »Nun, ich verstehe.«

Seine Verwirrung legte sich. Es war ein Traum; und er ließ ihn die Grausamkeit der Leopardenmänner erkennen.

»Klonk.«

»Was?«

»Klonk. Mein Knöchel sagt klonk.«

Er sah zu ihr hinauf — vielleicht, um Trost zu finden. Aber sie hatte den Kopf zur Seite gewandt und blickte auf den dicken Beutel, der in seinem Dreifuß hing. Sie lächelte ironisch. Ihre Worte besagten nichts.

»Und bei mir macht's klonk in meinem Inneren. Aber man kann nicht in den Kopf eines Babys schauen.«

Sie sah ihn an, dann senkte sie die Augen.

»Wenn ich ein Kind bekomme —«

Er zuckte zusammen.

»Was hat das mit mir zu tun?«

»Oh, nichts, natürlich nicht das geringste! Die Himmelsfrau macht das alles ganz allein! Ich habe jedoch kein Kind bekommen, seit mein Leopardenmann von der Sonne getötet worden ist. Seltsam, nicht wahr?

Aber jetzt —«
Er versuchte, sie zu verstehen.
»Jetzt?«
Sie setzte sich auf und fuhr sich mit der Hand über die Stirn.
»Auch ich habe Träume. Aber sie bedeuten nichts. Nichts, gar nichts. *Was bedroht uns?* Die Himmelsfrau ist — wer weiß, was sie ist oder was wir sind, abgesehen davon, daß wir anders sind als alles andere? Stürmender Elefant — der Traum, dein Traum —«
»Nun?«
Er sah, daß sie die Farbe wechselte, eine Röte breitete sich über ihre Brust, ihren Hals und ihre Wangen.
»Findest du es sehr unrecht von mir, daß ich dich hierhergebracht habe?«
Er erinnerte sich an den Ort ohne Zähne, die Dunkelheit, die ihn die Furcht vergessen ließ.
»Nein. Nein.«
Ihre Wangen wurden abwechselnd blaß und rot.
»Weißt du — du könntest — das heißt — Stürmender Elefant, du könntest mein Leopardenmann sein. Wenn du von der Jagd zurückkehrst, könntest du in die Hütte kommen und — das heißt, wenn du möchtest.«
Er dachte an die Leopardenmänner und ihre Ehrfurcht vor Ihr, Welche Die Frauen Benennt. Eine große Zuversicht verdrängte den Schmerz in seinem Inneren. Er sprach schroff, um sich seine Freude nicht anmerken zu lassen.
»Wenn du willst.«
Die Röte wich aus ihren Wangen. Sie beugte sich auf den Knien nach vorn und sagte mit ruhiger Würde:
»Stürmender Elefant, laß uns die Nase reiben.«
Eine Mädchenstimme rief irgendwo jenseits des Vorhangs:

»Palme! Palme! O Palme!«

Die Namengeberin der Frauen sprang auf und ging rasch zum Vorhang.

»Bleib draußen!«

»Palme!«

»Was gibt's?«

»Sie kommen zurück – Palme. Die Leopardenmänner! Sie sind mindestens einen Tag zu früh dran, Palme!«

Sie, Welche Die Frauen Benennt, stand schweigend da, die Hände an die Wangen gepreßt. Sie warf einen raschen Blick auf Schimpanse, dann ließ sie die Hände sinken.

»Hör zu – Minnow. Sag es den anderen. Räumt alles fort –«

»Das tun wir gerade!«

Sie, Welche Die Frauen Benennt, rief hinter ihr her: »Wohlgemerkt, alles! Nicht eine Spur!«

Schimpanse ging hin und her. Er suchte überall auf dem Boden.

»Mein Lendenschurz – wo ist er?«

»Wie soll ich das wissen? Wahrscheinlich oben bei den Mulden!«

»Ich kann nicht –«

»Du mußt gehen – du *mußt*!«

»Wie? Wohin?«

»Oh –!«

»Nackt!«

»Warte einen Augenblick. Ich werde nachsehen, wie weit sie sind –«

Sie lief eilig durch den Vorhang und die Bäume, stieg rasch zu den Mulden hinauf. In der ersten schwammen ein Lendenschurz und ein Gürtel. Sie fischte sie heraus, dann blickte sie unter der erhobenen Hand über die Ebene. Die Leopardenmänner waren sogar schon näher, als Minnow gesagt hatte. Sie meinte fast, ihren Gesang zu hören. Aber auf jeden Fall konnte sie sehen, daß sie im Gänsemarsch hintereinander hergingen und alle paar Schritte ihre Stöcke in die Luft warfen.

»Rah! Rah! Rah!« sagte Sie, Welche Die Frauen Benennt, erbittert, »Rah! Rah! Rah!«

Das Sonnenlicht blendete sie, und sie legte die Hand noch dichter über die Augen. Sie sah, daß zwei der Jäger eine Stange trugen, an der eine Last hing. Sie musterte die Größe der Last, ihre Farbe –

»Oh, unveränderliche Himmelsfrau! Nicht *noch* einen Leoparden!«

Sie ging rasch zum Platz der Frauen zurück und warf Schimpanse seinen Lendenschurz zu.

»Zieh ihn an und geh.«

»Wohin? Wie?«

Sie schlug sich mit den Fäusten an den Kopf.

»Hab' ich nicht schon genügend Scherereien? Geh! Spring in den Fluß – dann wate stromabwärts und komm durch den Wald zurück –«

»Ich gehe –«

»Und glaub ja nicht, daß ich die ganze Zeit einen Mann um mich herum –«

Den Lendenschurz in der Hand, ließ er sich ins Wasser fallen. Er kam herauf und watete zitternd vor Kälte flußabwärts. Als er sich noch einmal nach ihr umdrehte, sah er, daß sie mit einer Kokosschale in der Hand neben dem Dreifuß stand. Dann bahnte er sich einen Weg durch Kraut und herabhängende Zweige, kletterte ans Ufer, blieb unter den Bäumen stehen und zog sich an. Nachdem er sich vergewissert hatte, daß niemand in der Nähe war, ging er langsam durch den Wald und kam bei den Felsen heraus. Er schlich sich um die Siedlung herum zu den heißen Quellen hinauf, dann auf der anderen Seite hinunter. Er sah, daß der Zug der Leopardenmänner sich dem offenen Platz vor der Siedlung näherte. Frauen und Mädchen liefen ihm entgegen, umarmten ihre Männer und schmückten sie mit Blumen. Die Kinder tanzten und klatschten in die Hände. Die Männer sangen und hoben ihre Speere. Ein alter Leopardenmann stand, auf seinen Speer gestützt, vor seiner Hütte, nickte und lachte mit zahnlosem Mund. Schimpanse stieg leise hinunter und schloß sich hinter Schönem Vogel dem Ende des Zuges an. Der Leopard hing mit dem Rücken nach unten an seinen vier Pfoten, und sein Blut tropfte herab. Schöner Vogel drehte sich lachend um, sah Schimpanse und umarmte ihn!

»Wo war Stürmender Elefant? Wir haben die Spur wiedergefunden! Wir haben diesen mächtigen Leoparden getötet! Wir haben um die Feuerblume herum gesessen und haben gesungen, aber Stürmender Elefant und seine Flöte waren nicht da! Es gab einen Sturm von Klagen!«

Leuchtkäfer blickte sich um; er hielt sein Mädchen in den Armen.

»Wo war der Gesang des Windes? Wir haben in einer Regenwolke gelebt!«

Libelle kam schüchtern heran und griff nach Schimpanses Hand. Schimpanse brach in Tränen aus.

Plötzlich wurde es still. Schimpanse wischte sich die Tränen ab und folgte den Blicken der anderen. Die Namengeberin der Frauen, Sie, Deren Herz Mit Namen Beladen Ist, kam über das offene Gelände vom

Platz der Frauen. Sie wiegte sich wie eine Palme. Weiße Muscheln klirrten leise an ihrem Hals, ihren Fesseln, ihren Handgelenken. Das lange, dunkle Haar fiel glatt und sittsam über ihre Brüste, ihr Grasrock raschelte. Sie stellte einen Fuß nach hinten, breitete ihre Hände aus. Sie beugte die Knie und neigte den Kopf. Dann richtete sie sich auf und faltete die Hände vor ihrer Brust. Sie lächelte sanft.

»Willkommen, mächtige Leopardenmänner! Welche Meute, welche Herde, welches Rudel ist schneller, wilder? Und willkommen du, mein Leopardenmann, Stürmender Elefant, der in meine Hütte geht, wenn es ihm beliebt!«

Schimpanse, der wie betäubt dastand, hörte einen lauten Ruf. Die Leopardenmänner umringten ihn, Blumen schlugen ihm ins Gesicht, und Herabstoßender Adler schloß ihn in die Arme.

Sie sprach abermals.

»Wo bist du gewesen, Stürmender Elefant? Die Nächte waren lang und einsam!«

Eine große Freude und Kraft durchströmte ihn, stieg aus seinen Lenden empor. Er nahm Libelle den Speer aus der Hand, hob ihn hoch und stampfte mit seinem gesunden Fuß auf. Ein Ruf brach aus ihm hervor:

»Ich bin Wasserpfote! Ich bin Verwundeter Leopard!«

Herabstoßender Adler und Wütender Löwe zwangen ihn nieder. Er sank in die Knie. Der Älteste der Ältesten hob den Speer, dann ließ er ihn langsam auf Schimpanses Schulter sinken.

»Wasserpfote! Verwundeter Leopard!«

Als er aufstand, waren seine Augen wieder mit Tränen gefüllt, so daß er die Namengeberin der Frauen nicht sehen konnte, aber er hörte sie, als sie wieder sprach.

»So geht zu eurem geheimen Platz, mächtige Leopardenmänner. Nehmt die erschreckende Kraft des Leoparden mit, während wir Frauen kauern und staunen; und euch demütig ein Festmahl mit nahrhafter Termitensuppe, getrocknetem Fisch, Wurzeln und Früchten und kühlem, klarem Wasser bereiten.«
»Rah! Rah! Rah!«

So war jedermann zufrieden, und alles wandte sich letztlich zum Guten. Der Berg brach über hunderttausend Jahre lang nicht aus; und obgleich der Ausbruch den Kurort verschüttete, der sich um die heißen Quellen herum gebildet hatte, gab es unterdessen so viele Menschen an anderen Orten, daß es nicht weiter wichtig war.

Der Sonderbotschafter

1. DAS ZEHNTE WUNDER

Die Vorhänge zwischen der Loggia und dem Rest des Hauses boten keinen Schutz gegen die Stimme des Eunuchen, der sich mit verständlicher, aber dennoch bewundernswerter Unpersönlichkeit über die Leidenschaft ausließ. Seine Stimme überschlug sich und stieg in die Höhe, sie nahm, kaum merklich, eine Färbung an, die von der ganzen Qual eines Menschen zu sprechen schien, sie schwankte, sank herab, schnappte in geschickt eingefügten Synkopen nach Luft. Der junge Mann, der an einer der Säulen der Loggia lehnte, rollte den Kopf von einer Seite zur anderen. Seine Stirn war so tief gefurcht, wie Jugend sie furchen kann, und seine Augenlider waren nicht gehoben, sondern hingen müde herab, als ob sie ein unerträgliches Gewicht darstellten. Hinter und unter ihm waren die Gärten vom Sonnenuntergang überflutet. Eine Glut, so unpersönlich wie die Stimme des Eunuchen, hüllte ihn ein, aber man konnte trotzdem erkennen, daß er reizend anzusehen war, hochgewachsen, rothaarig und sanft. Seine Lippen zitterten, und er seufzte tief.

Der alte Mann, der so geruhsam an der anderen Säule der Loggia saß, blickte von seiner Arbeit auf.

»Mamillius.«

Mamillius zog unter seiner Toga die Schultern hoch, blickte aber nicht auf. Der alte Mann beobachtete ihn eine Weile. Sein Gesichtsausdruck war schwer zu deuten, denn das Sonnenlicht spiegelte sich in den Fliesen und beleuchtete ihn von unten her, so daß seine Nase abgestumpft war und ein gekünstelter Zug von Güte um seine Lippen lag. Es hätte ein besorgtes Lächeln darunter liegen können. Er hob leicht die Stimme.

»Laßt ihn wieder singen.«

Drei Töne einer Harfe, Tonika, Subdominante, Dominante, Grundlagen des Universums. Die Stimme stieg an, und die Sonne fuhr fort, mit weltferner und leidenschaftsloser Gewißheit zu sinken. Mamillius zuckte zusammen, der alte Mann hob die linke Hand, und die Stimme schwieg, als ob er sie abgestellt hätte.

»Komm, sag mir, was los ist.«

Mamillius öffnete die Augen. Er wandte den Kopf zur Seite und blickte auf die Gärten, die sich in abfallenden Stufen, mit Gras bepflanzt und von Eiben, Zypressen und Wacholderbäumen beschattet, unter ihm ausdehnten, blickte teilnahmslos auf die unterste Stufe von allen, das glitzernde Meer.

»Du würdest es nicht verstehen.«

Der alte Mann kreuzte die mit Sandalen bekleideten Füße auf dem Schemel und lehnte sich zurück. Er legte die Fingerspitzen aneinander, und am Ringfinger seiner rechten Hand funkelte ein Amethyst. Der Sonnenuntergang färbte seine Toga schöner, als die Syrier es konnten, und der breite, purpurne Besatz am Saum sah aus, als wäre er schwarz.

»Zu verstehen ist meine Aufgabe. Schließlich bin ich

dein Großvater, wenn du auch nicht zum Hauptstamm der kaiserlichen Familie gehörst. Sag mir, was los ist.«

»Zeit.«

Der alte Mann nickte ernst.

»Die Zeit rinnt uns wie Wasser durch die Finger. Es ist erschreckend, zu sehen, wie wenig übrigbleibt.«

Mamillius hatte die Augen geschlossen, die Furchen auf seiner Stirn waren zurückgekehrt, und er hatte wieder angefangen, den Kopf an der Säule hin und her zu rollen.

»Die Zeit steht still. Es liegt eine Ewigkeit zwischen einem Schlaf und dem anderen. Ich kann die Länge des Lebens nicht ertragen.«

Der alte Mann überlegte einen Augenblick. Er steckte die Hand in einen Korb zu seiner Rechten, nahm ein Papier heraus, sah es an und warf es in den Korb zu seiner Linken. Viele erfahrene Hände hatten Stunden damit zugebracht, ihm das Aussehen von gepflegter Vornehmheit zu verleihen, das selbst diesem Garten und diesem Licht standhielt. Er war von der glänzenden Kopfhaut unter dem schütteren Haar bis zu den Spitzen seiner Zehen die vollendete Schöpfung der Kunstfertigkeit seiner Diener.

»Millionen von Menschen müssen glauben, daß der Enkel des Kaisers – selbst einer zur Linken – vollkommen glücklich ist.«

»Ich habe die Quellen des Glücks durchlaufen.«

Der Kaiser ließ ein Geräusch hören, das der Anfang eines schallenden Gelächters hätte sein können, wenn es nicht in einem Hustenanfall und einem Schneuzen auf römische Art geendet hätte. Er wandte sich wieder seinen Papieren zu.

»Vor einer Stunde wolltest du mir noch mit diesen Bittschriften helfen.«

»Das war, ehe ich angefangen hatte, sie zu lesen. Hat denn die ganze Welt keine anderen Gedanken, als um Gunstbezeigungen zu betteln?«

Eine Nachtigall flitzte durch den Garten, ließ sich auf der Schattenseite einer Zypresse nieder und probierte einige Noten durch.

»Schreib doch wieder ein paar von deinen reizenden Versen. Mir haben diejenigen, die auf einer Eierschale niedergeschrieben werden sollten, besonders gut gefallen. Sie haben den Feinschmecker in mir angesprochen.«

»Ich habe erfahren, daß irgend jemand das schon einmal gemacht hat. Ich werde nicht mehr schreiben.«

Dann schwiegen sie eine Weile, um dem Lied der Nachtigall zu lauschen: Aber als ob sie sich der allzu vornehmen Zuhörer bewußt wäre, gab sie ihren Versuch auf und flog davon.

Mamillius schüttelte seine Toga aus.

»All diese Jahre nichts als trauervolle Ithyphalliki. Welch erschreckender Mangel an Intelligenz!«

»Versuch's mit den anderen Künsten.«

»Vortragskunst? Gastronomie?«

»Du bist zu schüchtern für das eine und zu jung für das andere.«

»Ich hatte geglaubt, du würdest mein Interesse an der Kochkunst billigen.«

»Du redest, Mamillius, aber du verstehst es nicht. Gastronomie ist nicht das Vergnügen der Jugend, sondern die Erinnerung an sie.«

»Der Vater seines Landes beliebt, in Rätseln zu sprechen. Und ich langweile mich immer noch.«

»Wenn du nicht eine so wundervoll klare Haut hättest, würde ich dir Senna verordnen.«
»Ich bin von einer bedrückenden Regelmäßigkeit.«
»Eine Frau?«
»Dafür bin ich doch hoffentlich zu zivilisiert.«
Diesmal konnte der Kaiser sich nicht beherrschen. Er versuchte, das Lachen aus seinem Gesicht zu verdrängen, aber dafür erschütterte es seinen ganzen Körper. Er gab es auf und lachte, bis ihm die Tränen aus den Augen sprangen. Die Farbe im Gesicht seines Enkels vertiefte sich, holte den Sonnenuntergang ein und ließ ihn zurück.
»Findest du mich so komisch?«
Der Kaiser wischte sich die Wangen ab.
»Verzeih. Ich frage mich, ob du wohl jemals verstehen wirst, daß ein Teil meiner großen Zuneigung zu dir gerade darin wurzelt, daß du – Mamillius, du bist so hoffnungslos modern, daß du es nicht wagst, dich zu amüsieren, aus Angst, man könnte dich für altmodisch halten. Wenn du doch nur die Welt durch meine reuevollen und verblassenden Augen sehen könntest!«
»Der Haken dabei ist, Großvater, daß ich es nicht einmal möchte. Es gibt nichts Neues unter der Sonne. Alles ist bereits erfunden, alles ist bereits geschrieben worden. Die Zeit ist zum Stillstand gekommen.«
Der Kaiser warf wieder ein Papier in seinen Korb.
»Hast du jemals etwas von China gehört?«
»Nein.«
»Ich muß vor zwanzig Jahren zum erstenmal von China gehört haben. Eine Insel jenseits von Indien, dachte ich mir. Seitdem sind immer wieder irgendwelche Nachrichten zu mir durchgedrungen. Weißt

du, Mamillius, daß China ein Kaiserreich, größer als unser eigenes, ist?«

»Das ist Unsinn. Unvereinbar mit der Natur der Dinge.«

»Aber dennoch wahr. Ich bin manchmal benommen vor Staunen, wenn ich mir vorstelle, daß diese Erdkugel gewissermaßen von zwei Händen gehalten wird – einer hellbraunen und einer anderen, die, soweit ich unterrichtet bin, die Hautfarbe eines Gelbsüchtigen hat. Vielleicht wird der Mensch, wie in jener Komödie, endlich seinem lang vermißten Zwilling gegenübertreten.«

»Lügenmärchen.«

»Ich versuche dir zu beweisen, wie reich und wundervoll das Leben ist.«

»Willst du damit sagen, daß ich auf Entdeckungsfahrten gehen soll?«

»Du könntest nicht übers Meer fahren, und über Land oder auf dem Fluß würde es zehn Jahre dauern, falls die Arimaspier es dir erlaubten. Bleib lieber daheim und unterhalte einen alten Mann, der sich einsam fühlt.«

»Vielen Dank, daß du mir gestattest, deinen Hofnarren zu spielen.«

»Junge«, sagte der Kaiser energisch, »ich glaube, es würde dir guttun, dich einmal an einer richtiggehenden blutigen Schlacht zu beteiligen.«

»Dinge dieser Art überlasse ich deinem offiziellen Erben. Posthumus ist ein gefühlloser Raufbold. Soll er so viele Schlachten schlagen, wie er will. Außerdem mindert eine Schlacht den Wert des Lebens, und ich finde das Leben schon ohnedies wertlos genug.«

»Dann kann der Vater seines Landes nichts für seinen eigenen Enkel tun?«

»Ich habe es satt, dazusitzen und die Daumen zu drehen.«
Der Kaiser sah ihn aufmerksamer an, als die Bemerkung zu rechtfertigen schien. »Bin ich vielleicht sehr töricht gewesen? Sieh dich vor, Mamillius. Eine Bedingung unserer ungewöhnlichen Freundschaft ist, daß du dir nicht die Finger verbrennst. Dreh weiter die Daumen. Ich wünsche dir ein langes Leben, selbst wenn du letztlich an Langeweile stirbst. Werd' nicht ehrgeizig.«
»Ich strebe nicht nach Macht.«
»Bemüh dich weiterhin, Posthumus davon zu überzeugen. Laß ihn regieren. Er liebt es.«
Mamillius blickte auf die Vorhänge, trat einen Schritt näher und sagte leise zum Kaiser.
»Trotzdem würdest du es lieber sehen, daß ich den purpurnen Saum an deiner Toga erbe!«
Der Kaiser beugte sich vor und erwiderte mit eindringlicher Stimme:
»Wenn seine Spione dich hörten, würde keiner von uns beiden am Leben bleiben. Sag nie wieder so etwas. Das ist ein Befehl.«
Mamillius kehrte zu seiner Säule zurück, während der Kaiser wieder ein Papier zur Hand nahm, es in das rote Licht des Sonnenuntergangs hielt und beiseite warf. Eine Weile herrschte Schweigen. Die Nachtigall, des Dunkels und der Ungestörtheit gewiß, kehrte zu der Zypresse und ihrem Lied zurück. Schließlich sagte der Kaiser sanft:
»Geh die Stufen hinunter und überquere den Rasen, der diese Talmulde so sauber ausfüllt; dann geh am Seerosenteich vorbei und durch den Tunnel des Kliffs. Nach hundert Schritten stehst du am Kai des Hafens —«

»Ich habe das alles schon oft genug gesehen.«

»Bis du dort ankommst, wirst du nicht mehr viel erkennen können; aber sage dir: ›Hier, durch die zwei Kaimauern vom Meer abgeschirmt, gibt es hundert Schiffe, tausend Häuser, zehntausend Menschen. Und jeder von ihnen würde alles darum geben, der Bastard-, aber Lieblingsenkel des Kaisers zu sein.‹«

»Lagerhäuser, Kneipen, Bordelle. Teer, Öl, Schmutz, Unrat und Schweiß.«

»Du magst die Menschheit nicht.«

»Und du?«

»Ich nehme sie hin.«

»Ich gehe ihr aus dem Weg.«

»Wir müssen Posthumus überreden, dir eine Statthalterschaft zu übertragen. Ägypten?«

»Griechenland, wenn es überhaupt sein muß.«

»Leider besetzt«, sagte der Kaiser in bedauerndem Ton. »Es gibt sogar eine Warteliste.«

»Dann Ägypten.«

»Einen Teil von Ägypten. Wenn du gehst, Mamillius, so ist es um deiner selbst willen. Du würdest bei deiner Rückkehr nichts mehr von mir vorfinden, außer meiner Asche und ein oder zwei Statuen. Also werde glücklich, und sei es auch nur, um einen alternden Staatsdiener zu erfreuen.«

»Womit sollte Ägypten mich glücklich machen? Es gibt nichts Neues, nicht einmal in Afrika.«

Der Kaiser rollte ein weiteres Papier auf, warf einen Blick darauf, lächelte, dann lachte er.

»Hier ist etwas Neues für dich. Es sind zwei von deinen zukünftigen Untertanen. Du solltest sie empfangen.«

Mamillius nahm gleichgültig das Papier entgegen,

wandte dem Kaiser den Rücken und hielt es ins Licht. Er ließ den oberen Rand los und blickte grinsend über die Schulter, während das Papier sich zusammenrollte. Er drehte sich um, und sie lächelten sich an. Der Kaiser lachte, war vergnügt, jünger, zufrieden. Mamillius wurde plötzlich wieder zu einem Jungen, und sein Lachen war unsicher in der Stimmlage.

»Er will mit Cäsar Boot spielen.«

So lachten sie gemeinsam zum Gesang der Nachtigall. Der Kaiser beruhigte sich als erster. Er nickte in Richtung der Vorhänge. Mamillius ging auf sie zu, zog einen beiseite und sprach mit kühler, unpersönlicher Stimme.

»Der Kaiser wird die Bittsteller Phanocles und Euphrosyne empfangen.«

Dann stellte er sich wieder an die Säule, und sie nickten einander lächelnd wie zwei Verschwörer zu.

Aber man konnte sich Cäsar nicht nähern, als wäre er nichts weiter als ein Mann. Ein dicker Schreiber kam durch die Vorhänge, sank auf ein Knie und legte die Schreibtafeln auf das andere. Stampfend und klirrend marschierte ein Soldat in voller Rüstung auf die Loggia. Er stellte sich in strammer Haltung schräg hinter den Kaiser, zog mit schabendem Geräusch sein Schwert heraus und hielt es senkrecht vor die Brust. Man hörte flüsternde Stimmen, und zwei Sklaven zogen die Vorhänge zurück. Irgend jemand schlug mit einem Stock auf das Steinpflaster.

»Der Kaiser gestattet euch, vor ihn zu treten.«

Ein Mann kam herein, gefolgt von einer Frau, die ein Bündel trug. Die Sklaven ließen den Vorhang sinken, und der Mann stand, offenbar vom Sonnenuntergang geblendet, einen Augenblick regungslos da, so daß der Kaiser und Mamillius Zeit hatten, ihn zu mustern. Er trug eine helle Tunika und darüber einen langen grünen Umhang. Sein dunkles Haar und sein Bart waren wirr, entweder vom Ungestüm seiner eigenen Bewegungen oder von einem Wind zerzaust, dem es nicht gestattet war, in die Abgeschiedenheit des Kaisers zu dringen. Der Umhang war fadenscheinig, geflickt und staubig. Niemand hatte sich um seine Hände und Füße gekümmert. Sein Gesicht war knochig, unregelmäßig und konnte für nichts anderes angesehen werden als die Vorderseite eines Kopfes.

Die Frau, die ihm gefolgt war, stahl sich in die dunkle Ecke, die ihr selbstverständlicher Platz zu sein schien. Es war so gut wie nichts von ihr zu sehen, denn sie war von oben bis unten in Tücher eingehüllt, und ihr Gesicht war hinter einem losen Schleier verborgen. Sie stand seitlich zu den Männern und neigte den Kopf über das Bündel, das sie trug. Der Spann hob das lange Gewand, so daß es eine Sandale und vier Zoll eines zart geformten Fußes enthüllte. Der Soldat rührte sich nicht. Nur seine Augen schweiften verstohlen zur Seite, musterten sie abschätzend von Kopf bis Fuß, entfernten kundig die Hüllen und beurteilten nach den wenigen Anhaltspunkten, die sie ihm bot, mit der intuitiven Sachkenntnis langjähriger Erfahrung die Frau, die darunter lag. Er sah eine halb versteckte Hand, die gerundete Form eines Knies unter dem Stoff. Seine Augen kehrten zu ihrem geteilten, starren Blick beiderseits des Schwertes zurück. Seine Lippen spitzten und rundeten sich. Zu einem günstigeren Zeitpunkt und an einem geeigneteren Ort wäre sein Atem als Pfiff herausgekommen.

Der Kaiser, der zu ahnen schien, was hinter ihm vorging, blickte rasch über die Schulter. Die Augen des Soldaten starrten geradeaus. Es war unmöglich anzunehmen, daß sie sich jemals bewegt hatten oder sich je wieder bewegen würden. Der Kaiser warf einen Blick auf seinen Enkel.

Mamillius beobachtete die Frau von der Seite her, seine Augen musterten sie von Kopf bis Fuß, entfernten ihre Hüllen, beurteilten mit dem intuitiven und grenzenlosen Optimismus der Jugend die Frau, die darunter lag.

Der Kaiser lehnte sich zufrieden zurück. Der Mann ging auf die Frau zu und nahm ihr das Bündel ab, fand jedoch keinen Platz, wo er es hinlegen konnte. Er blickte kurzsichtig auf den Fußschemel des Kaisers. Der Kaiser machte dem Schreiber ein Zeichen.

»Mach eine Notiz.«

Er beobachtete Mamillius freundlich, triumphierend.

»Die Kieselsteine des Pyrrha, Jehovas Spontane Schöpfung oder die Rote Tonerde von Thot: Aber ich war immer der Ansicht, daß irgendein Gott den Menschen auf allen vieren vorgefunden, ihm das Knie ins Kreuz gestemmt und ihn mit einem Ruck in die senkrechte Stellung gebracht hat. Der Sensualist baut darauf. Der weise Mann erinnert sich daran.«

Doch Mamillius hörte nicht zu.

Der Fremde faßte einen Entschluß. Er entfernte die Sackleinwand vom Bündel, bückte sich und stellte das Modell eines Schiffes auf die Fliesen zwischen dem Kaiser und Mamillius. Es war etwa einen Meter lang, plump und häßlich. Der Kaiser blickte von ihm zu dem Mann.

»Du bist Phanocles?«

»Phanocles, Cäsar, der Sohn von Myron aus Alexandrien.«

»Myron? Du bist Bibliothekar.«
»Ich war es, Cäsar – Gehilfe – bis –«
Er deutete mit einer heftigen Bewegung auf das Boot. Der Kaiser sah ihn immer noch an.
»Und du willst mit Cäsar Boot spielen?«
Es gelang ihm, sein Gesicht ernst zu halten, aber seine Stimme klang belustigt. Phanocles wandte sich verzweifelt an Mamillius, doch dieser war immer noch beschäftigt und machte jetzt auch kaum mehr ein Hehl daraus. Plötzlich brach Phanocles in einen Wortschwall aus.
»Man hat mir von allen Seiten Hindernisse in den Weg gelegt, Cäsar. Ich vergeude meine Zeit, sagten die Leute, ich befasse mich mit Schwarzer Kunst, sagten sie und lachten. Ich bin ein armer Mann, und als der letzte Rest von dem Geld, das mein Vater mir hinterlassen hat – es war nicht viel – ich habe es verbraucht – was sollen wir tun, Cäsar?«
Der Kaiser beobachtete ihn schweigend. Er sah, daß nicht der Sonnenuntergang Phanocles geblendet hatte. Die letzten Reste davon genügten, ihm zu zeigen, daß der Mann kurzsichtig war. Die Enttäuschung darüber verwirrte und erzürnte ihn, als ob irgendeine ständige Quelle von Erstaunen und Zorn in der leeren Luft, einen Meter vor seinem Gesicht hinge.
»– und ich wußte, wenn ich nur zu Cäsar gelangen könnte –«
Aber es hatte Hindernisse über Hindernisse, Spott, Verständnislosigkeit, Zorn, Verfolgung gegeben.
»Wieviel hat es dich gekostet, heute zu mir vorgelassen zu werden?«
»Sieben Goldstücke.«
»Das scheint angemessen. Ich bin nicht in Rom.«

»Es war alles, was ich hatte.«
»Mamillius. Sorge dafür, daß Phanocles durch seinen Besuch keinen Verlust erleidet. Mamillius!«
»Cäsar.«
Schatten krochen vom Dach der Loggia herab und quollen aus den Ecken. Die Nachtigall sang immer noch in der hohen Zypresse. Die Augen des Kaisers wanderten gleich denen des Soldaten zu der verschleierten Frau, dann – im Gegensatz zu seinen – zu Mamillius.
»Und deine Schwester?«
»Euphrosyne, Cäsar, eine freie Frau und eine Jungfrau.«
Der Kaiser drehte langsam die Handfläche um und bog den Finger, so daß das Abbild einer herbeiwinkenden Hand in seinem Schoß lag. Von diesem unwiderstehlichen Zwang angezogen, kam Euphrosyne lautlos aus ihrer Ecke heraus und blieb vor ihm stehen. Die Falten ihres Gewandes bewegten sich leise, der Schleier zitterte vor ihrem Mund.
Der Kaiser warf einen Blick auf Mamillius und sagte wie zu sich selbst:
»Es gibt nichts Neues unter der Sonne.«
Er wandte sich an Euphrosyne.
»Junge Dame, laß uns dein Gesicht sehen.«
Phanocles trat hastig einen Schritt nach vorn und sah sich von dem Modell zurückgehalten.
Er hüpfte zur Seite, um es nicht zu beschädigen.
»Cäsar –«
»Ihr müßt euch an unsere westlichen Sitten gewöhnen.«
Der Kaiser blickte hinunter auf die mit Sandalen bekleideten Zehen, das runde Knie, hinauf zu den

unglaubhaften Händen, die sich so fest in den Stoff des Kleides klammerten. Er nickte sanft und streckte beruhigend die Hand aus.

»Wir wollen nicht unhöflich sein, mein Kind. Anstand ist der geziemende Schmuck der Jungfräulichkeit. Aber laß uns wenigstens deine Augen sehen, damit wir wissen, mit wem wir sprechen.«

Ihr verschleierter Kopf wandte sich dem Bruder zu, aber Phanocles stand hilflos mit gefalteten Händen und offenem Mund da. Schließlich zog eine Hand den Schleier ein wenig hinunter, so daß er den oberen Teil ihres Gesichts enthüllte. Sie sah den Kaiser an, und dann sank ihr Kopf herab, als ob ihr ganzer Körper ein Mohnstengel wäre, zu schwach, um das Gewicht zu tragen.

Der Kaiser erwiderte lächelnd und stirnrunzelnd den Blick ihrer Augen. Er sagte nichts, aber die unausgesprochene Botschaft seines Wunsches war hinausgedrungen. Die Vorhänge teilten sich, und drei Frauen kamen mit gemessenen Schritten herein. Jede schien eine doppelte Handvoll Licht in den Händen zu tragen, so daß die Gesichter beleuchtet und die Finger ein rosafarbenes Transparent waren. Den Blick immer noch auf das Mädchen geheftet, begann der Kaiser, diese namenlosen Lampen mit leichten Bewegungen seines Zeigefingers anzuordnen. Eine stellte er ein wenig seitlich rechts von Euphrosyne, eine hinter sie, so daß das Licht in ihren Haaren glänzte. Die dritte ließ er ganz dicht an sie herantreten und bat, das Licht zu heben, bis es links so nah an ihrem Gesicht schwebte, daß seine Wärme eine Locke an ihrem Ohr flattern ließ.

Der Kaiser wandte sich an Mamillius, der kein Wort

sprach. Auf seinen Zügen lag ein Ausdruck der Bestürzung, als hätte man ihn aus einem tiefen Schlaf gerissen. Euphrosyne bedeckte mit einer hastigen Bewegung wieder ihr Gesicht, und es war, als ob ein viertes Licht erloschen wäre. Das Schwert des Soldaten bebte.

Der Kaiser lehnte sich in seinen Sessel zurück und sprach zu Phanocles.

»Du hast das zehnte Weltwunder mitgebracht.«

Phanocles stand regungslos da. Der Schweiß lief ihm übers Gesicht. Er sah verwirrt auf das Modell.

»Aber ich habe dir nicht erklärt, Cäsar —«

Der Kaiser hob die Hand.

»Beruhige dich. Niemand will dir oder deiner Schwester einen Schaden zufügen. Mamillius, sie sind unsere Gäste.«

Mamillius stieß die Luft aus und sah den Kaiser an. Er begann, den Kopf ruhelos von einer Seite zur anderen zu drehen, als versuchte er, sich von unsichtbaren Stricken zu befreien.

Die Ankündigung des Kaisers war wie ein Signal: Die Frauen stellten sich mit ihren Lichtern neben dem Eingang auf, und durch ihn kam jetzt die würdevolle Vorsteherin des kaiserlichen Haushalts herein, bereit, für das leibliche Wohl der Fremden zu sorgen. Sie neigte den Kopf vor dem Kaiser, vor Mamillius, vor Euphrosyne, nahm das Mädchen beim Handgelenk und führte es fort. Die Vorhänge schlossen sich, und die Loggia war jetzt dunkel; nur vom Meer, dort, wo die Fischerboote neben ihren Netzen tanzten, drangen einzelne Lichtpunkte herüber. Mamillius trat dicht an Phanocles heran und sprach zu ihm mit einer Stimme, die noch nicht vergessen hatte, daß sie erst vor kurzem umgeschlagen war.

»Wie klingt ihre Stimme? Wie spricht sie?«
»Sie spricht sehr selten, Herr. Ich kann mich nicht an den Klang ihrer Stimme erinnern.«
»Die Menschen haben für weniger schöne Dinge Tempel errichtet.«
»Sie ist meine Schwester!«
Der Kaiser richtete sich in seinem Sessel auf.
»Wenn du so arm bist, Phanocles, ist es dir nie in den Sinn gekommen, durch eine glänzende Verbindung dein Glück zu machen?«
Phanocles blickte sich verstört auf der Loggia um, als ob er in eine Falle geraten wäre.
»Welche Frau willst du, daß ich heiraten soll, Cäsar?«
In die ungläubige Stille, die seiner Frage folgte, goß die Nachtigall ein Rinnsal von Gesang. Sie hatte den Abendstern heraufbeschworen, der jetzt vor einem Stück tiefblauem Himmel zwischen dem Schwarz der Zypressen glitzerte. Mamillius sprach mit seiner wieder mutierenden Stimme.
»Hat sie eine Ambition, Phanocles?«
Der Kaiser lachte leise.
»Eine schöne Frau ist ihre eigene Ambition.«
»Sie könnte einen Mann zum Dichter machen.«
»Korinthisch ist dein Stil, Mamillius. Aber fahr fort.«
»Sie ist von epischer Schlichtheit.«
»Deine Ewigkeiten der Langeweile würden für alle vierundzwanzig Bücher ausreichen.«
»Mach dich nicht über mich lustig.«
»Das tue ich nicht. Du hast mich sehr glücklich gemacht. Phanocles – wie ist es dir gelungen, diesen Phönix zu bewahren?«
Phanocles tappte in einem zweifachen Dunkel.
»Was soll ich darauf sagen, Cäsar? Sie ist meine

Schwester. Ihre Schönheit ist sozusagen über Nacht zum Vorschein gekommen.«
Er machte eine Pause und suchte nach Worten. Dann brachen sie aus ihm hervor.
»Ich verstehe weder dich noch die anderen Menschen. Warum können sie uns nicht in Frieden lassen? Welche Bedeutung hat die Situation von Einzelwesen? Wo es zu unseren Füßen doch solch ein Meer von ewig währenden Beziehungen zu untersuchen oder zu bestätigen gibt?«
Sie hörten in der Dunkelheit, wie ein glucksender Ton aus Phanocles' Kehle drang, als wäre er im Begriff, sich zu übergeben. Aber als er sprach, waren seine Worte deutlich und sinnlos zugleich.
»Wenn du einen Stein aus der Hand gleiten läßt, fällt er.«
Der Sessel des Kaisers knarrte.
»Ich hoffe, wir können dir folgen.«
»Jede Materie hat gewisse immerwährende und unveränderliche Ähnlichkeiten mit jeder anderen Materie. Ein Mensch, der sie erkennt — dieser junge Herr hier —«
»Mein Enkel — Mamillius.«
»Herr, kennst du dich gut im Recht aus?«
»Ich bin Römer.«
Mamillius spürte den Luftzug von Armen, die plötzlich ausgebreitet wurden. Er spähte ins Dunkel der Loggia und sah eine schwarze, gestikulierende Gestalt.
»Da hast du's! Du kannst dich mühelos in der Welt des Rechts bewegen. Ich kann mich in der Welt von Materie und Kraft bewegen, weil ich dem Universum zumindest die Intelligenz eines Rechtsanwalts zutraue.

So wie du, der du das Recht kennst, mir gegenüber deinen Willen durchsetzen kannst, weil ich es nicht kenne, so kann ich dem Universum gegenüber meinen Willen durchsetzen.«

»Verworren«, sagte der Kaiser. »Unlogisch und äußerst überheblich. Hör zu, Phanocles. Wenn du so redest – hat man dir schon jemals gesagt, daß du verrückt seist?«

Das verblüffte Gesicht des Mannes schwebte in der Dunkelheit nach vorn. Er dachte an das Modell auf dem Boden und versuchte, es zu umgehen. Dann war etwas vor seinem Gesicht – eine matt schimmernde Schwertklinge. Er wich unbeholfen zurück.

Der Kaiser wiederholte die Worte, als hätte er sie noch nicht ausgesprochen.

»– dir schon jemals gesagt, daß du verrückt bist?«

»Ja, Cäsar. Das ist der Grund, weshalb ich – meine Verbindung mit der Bibliothek abgebrochen habe.«

»Ich verstehe.«

»Bin ich verrückt?«

»Laß uns mehr hören.«

»Das Universum ist eine Maschine.«

Mamillius machte eine Bewegung.

»Bist du ein Zauberer?«

»Es gibt keine Zauberkraft.«

»Deine Schwester ist ein lebender Beweis und das beste Beispiel für Zauberkraft.«

»Dann steht sie über den Gesetzen der Natur.«

»Das kann gut sein. Gibt es irgendwelche Poesie in deinem Universum?«

Phanocles wandte sich kummervoll an den Kaiser.

»Siehst du, so reden sie alle, Cäsar. Poesie, Zauberkraft, Religion –«

Der Kaiser lachte leise.
»Sieh dich vor, Grieche. Du sprichst mit dem Pontifex maximus.«
Phanocles deutete mit dem Finger auf sein Gesicht.
»Glaubt Cäsar an die Dinge, die der Pontifex maximus zu tun hat?«
»Ich ziehe es vor, diese Frage nicht zu beantworten.«
»Mein Herr Mamillius. Glaubst du wirklich im tiefsten Innern deines Herzens, daß es außerhalb deiner Papierrollen eine vernunftwidrige und unvorhersehbare Kraft der Poesie gibt?«
»Wie eintönig muß dein Leben sein!«
»Eintönig?«
Er trat einen Schritt auf den Kaiser zu, erinnerte sich an das Schwert und blieb gerade noch rechtzeitig stehen.
»Ich verbringe mein Leben in einem Zustand hingerissenen Staunens.«
Der Kaiser antwortete ihm geduldig.
»Dann kann ein bloßer Kaiser nichts für dich tun. Diogenes war in seiner Tonne nicht glücklicher als du. Dir nicht die Sonne wegnehmen, ist alles, was ich tun kann.«
»Aber ich bin völlig mittellos. Ohne deine Hilfe muß ich verhungern. Mit ihr kann ich das Universum verändern.«
»Wirst du es verbessern?«
»Er ist verrückt, Cäsar.«
»Laß ihn reden, Mamillius. Phanocles, nach meiner Erfahrung sind Veränderungen immer zum Schlechten. Trotzdem werde ich dich meinem – deiner Schwester zuliebe anhören. Mach's kurz. Was willst du?«

Es habe Behinderungen gegeben. Das Schiff, nicht seine Schwester, sei das zehnte Weltwunder; er könne die Menschen nicht verstehen, aber mit seinem Schiff werde der Kaiser berühmter als Alexander sein. Mamillius hatte es aufgegeben, ihm zuzuhören, und murmelte, mit dem Finger den Takt schlagend, leise vor sich hin.

Der Kaiser sagte nichts, während Phanocles weiter auf ihn einredete, tat nichts, duldete nur, daß sich ein Ring von kalter Luft um ihn herum bildete und nach außen erstreckte. Schließlich hielt der Mann trotz all seiner Stumpfheit zögernd inne.

Mamillius sprach.

»›Die wortlose Beredsamkeit der Schönheit –‹«

»Das habe ich schon einmal irgendwo gehört«, sagte der Kaiser nachdenklich. »Ich glaube, Bion – oder ist es Meleagros?«

»Cäsar!« rief Phanocles verzweifelt.

»Ach ja. Dein Modell. Was willst du?«

»Laß ein Licht bringen.«

Eine der Frauen kam wieder mit feierlichem Zeremoniell auf die Loggia heraus.

»Wie heißt dein Modell?«

»Es hat keinen Namen.«

»Ein Schiff ohne Namen? Denk dir einen aus, Mamillius.«

»Es interessiert mich nicht. *Amphitrite.*«

Mamillius gähnte demonstrativ.

»Ich glaube, Großvater, wenn du gestattest –«

Der Kaiser sah ihn mit einem strahlenden Lächeln an.

»Sorge dafür, daß unsere Gäste sich wohl fühlen.«

Mamillius stürzte auf den Vorhang zu.

»Mamillius!«

»Cäsar?«

»Es tut mir leid, daß du dich so langweilst.«

Mamillius zögerte.

»Mich langweilen? Ja. Das tue ich. Schlaf gut, Großvater.«

Mit einem Gebaren von gemächlicher Gleichgültigkeit schlenderte er durch den Vorhang.

Sie hörten, wie seine Schritte schneller wurden, sobald er außer Sicht war. Der Kaiser lachte und blickte auf das Boot hinunter.

»Es ist nicht seetüchtig, hat einen zu flachen Kiel, wenig Sprung und einen Bug wie ein Lastkahn. Was sind die Verzierungen? Haben sie eine religiöse Bedeutung?«

»Nein, Cäsar.«

»Und du willst also mit mir Boot spielen? Wenn ich deine Naivität nicht so amüsant fände, wäre ich ungehalten über deine Anmaßung.«

»Ich habe drei Spielzeuge für dich, Cäsar. Dies ist nur eines davon.«

»Ich höre dir zu.«

»Cäsar. Hast du jemals Wasser in einem Topf kochen sehen?«

»Ja.«

»Dabei entwickelt sich sehr viel Dampf, der in die Luft entweicht. Was würde geschehen, wenn der Topf geschlossen wäre?«

»Der Dampf könnte nicht entweichen.«

»Der Topf würde bersten. Die vom Dampf ausgeübte Kraft ist ungeheuerlich.«

»Was du nicht sagst!« erwiderte der Kaiser mit großem Interesse. »Hast du jemals einen Topf bersten sehen?«

Phanocles zwang sich zur Ruhe.

»Jenseits von Syrien gibt es einen wilden Stamm. Sie bewohnen ein Land voll von Erdöl und leicht entzündbarem Dampf. Wenn sie kochen wollen, leiten sie den Dampf durch Rohre in Öfen, die sie neben ihren Häusern haben. Das Fleisch, das diese Eingeborenen essen, ist zäh und muß lange gekocht werden. Sie stellen eine Schüssel umgekehrt auf die andere. Jetzt erzeugt der Dampf unter dem Topf einen Druck, der das Fleisch durchdringt und es schnell und gründlich kocht.«

»Bringt der Dampf den Topf nicht zum Bersten?«

»Genau das ist es, was diese Vorrichtung so sinnreich macht. Wenn der Druck zu stark wird, hebt er den Topf und läßt den Dampf entweichen. Aber kannst du das nicht verstehen? Der obere Topf wird hochgehoben – Dampf kann ein Gewicht heben, vor dem ein Elefant zurückschrecken würde.«

Der Kaiser saß aufrecht da und beugte sich, die Hände auf die Armlehnen des Sessels gestützt, gespannt vornüber.

»Und der Geschmack, Phanocles! Er wird eingeschlossen! Das ganze wundervolle Aroma der Nahrungsmittel bleibt durch Zauberkraft erhalten!«

Er stand auf und begann, auf der Loggia umherzugehen.

»Wir würden zum erstenmal Fleisch schmecken –«

»Aber –«

»Ich bin schon von jeher ein Naturmensch gewesen, was Fleisch betrifft. Elefantenfuß und Mammut, eure Raritäten, Fette – sie sind verabscheuungswürdig und vulgär. Mein Enkel bittet, daß wir alle Varianten ausprobieren und sozusagen die Grenzen der Geschmackserfahrung erweitern sollen –«

»Mein Schiff –«

»– aber das ist unreifes Geschwätz. Fleisch in seiner köstlichen Einfachheit zu schmecken würde eine Rückkehr zu jenen Jugenderlebnissen bedeuten, die im Laufe der Jahre abgestumpft sind. Man müßte ein Holzfeuer haben, eine gesunde Müdigkeit in den Gliedern und wenn möglich das Gefühl einer Gefahr. Dann einen kräftigen Rotwein –«

Sie standen einander gegenüber, hielten beide den Mund geöffnet, aber aus verschiedenen Gründen.

»Phanocles, wir stehen vor einer großartigen Entdeckung. Wie nennen die Eingeborenen ihre beiden Schüsseln?«

»Einen Dampfkochtopf.«

»Wie lange brauchst du, mir einen anzufertigen? Oder vielleicht, wenn wir einfach eine Schüssel über einer anderen umdrehten –«

Er klopfte mit einem Finger der rechten Hand auf die Handfläche der linken, blickte von der Seite her auf den Garten, ohne ihn jedoch zu sehen.

»– oder vielleicht Fisch? Geflügel? Ich glaube im großen und ganzen, daß Fisch vorzuziehen wäre. Man müßte etwas Weißwein dazu nehmen, bescheiden genug, um auf jeden eigenen Anspruch zu verzichten und sich völlig dem Geschmack unterzuordnen. Forelle? Steinbutt? Und gleichzeitig rechtschaffen genug, um ergeben zu warten –«

Er wandte sich wieder an Phanocles.

»Es gibt einen hervorragenden Jahrgang aus jener Gegend im Süden Siziliens – wenn ich mich nur an den Namen erinnern könnte –«

»Cäsar!«

»Du mußt jetzt mit mir zu Abend essen, und wir stellen einen Schlachtplan auf. Ja, ich esse sehr spät zu Abend. Es fördert meinen Appetit.«

»Aber mein Schiff, Cäsar!«

»*Amphitrite*?«

Der Kaiser, der sich bereits zum Gehen gewandt hatte, blieb stehen und wartete.

»Ich könnte dir alles geben, Phanocles. Was willst du?«

»Was tut ein Schiff, wenn der Wind sich legt?«

»Es wartet auf den nächsten. Der Kapitän bittet die Götter um Wind. Opfer und so weiter.«

»Aber wenn er nicht an einen Windgott glaubt?«

»Dann bekommt er vermutlich keinen Wind.«

»Was ist, wenn der Wind in einem Augenblick nachläßt, der gefährlich für deine Kriegsschiffe ist?«

»Die Sklaven rudern.«

»Und wenn sie ermüden?«

»Dann werden sie ausgepeitscht.«

»Aber wenn sie so müde werden, daß Auspeitschen nutzlos ist?«

»Dann werden sie über Bord geworfen. Du hast die sokratische Methode.«

Phanocles ließ die Hände sinken und gab sich geschlagen. Der Kaiser lächelte ihm tröstend zu.

»Du bist müde und hungrig. Mach dir keine Sorgen um dich oder deine Schwester. Du bist mir sehr kostbar geworden, und deine Schwester untersteht meinem persönlichen Schutz.«

»Ich denke nicht an sie.«

Der Kaiser war verblüfft.

»Was willst du dann?«

»Ich habe versucht, es zu sagen. Ich möchte dir ein Kriegsschiff nach dem Modell der *Amphitrite* bauen.«

»Ein Kriegsschiff ist ein schwieriges Unternehmen. Ich kann dich nicht behandeln, als wärst du ein gelernter Schiffbauer, während du in Wirklichkeit doch nur ein ehemaliger Bibliothekar bist.«

»Dann gib mir einen Rumpf – irgendeinen Rumpf. Gib mir, wenn du willst, einen alten Getreidekahn und genügend Geld, ihn nach diesem Muster umzubauen.«

»Natürlich, mein lieber Phanocles, alles, was du willst. Ich werde die entsprechenden Befehle geben.«

»Und meine anderen Erfindungen?«

»Der Dampfkochtopf?«

»Nein. Die nächste. Ich nenne es einen Sprengstoff.«

»Einen Sprengstoff? Wie seltsam! Was ist die dritte Erfindung?«

»Die spare ich mir auf, um dich zu überraschen.«

Der Kaiser nickte erleichtert.

»Tu das. Bau dein Schiff und mach deinen Sprengstoff. Aber zuerst – den Dampfkochtopf.« Lächelnd streckte er die Hand aus, legte sie auf Phanocles' Arm und drehte ihn sanft herum. Und Phanocles, der den Höfling in sich erwachen fühlte, hielt Schritt und neigte sich im Gehen ein wenig dem Kaiser zu. Die Vorhänge öffneten sich, ließen eine Flut von Licht frei, die sie empfing und verbarg. Das Licht lag ununterbrochen auf dem Schreiber, dem Soldaten, dem leeren Sessel; glänzte hell auf dem Kupferkessel und Schornstein der *Amphitrite*.

2. TALOS

Mamillius stieg von der Loggia in den Garten hinunter. Er war zufrieden mit seiner Erscheinung. Der breite Strohhut, der es einem ermöglichte, ständig ein Stückchen Schatten mit sich herumzutragen, war unrömisch genug, eine Unabhängigkeitserklärung zu sein, ohne daß er eine offene Herausforderung bedeutete. Der leichte Umhang, an den Schultern befestigt und aus feinstem ägyptischem Leinen gefertigt, verlieh männliche Würde, ohne eine Behinderung darzustellen. Wenn man schnell ging – und einen Augenblick lang tat er es bewußt –, schwebte er in der Luft und erweckte den Eindruck von lebhafter Geschwindigkeit. Die Tunika war gewagt kurz und an den Seiten geschlitzt, aber das war schließlich nur der Mode entsprechend. Wenn ich sie jetzt zwischen den mit Flechten bewachsenen Najaden anträfe, dachte er sich, würde sie dann nicht den Schleier vom Gesicht nehmen und mit mir sprechen? Seine Augen schweiften suchend umher, während er die vielen Stufen hinunterstieg, aber die heißen Gärten lagen verlassen da. Jedes Rasenrechteck war wie Samt, und die beschnittenen Taxushecken wirkten weniger lebendig als die Statuen, die sie umgaben. Er spähte in Lauben und Kräutergärten, schlängelte sich zwischen Gruppen von steinernen Dryaden, Faunen, Bronzeknaben hindurch, entbot dem Hermes, der zwischen den dichteren Hecken stand, mechanisch den üblichen Gruß.

Aber das Problem war, daß sie nicht sprechen wollte und sich selten blicken ließ. Ich weiß jetzt ein wenig über Liebe Bescheid, dachte er bei sich, und nicht nur, weil ich darüber gelesen habe. Liebe ist diese nagende Unruhe, das Gefühl, daß die ganze Kostbarkeit des Lebens sich auf den kleinen Platz konzentriert, an dem sie sich gerade befindet. Ich versuche, die Zukunft zu ergründen, und verstehe, daß Liebe in der Wildnis geboren und an der Zitze der Löwin genährt worden ist. Was denkt sie über mich, wie spricht sie, ist sie verliebt?

Eine Art Feuer breitete sich über ihn und ließ seinen Körper erzittern. Ich mag das nicht, sagte er sich, ich darf nicht mehr an sie denken. Daraufhin erschien vor seinem geistigen Auge eine lange Reihe von schrecklich männlichen Liebhabern. Bis er bei dem Seerosenteich am Rand der Klippe angelangt war, kämpfte er sich aus seinen Gedanken empor wie ein Taucher, der aus dem tiefen Wasser kommt.

»Ich wünschte, ich würde mich wieder langweilen.«

Vielleicht war es letztlich doch keine so gute Idee gewesen, den Hut aufzusetzen. Die Ränder seines privaten kleinen Schattens waren verschwommen, und obwohl es bereits sehr heiß zu werden begann, war der Himmel über dem Meer nicht so blau wie gestern. Am Horizont lag ein leichter Dunstschleier, der sich langsam in Richtung des Festlands ausbrei-

tete. Mamillius sprach zu einem verwitterten Satyr.
»Es gibt ein Gewitter.«
Der Satyr zeigte grinsend die Zähne. Er wußte, worum es ging. Euphrosyne. Mamillius riß sich los und wandte sich zur Linken, wo der Tunnel durch die kleine Landzunge zum Hafen hinunter lief. Der Wächter am Eingang des Tunnels stand stramm. Teils wegen des wenig verlockenden Tunnels, teils, weil es ihm immer ein angenehmes Gefühl der Überlegenheit gab, mit Soldaten zur sprechen, sagte Mamillius zu ihm:
»Guten Morgen. Fühlst du dich wohl hier?«
»Herr.«
»Wie viele seid ihr?«
»Fünfundzwanzig, Herr. Fünf Offiziere und zwanzig Soldaten, Herr.«
»Wo seid ihr untergebracht?«
Der Soldat machte eine ruckartige Kopfbewegung.
»Auf der anderen Seite des Tunnels, Herr. Auf der Triere längsseits des Kais.«
»So muß ich über sie hinwegklettern, wenn ich das neue Schiff besichtigen will?«
»Herr.«
»Lästig. Es ist angenehmer im Garten des Kaisers als im Hafen, nicht wahr?«
Der Soldat dachte nach.
»Ruhiger, Herr. Schön für diejenigen, die ein wenig Ruhe lieben.«
»Und du ziehst dein Quartier in der Hölle vor?«
»Herr?«
Mamillius wandte sich ab, ging in den dunklen Tunnel und in einen Wirrwarr von grünen Nachbildern, die sich des langzähnigen Satyrs entsannen. Er hielt so

lange wie möglich den Atem an, denn die Wächter benutzten den Tunnel nicht nur als Zugang zu den Gärten. Die Nachbilder wurden durchbrochen und dann durch seinen ersten Anblick der Hölle ersetzt. Jedem anderen außer dem Enkel eines Kaisers in seiner kurzen, geschlitzten Tunika wäre die Hölle als ein interessanter und sogar anziehender Ort erschienen. Der Hafen lag in einer kleinen, runden Bucht. Um ihn herum kletterten Speicher und Wohnhäuser – rot, gelb oder weiß gestrichen – den Hang hinauf. Die Bucht wurde von einem halbkreisförmigen Kai gesäumt, an dem alle Arten von Booten, fünf oder zehn Reihen tief, festgemacht waren. Vom Meer her war die Zufahrt zur Bucht durch zwei Kais geschützt, die einander beinahe berührten. Der Tunnel kam am Anfangspunkt des näher gelegenen Kais heraus. Wohnhäuser, Kais, Speicher, Schiffe – überall wimmelte es von Menschen. Es gab Seeleute, Sklaven oder freie Männer, die über den Außenwänden der Schiffe schwangen und sie mit Teer oder Farbe anstrichen. Es gab Jungen, die hoch oben in der Takelung hockten und am laufenden Tauwerk arbeiteten, es gab Männer in Skiffen und Schaluppen und nackte Kinder, die mit rudernden Armbewegungen zwischen den im Wasser schwimmenden Abfällen nach Treibholz suchten. Die heiße Luft des Hafens ließ die Speicher und Wohnhäuser erzittern, ließ die steilen Hügel erzittern und hätte wohl auch den Himmel erzittern lassen, wenn es irgendwelche Wolken gegeben hätte, die Bewegung sichtbar zu machen. Rauch aus Kalfaterpfannen, aus Ablaßrohren, Bottichen, Garküchen und Kombüsen stieg in düsteren Schwaden zum Himmel empor und verunreinigte die Luft. Die Sonne brannte auf all das herab und loderte in zerschmolzener Formlosigkeit in der Mitte des Hafenbeckens vom Wasser zurück.

Mamillius drückte den Strohhut tiefer in die Stirn und legte den Rand seines Umhangs quer über die Nase. Er blieb eine Weile stehen, entsetzt und insgeheim befriedigt über seine ehrliche Abneigung gegen die Menschheit und das, was sie aus ihrem Dasein machte. Außerdem hatte er das Gefühl, etwas zur Mythologie der Hölle beitragen zu können: Die Hölle stank und brannte nicht nur, sie war auch von Lärm erfüllt. Ein Getöse stieg mit der Hitze empor, ein Trommelwirbel von Geräuschen, auf denen Schreie gleich dem gewundenen Flug einer Möwe schwebten.

Er wandte sich dem Kai zu, der, mit einer schulterhohen Mauer gegen das Meer abgeschirmt, von der Öffnung des Tunnels über die Hälfte des Hafens bis zur Einfahrt lief. Drei Schiffe waren an ihm festgemacht. Das erste, zur Linken von Mamillius und nur wenige Meter von ihm entfernt, war das kaiserliche Galaruderboot. Es lag tief im Wasser, die Ruderer schliefen auf ihren Bänken in der Sonne, und ein Sklavenjunge machte sich mit den Kissen des Thrones unter dem riesigen purpurfarbenen Baldachin zu schaffen. Davor lag die schlanke Triere, deren Ruder ausgehängt und verstaut waren. Sklaven arbeiteten auf ihrem Deck, aber sie war schmutzig von den Abdrücken zahlloser Füße, die unablässig über sie hinweggingen, denn außenbords von ihr war – gedrungen und häßlich – die *Amphitrite* festgemacht.

Mamillius schlenderte so langsam wie möglich den Kai entlang, um den Augenblick hinauszuschieben, wo er die Hitze des Schiffsraums würde ertragen müssen. Er blieb neben der zweiten Erfindung von Phanocles stehen und musterte sie neugierig, denn er hatte sie noch nicht gesehen. Das Tormentum – eine Art Wurfmaschine – war aufgestellt und über die Mauer hinweg aufs Meer gerichtet. Entgegen jeder militärischen Vernunft hatte Phanocles die Kette, die als Schnur diente, zurückgewunden und den Mechanismus gespannt. Sogar der Zuschlaghammer, der den Keil hineintreiben und die Schnur freigeben würde, lag bereit. Im Zug lag ein Bolzen, an dessen Spitze sich ein schimmerndes kleines Faß befand, das in einem Schmetterling aus Messing mit einem hervorstehenden eisernen Stachel endete. Es war ein passendes Insekt für die Hölle. Man brauchte nur auf den Keil zu schlagen, dann würde der Bolzen aufs Meer hinaus zu den Fischerbooten schwirren, würde ihnen das Fäßchen bringen – einen Trunk mit Grüßen vom Kaiser.

Mamillius schauderte beim Anblick der Maschine, dann lachte er, als er sich an Phanocles' Erklärung erinnerte. Am Ende hatte er verzweifelt die Arme ausgebreitet, hatte dem Kaiser wie einem unverständigen Kind einen einzigen Satz gesagt und sich geweigert, etwas hinzuzufügen.

»Ich habe Blitz und Donner in den Bolzen eingeschlossen und kann sie freilassen, wann ich will.«

Der Wächter, der hinter dem Tormentum geschlafen hatte, sah sich ertappt und versuchte, sein Vergehen zu bemänteln, indem er schwatzte, als wären er und Mamillius auf einer Seite eines Zaunes und die militärische Disziplin auf der anderen.

»Ein nettes kleines Scheusal, nicht wahr, Herr?«

Mamillius nickte wortlos. Der Wächter blickte auf den Hitzedunst, der über die Kaimauer kroch.

»Es wird ein Gewitter geben, Herr.«
Mamillius machte das Zeichen, das Unheil verhütet, und ging eilig den Kai entlang. Kein Wächter empfing ihn auf der Triere, und niemand begrüßte ihn an der Laufplanke. Jetzt, da er an Bord war, konnte er den Grundbaß des Lärmes im Hafen erkennen: Die Sklaven in sämtlichen Schiffsräumen knurrten wie wilde Tiere, die nach der Nahrung der Arena verlangen. Die einzigen schweigenden Sklaven waren diejenigen, die träge und verdrießlich an Deck arbeiteten. Mamillius überquerte die Triere mittschiffs, blieb stehen und blickte auf die *Amphitrite* hinunter.
Sie ließ das Tormentum wie ein Spielzeug erscheinen. Aus ihrem Rumpf ragten auf beiden Seiten die größten Räder der Welt heraus, und jedes Rad hatte ein Dutzend Schaufeln. Eine große Eisenstange, die Phanocles in eine bedrohlich aussehende Form hatte biegen lassen, wand sich zwischen ihnen quer übers Deck. Vier Hände aus Metall hielten diese Stange, zwei, die schoben, und zwei, die zurückzogen. Hinter den Händen waren eiserne Unterarme und Oberarme, die in Messingärmel zurückglitten. Mamillius wußte, wie Phanocles die Ärmel nannte: Es waren die Kolben; und da es keine andere Möglichkeit gab, sie so lächerlich exakt zu machen, wie er es verlangte, hatte man sie von zwei Alabastersäulen abgezogen, die für einen Tempel der Grazien bestimmt gewesen waren.
Durch die Grazien an Euphrosyne erinnert, wandte Mamillius sich nach achtern. Zwischen den Kolben befand sich der erschreckendste Gegenstand von allen: Talos, der Mann aus Bronze. Er war kopflos, eine funkelnde Kugel, halb im Deck versunken, mit vier Armen, die sich nach vorn streckten und die bedroh-

liche Kurbel festhielten. Zwischen ihm und der Kurbel stand in dem Raum, den die Arme frei ließen, ein Schornstein aus blankem Metall, hoch wie ein Mast, eine schändliche Nachahmung des Geheiligten Phallus.

Es waren wenig Männer zu sehen. Ein Sklave tat irgend etwas sehr Technisches mit einem der Steuerruder, und ein anderer schaufelte Kohle im Schiffsraum. Überall auf dem Deck, den Außenseiten und den Schaufeln lag Grus. Nur Talos war sauber, stand bis zur Taille im Deck, atmete Dampf und Hitze aus, glänzte vor Öl. Ursprünglich war die *Amphitrite* ein Getreidekahn gewesen, den Arbeiter den Fluß hinauf nach Rom geschleppt hatten, ein plumper Kasten, der nach Spreu und altem Holz roch, bequem und harmlos. Aber jetzt war sie besessen. Talos saß in ihr, das Insekt deutete über die Hafenmauer, und die Hölle tobte.

Phanocles steckte den Kopf aus dem Schiffsraum. Triefend vor Schweiß blinzelte er Mamillius an, schüttelte seinen Bart und wischte sich das Gesicht mit Putzbaumwolle ab.

»Wir sind beinahe fertig.«

»Weißt du, daß der Kaiser kommt?«

Phanocles nickte. Mamillius blickte mit angewidertem Gesicht auf den Kohlenstaub.

»Hast du keinerlei Vorbereitungen für ihn getroffen?«

»Er hat gesagt, er wünscht keine Förmlichkeit.«

»Aber die *Amphitrite* starrt vor Schmutz!«

Phanocles spähte aufs Deck hinunter.

»Diese Kohle kostet ein Vermögen.«

Mamillius ging zögernd an Bord.

»Der heißeste Winkel der Hölle.«

Die Hitze vom Dampfkessel schlug ihm entgegen, und der Schweiß lief ihm übers Gesicht. Phanocles wandte sich einen Augenblick nach Talos um, dann reichte er Mamillius ein Stück Putzbaumwolle. Er stimmte ihm bei:

»Es ist heute heißer als sonst.«

Mamillius wies die Putzbaumwolle zurück und wischte sich das nasse Gesicht am Rand seines eleganten Umhangs ab. Jetzt, da er Seite an Seite mit Talos war, konnte er seine Struktur besser erkennen. Knapp über dem Deck befand sich am hinteren Ende der Kugel ein von Sprungfedern umgebener Fortsatz. Phanocles, der seinem Blick folgte, streckte die Hand aus und schlug mit den Fingern gegen das Messing, so daß es hell erklang und eine kleine Dampfwolke aussandte. Er deutete verdrießlich auf den Fortsatz.

»Siehst du das? Es ist ein Sicherheitsventil. Ich habe genaue Anweisungen gegeben —«

Aber der Handwerker hatte einen geflügelten Boreas hinzugefügt, der das Messing wie zufällig mit der Zehe berührte und die Backen aufblies, um einen günstigen Wind auszustoßen. Mamillius lächelte gezwungen.

»Sehr hübsch.«

Die Federn spannten sich, Dampf schoß heraus, und Mamillius sprang zurück. Phanocles rieb sich die Hände.

»Jetzt sind wir bereit.«

Sein verschwitztes Gesicht kam dicht an Mamillius heran.

»Ich bin mit ihr bis zur Mitte des Hafens und einmal in die Bucht hinaus gefahren. Sie funktioniert so sicher und leicht wie die Sterne.«

Mamillius, der den Kopf abwandte, sah sein eigenes verzerrtes Gesicht in der glänzenden Oberfläche von Talos. Es wich vom Mund und der vorstehenden Nase aus nach hinten. Ganz gleich, wie er sich bewegte, es folgte ihm mit dem gleichgültigen, aber erbarmungslosen Blick eines Fisches. Die Hitze vom Kessel und vom rauchenden Schornstein war wie ein Schlag.

»Ich will raus aus diesem –«

Er ging unter den gekrümmten Kurbeln hindurch nach vorn und stellte sich an den Bug. Es war dort ein wenig kühler, so daß er seinen Strohhut abnahm und sich Luft zufächelte. Phanocles folgte ihm, und sie lehnten sich mit dem Rücken an die Schiffswand. Nur wenige Fuß über ihnen arbeiteten Sklaven auf dem Vorderdeck der Triere.

»Dies ist ein ungutes Schiff.«

Phanocles ließ die Putzbaumwolle, mit der er sich die Hände abgewischt hatte, über die Seite ins Wasser fallen. Sie drehten sich um und sahen zu, wie sie forttrieb.

»Es ist nicht ungut«, sagte Phanocles. »Nur nützlich. Möchtest du lieber das tun?« Er deutete mit dem Daumen nach oben.

Mamillius blickte zu den Sklaven hinauf. Sie standen in einem dichten Haufen um die Metallkrabbe herum, die bis auf die Klauen fast ganz zu sehen war.

»Ich verstehe dich nicht.«

»Gleich werden sie die Rahnock einmitten und die Krabbe hinaufschwingen – die ganzen zehn Tonnen! Dampf würde ohne jede Schwierigkeit oder Anstrengung diese Arbeit für sie tun.«

»Es ist nicht meine Aufgabe, die Krabbe hinaufzuschwingen. Ich bin kein Sklave.«

Sie schwiegen eine Weile und reckten die Köpfe, um die Krabbe zu mustern. Sie war nichts weiter als eine riesenhafte Masse aus Blei und Eisen, deren Klauen auf Steinblöcken ruhten, damit sie nicht das Deck durchschnitten – eine Masse, so eindeutig auf Nützlichkeit ausgerichtet, wie sie nur irgendwo im Kaiserreich zu finden war, denn ihr einziger Zweck bestand darin, durch die Bilge eines feindlichen Schiffes geworfen zu werden und es zu versenken. Aber der gleiche Impuls, der das Messing auf dem kleinen Faß zu einem Schmetterling gemacht und einen Boreas auf das Sicherheitsventil gestellt hatte, war auch bei der Krabbe am Werk gewesen: Man hatte ihr Augen verliehen und die Gelenke ihrer Beine angedeutet. Sie hatte eine Art symbolische Bedeutung, und die Sklaven schrubbten und scheuerten sie, als ob sie mehr als nur ein Metallklumpen wäre. Andere Sklaven schwangen die siebzig Fuß lange Rahe herum und mitteten das Hebezeug über dem Ring ein.

Mamillius wandte sich um und sah über das Deck der *Amphitrite.*

»Das Leben ist ein verblüffender Wirrwarr, Phanocles.«

»Ich werde es in Ordnung bringen.«

»Bis jetzt machst du es nur schmutziger.«

»Keine Sklaven, keine Streitkräfte.«

»Was hast du gegen Sklaven und Streitkräfte? Du könntest ebensogut sagen, ›kein Essen, kein Trinken, keine Liebe‹.«

Sie lauschten eine Weile schweigend auf das Getöse des Hafens und die Befehle, die von der Triere herüberdrangen.

»Lose geben. Langsam!«

»Heute abend wird der Kaiser den Dampfkochtopf ausprobieren, den du für ihn gemacht hast.«
»Er wird all das vergessen, wenn er erst einmal die *Amphitrite* ausprobiert.«
Mamillius blinzelte zur Sonne hinauf. Sie war nicht mehr so hell, aber er fächelte sich immer noch.
»Mein Herr Mamillius – hat er uns den improvisierten Topf verziehen?«
»Ich glaube ja.«
»Schwenkt zurück. Übernehmt die Spannung. Geht. Eins, zwei. Eins, zwei.«
»Und schließlich hätte ich ohne das Experiment nie herausgefunden, daß man ein Sicherheitsventil braucht.«
»Er hat gesagt, ein Mammut sei für den Anfang zuviel gewesen. Hat mir die Schuld gegeben.«
»Immer noch?«
Mamillius schüttelte den Kopf.
»Trotzdem tut es ihm leid um die drei Köche und den Nordflügel der Villa.«
Phanocles nickte. Er brach in Schweiß aus, und seine Stirn runzelte sich bei der Erinnerung an den Vorfall.
Der Mann, der den Kessel geheizt hatte, stieg an Deck, und sie beobachteten ihn müßig. Er warf einen Eimer an einem Seil ins Wasser, zog ihn gefüllt herauf und kippte ihn über seinen nackten Körper. Das Wasser floß, Schlangen von Kohlenstaub mit sich führend, übers Deck. Wieder und wieder begoß er sich mit dem schmutzigen Hafenwasser. Phanocles rief ihm zu:
»Mach das Deck sauber.«
Der Sklave schob seine schmierige Stirnlocke zurück. Er holte einen neuen Eimer voll herauf und schüttete

ihn in hohem Schwung übers Deck, so daß das Wasser über ihre Füße spritzte. Sie sprangen mit einem zornigen Aufschrei zurück, und im gleichen Augenblick hörten sie das Geräusch eines Seils, das unter starker Spannung zerriß. Die *Amphitrite* duckte sich unter ihnen, schwankte und ächzte laut, als hätte sie ihre eigenen Spanten mit Metallfängen zermalmt. Vom Grund des Hafenbeckens drang ein dumpfer Aufschlag herauf, dann strömte Wasser vom Himmel auf sie herab, Wasser, das voll von Abfällen und Schlamm, Öl und Teer war. Phanocles wankte nach vorn, und Mamillius bückte sich unter der niedergehenden Sturzflut, zu erschreckt, um auch nur zu fluchen. Bald fiel das Wasser nicht mehr vom Himmel, wogte jedoch statt dessen fast drei Fuß hoch übers Deck. Kleine Dampfwolken schossen wie Stoßseufzer des Zorns aus Talos hervor. Nach einer Weile war das Wasser abgeflossen, das Deck glänzte, und das Getöse des Hafens hatte sich zur Raserei gesteigert. Mamillius hatte seine Stimme wiedergefunden und fluchte. Sein Hut sah aus wie eine Kuhflade, und die Kleider klebten schmierig an seinem Körper. Er wandte sich nach der Stelle um, wo sie gestanden und sich unterhalten hatten. Die Krabbe hatte sechs Fuß der Schiffswand weggefegt, hatte Planken vom Deck gerissen und die zersplitterten Balkenköpfe bloßgelegt. Das riesige Drahtseil lief von der Rah der Triere geradewegs ins Wasser hinunter, wo der aufgewühlte gelbe Schlamm immer noch strudelte und stank. Ein Pöbelhaufen schrie und tobte auf der Triere, und unter ihnen befanden sich Soldaten, die mit ihren Schwertgriffen um sich schlugen. Ein Mann löste sich aus der Menge. Er wankte zum Kai, ergriff einen losen Stein, preßte ihn an den Leib und warf ihn über die Hafenmauer ins Meer. Die Kämpfenden hatten sich in zwei Gruppen geteilt. Ein paar Leibwächter des Kaisers schlugen unparteiisch auf alle Köpfe ein, die ihnen in die Quere kamen.

Mamillius erblaßte langsam unter der Schmutzschicht, die ihn bedeckte.

»Es ist das erstemal, daß jemand versucht hat, mich zu töten.«

Phanocles starrte auf die zerbrochene Schiffswand. Mamillius begann zu zittern.

»Ich habe niemandem etwas zuleide getan.«

Der Kapitän der Triere kam mit einem eleganten Sprung an Deck.

»Herr, was soll ich dir sagen?«

Die Raserei im Hafen schien nicht enden zu wollen. Mamillius hatte das Gefühl, daß Augen, Tausende von Augen, ihn über das trügerisch ruhige Wasser hinweg beobachteten. Er blickte wild um sich. Seine Nerven zuckten. Phanocles sprach mit töricht klagender Stimme.

»Man hat sie beschädigt.«

»Zum Kuckuck mit deinem verdammten Schiff!«

»Herr. Der Sklave, der das Seil durchgeschnitten hat, hat sich ertränkt. Wir versuchen, den Rädelsführer zu finden.«

Mamillius rief laut:

»Oloito!«

Der Ruf war ein Sicherheitsventil. Er bebte nicht mehr, fing aber statt dessen an zu weinen. Phanocles hielt die zitternden Hände ans Gesicht, als ob sie ihm irgendeine wertvolle Information geben könnten.

»Mit Unfällen muß man rechnen. Erst neulich hat

mich eine Planke um wenige Zoll verfehlt. Wenigstens sind wir noch am Leben.«

Der Kapitän salutierte.

»Mit deiner Erlaubnis, Herr.«

Er sprang wieder an Bord der Triere. Mamillius wandte Phanocles das tränenüberströmte Gesicht zu.

»Warum habe ich Feinde? Ich wünschte, ich wäre tot.«

Plötzlich schien ihm, daß nichts ungefährlich oder gewiß war, außer der geheimnisvollen Schönheit Euphrosynes.

»Phanocles, gib mir deine Schwester.«

Phanocles nahm die Hände vom Gesicht.

»Wir sind freie Menschen, Herr.«

»Ich will sie heiraten.«

Phanocles rief mit seiner heiseren Stimme:

»Das ist wirklich zuviel! Eine Planke, eine Krabbe – und jetzt dies –!«

Die Hölle brach über Mamillius herein, diesig weiß und brüllend. Irgendwo am Himmel grollte Donner.

»Ich kann nicht ohne sie leben.«

Phanocles murmelte, die Augen auf Talos geheftet:

»Du hast nicht einmal ihr Gesicht gesehen. Und du bist ein Enkel des Kaisers.«

»Er tut alles, was ich will.«

Phanocles sah ihn grimmig von der Seite an.

»Wie alt bist du, Herr? Achtzehn oder siebzehn?«

»Ich bin ein Mann.«

Phanocles schnitt eine Grimasse, die Spott ausdrücken sollte.

»Offiziell.«

Mamillius biß die Zähne zusammen.

»Es tut mir leid, daß ich geweint habe. Der Vorfall

hat mich erschüttert.«
Er schluckte laut.
»Verzeihst du mir?«
Phanocles sah ihn von oben bis unten an.
»Wozu brauchst du meine Verzeihung?«
»Um Euphrosyne zu bekommen.«
Plötzlich zitterte Mamillius wieder. Eine Hoffnung erwachte in ihm. Aber Phanocles runzelte die Stirn.
»Ich kann es nicht erklären, Herr.«
»Sag jetzt nichts mehr. Wir werden mit dem Kaiser sprechen. Er wird dich überreden.«
Von der Öffnung des Tunnels drang das Donnern eines Saluts herüber.
Der Kaiser ging rasch für sein Alter. Vor ihm kam sein Ausrufer.
»Macht Platz für den Kaiser!«
Er war in Begleitung eines Leibwächters und einiger verschleierter Frauen. Mamillius begann, in panischem Schrecken auf dem Deck herumzulaufen, aber die Frauen trennten sich von der Gruppe der Männer und blieben an der Hafenmauer stehen. Phanocles beschattete die Augen.
»Er hat sie mitgebracht, damit sie sich die Vorführung ansieht.«
Der Kapitän der Triere ging mit eiligen Schritten neben dem Kaiser her und sprach erregt auf ihn ein; der Kaiser hielt das silberweiße Haupt gesenkt und nickte nachdenklich. Er ging die Laufplanke zur Triere hinauf, überquerte ihr Deck und blickte auf das seltsame Schiff unter ihm. Selbst in dieser Umgebung hob sich seine magere Gestalt in der weißen, mit Purpur gesäumten Toga durch ihr vornehmes, gepflegtes Aussehen ab. Er wies die helfende Hand zurück und stieg zum Deck der *Amphitrite* hinunter.

»Versuch nicht, mir von der Krabbe zu berichten, Mamillius. Der Kapitän hat mir bereits alles erzählt. Ich gratuliere dir, daß du mit heiler Haut davongekommen bist. Und natürlich auch dir, Phanocles. Wir werden auf die Vorführung verzichten müssen.«

»Cäsar!«

»Es tut mir leid, Phanocles, aber ich werde heute abend nicht in der Villa sein. Ich sehe mir deinen Dampfkochtopf ein andermal an.«

Phanocles starrte ihn verblüfft an.

»Tatsächlich«, sagte der Kaiser freundlich, »werden wir mit der *Amphitrite* auf See sein.«

»Cäsar.«

»Bleib bei mir, Mamillius. Ich habe eine Neuigkeit für dich.«

Er schwieg einen Augenblick und lauschte mit gerunzelter Stirn auf den Lärm im Hafen.

»Ich bin nicht sehr populär.«

Mamillius zitterte wieder.

»Ich auch nicht. Man hat versucht, mich zu töten.«

Der Kaiser lächelte grimmig.

»Es waren nicht die Sklaven, Mamillius. Ich habe einen Bericht aus Illyrien erhalten.«

Ein Ausdruck des Schreckens erschien unter dem Schmutz auf Mamillius' Gesicht.

»Posthumus?«

»Er hat seinen Feldzug abgebrochen; hat sein Heer im Seehafen zusammengezogen und holt sämtliche Schiffe, von Trieren bis zu Fischerbooten, von der Küste fort.«

Mamillius trat rasch einen Schritt zurück und wäre fast in den Armen von Talos gelandet.

»Er hat die Heldentaten satt.«

Der Kaiser kam dicht heran und legte behutsam einen Finger auf die durchnäßte Tunika seines Enkels.
»Nein, Mamillius. Er hat gehört, daß der Enkel des Kaisers sich neuerdings für Kriegsschiffe und Waffen interessiert. Er fürchtet deinen Einfluß, und er ist ein Realist. Vielleicht ist unsere Unterhaltung auf der Loggia ihm zu Ohren gekommen. Wir dürfen keinen Augenblick verlieren.«
Er wandte sich an Phanocles.
»Du wirst an unserem Rat teilnehmen müssen. Wie schnell kann *Amphitrite* uns nach Illyrien bringen?«
»Doppelt so schnell wie deine Trieren, Cäsar.«
»Mamillius, wir fahren zusammen. Ich, um ihn zu überzeugen, daß ich immer noch Kaiser bin, du, um ihn zu überzeugen, daß du keiner sein willst.«
»Aber das ist gefährlich!«
»Möchtest du lieber hierbleiben, damit man dir die Kehle durchschneidet? Ich glaube nicht, daß Posthumus dir gestatten würde, Selbstmord zu verüben.«
»Und du?«
»Danke, Mamillius. Inmitten all meiner Sorgen bin ich gerührt. Laß uns aufbrechen.«
Phanocles preßte die Fäuste an die Stirn. Der Kaiser nickte in Richtung des Kais, und Sklaven überquerten mit Gepäck das Deck der Triere. Ein kleiner Syrier kam eilig von achtern. Er sprach erregt zu Mamillius.
»Herr, es ist unmöglich. Es gibt keinen Platz, wo der Kaiser schlafen könnte. Und sieh dir den Himmel an!«
Es war kein Blau mehr zu sehen. Die Sonne hatte sich in einen großen Lichtflecken aufgelöst, der vermutlich bald vollkommen hinter den schweren Wolken verschwinden würde.

»– und wie soll ich den Kurs halten, Herr, wenn ich den Himmel nicht sehen kann und wir keinen Wind haben?«
»Es ist ein Befehl. Großvater, laß uns wenigstens einen Augenblick an Land gehen.«
»Warum?«
»Das Schiff ist so schmutzig –«
»Das bist du auch, Mamillius. Du stinkst.«
Der Syrier schlich sich an den Kaiser heran.
»Wenn es ein Befehl ist, Cäsar, werde ich mein möglichstes tun. Aber laß uns zuerst das Schiff aus dem Hafen fahren. Dein Galaboot kann dich zu ihm hinausbringen.«
»So sei es.«
Sie überquerten zusammen die Triere. Den Kopf von den Frauen abgewandt, lief Mamillius eilig zum Tunnel und verschwand. Der Kaiser ging zu seinem Galaboot, das hinter der Triere festgemacht war, und ließ sich gemächlich unter seinem Baldachin nieder. Erst jetzt wurde ihm langsam klar, wie häßlich und absurd das neue Schiff war.
Er schüttelte leise den Kopf.
»Ich eigne mich nicht für Neuerungen.«
Die Sklaven an Bord der *Amphitrite* wurden vom Schiffsraum geschluckt, und die Mannschaft fing an abzustoßen. Die Besatzung der Triere hielt mit den Riemenschaften vom Kai ab, und die *Amphitrite* begann, sich seitwärts zu bewegen. Ihre Taue fielen lose ins Wasser und wurden an Bord geholt. Der Kaiser, der unter seinem schattigen purpurroten Baldachin saß, konnte sehen, wie der Steuermann an den Rudern hievte, um ihr Heck hereinzubringen und ihren Bug von der Triere abzuscheren. Ein ständiger

Dampfstrahl zischte aus der Messinghalbkugel über dem Kessel. Dann sah der Kaiser, daß Phanocles den Kopf aus dem Schiffsraum steckte und dem Steuermann mit einem leichten Winken Einhalt gebot. Er rief etwas in den Schiffsraum hinunter, und der Dampfstrahl nahm zu, bis sein Schrillen die Luft zerriß, dann verschwand er plötzlich ganz und gar. Als Antwort darauf erhob sich ein murrendes Getöse auf den Schiffen und in den Häusern um den Hafen herum, so daß die *Amphitrite* schließlich wie ein von Feinden umzingeltes Tier inmitten des Hafenbeckens lag.

Der Kaiser fächelte sich mit der Hand Luft zu.

»Ich hatte immer angenommen, daß man die Reaktionen des Pöbels genau im voraus bestimmen könne.«

Aus dem Inneren des Schiffes drang ein Grunzen und ein Eisengeklirr. Talos bewegte seine vier Hände, zwei nach hinten, zwei nach vorn. Die beiden Räder begannen, sich langsam zu drehen, Backbord nach achtern, Steuerbord voraus. Die Blätter der Schaufeln sanken eines nach dem anderen hinab, so daß unter ihnen schmutziges Wasser hervorschoß. Dann kamen sie wieder herauf und warfen das Wasser hoch in die Luft, um es aufs Deck fallen zu lassen. Das ganze Schiff war von Wasser überströmt, und jetzt stieg wieder eine Dampfwolke empor, aber diesmal von der heißen Oberfläche der Kugel und des Schornsteins. Im Schiffsraum ertönte ein Jammergeschrei, und Phanocles sprang an Deck, stand da und musterte die Überschwemmung mit zusammengekniffenen Augen, als hätte er noch nie etwas so Interessantes gesehen. Die *Amphitrite* lag immer noch an derselben Stelle, kam nicht voran, sondern drehte sich; und das Wasser sprühte wie aus einer Quelle empor. Phanocles rief etwas durch die Lukenöffnung, der Dampf schoß hoch, die Schaufeln hielten quietschend an, und das Wasser lief vom Schiff herunter, als ob die *Amphitrite* soeben vom Grund des Hafens heraufgekommen wäre. Der Lärm der Menschen fiel über sie her, während sie mit ihrem kreischenden Dampfstrahl in der Mitte des Hafens lag. Im Nebelschleier über den Hügeln blitzte es, und gleich darauf war das Rollen des Donners zu hören.

Der Kaiser machte ein verstohlenes Zeichen mit zwei Fingern.

Der Blitz war jedoch völlig irrelevant. Als der Kaiser, in der Erwartung, die *Amphitrite* jede Sekunde von einer beleidigten Vorsehung zerstört zu sehen, die Augen beschattete, erkannte er, daß sie nicht das einzige war, was sich auf dem Wasser bewegte: Außerhalb des Hafenbeckens, aber über die Kaimauer hinweg deutlich zu sehen, ragte ein schwarzer Umriß aus den Nebelschwaden empor. Ohne weiter darüber nachzudenken, hielt er es zunächst für die Kuppe eines Felsens oder eine niedrige Klippe. Aber der Felsen wurde länger.

Der Kaiser kletterte eilig ans Ufer, überquerte den Kai und stieg die Stufen der Hafenmauer empor, an der die Frauen saßen. Der Felsen hatte den Nebel hinter sich gelassen. Und es war kein Felsen, es waren der Bug und das Vorderdeck eines großen Kriegsschiffes, aus dessen Innerem das rhythmische Schlagen einer Trommel drang. Es hielt Kurs auf die Hafeneinfahrt, kam beharrlich näher, das Segel an der Rahe zusammengerollt, an jeder Rahnock eine Krabbe, die Geschütze nach vorn gerichtet. Stahl und Bronze glitzerten auf seinen Decks, und sein zwanzig Fuß langer Rammsporn durchschnitt die Wasseroberfläche wie ein Hai. Die Trommeln änderten ihren Rhythmus: Die hundertfüßigen Riemen legten sich, wie von einem zentralen Gehirn geleitet, alle gleichzeitig nach hinten. Das Schiff glitt durch die Einfahrt, und sein Rammbug war im Hafen. Dann wechselten die Trommeln abermals den Rhythmus: Ein Paar nach dem anderen breiteten sich die Riemen aus, sobald sie die schmale Einfahrt passiert hatten, drehten sich um und ruderten rückwärts. Der Kaiser sah auf dem Achterdeck ein rot-goldenes Banner, von einem rachsüchtig aussehenden Adler gekrönt. Er ließ sich von der Hafenmauer herab, achtete nicht auf die Fragen der Frauen, sondern kehrte eilig zu seinem Galaboot und dem Schutz des Baldachins zurück.

An Bord der *Amphitrite* hatte man ebenfalls das Kriegsschiff bemerkt. Der Kaiser sah, daß Phanocles und der Kapitän wild gestikulierend miteinander sprachen. Phanocles stieg durch die Lukenöffnung hinunter, der Dampfstrahl verschwand, und die Schaufeln begannen, sich zu bewegen. Sofort lief der Kapitän übers Deck, Stahl blitzte auf, und der Anker der *Amphitrite* fiel mit einem dumpfen Aufschlag ins Wasser. Aber die Trommeln gaben einen anderen Befehl: Die Riemen des Kriegsschiffes hoben sich und verharrten regungslos wie ausgebreitete Flügel. Mit dem letzten Rest seines Schwungs glitt das Schiff, einem riesigen, sich herabsenkenden Meeresvogel gleich, nach vorn. Sein Rammsporn traf die *Amphitrite* unter der Steuerbordschaufel und riß sie entzwei. Männer kletterten über die waagrechten Ruder, sprangen herab, schlugen mit Schwertgriffen und Speerkolben um sich. Das Brummen des Hafens stieg zu ungestümen Beifallsrufen an. Phanocles und der Kapitän wurden zwischen den Riemen heraufgezogen und auf das Deck des Kriegsschiffes geworfen. Die Ruder begannen sich wieder zu bewegen, so daß der Rammsporn aus dem zerrissenen Rad glitt. Die *Amphitrite,* deren Räder sich sehr langsam drehten, fing an, ihren eigenen Anker zu umkreisen. Das Kriegsschiff bewegte sich mit leichten Schlägen seiner Steuerbordriemen Backbord voraus auf den Kai zu, wo die Triere und das Galaboot des Kaisers lagen.

Der Kaiser saß da und zerrte an seiner Unterlippe. Es gab noch mehr sich bewegende Klippen außerhalb des Hafens – Kriegsschiffe, die kurze Gänge machten und darauf warteten, hereinzukommen. Es blitzte und donnerte wieder, aber diesmal bemerkte der Kaiser es nicht. Mamillius stand auf dem Kai neben dem Galaboot in der Haltung eines Menschen, der in einem Augenblick größter Eile plötzlich zum Stillstand gebracht worden ist. Auch der Kaiser war wie erstarrt.

Mamillius trug eine Rüstung. Auf seinem Brustharnisch funkelte eine vielfältige und höchst allegorische Schar von Helden und Zentauren. Ein scharlachroter Umhang fiel über seinen Rücken bis auf die Fersen hinunter. Das rote Leder seiner Schwertscheide paßte genau zu dem roten Leder seiner durchbrochenen Schaftstiefel, die ihm beinahe bis zu den Knien reichten. Der Helm, den er unter dem Arm trug, paßte sich in Material und Glanz dem Brustharnisch an.

Der Kaiser schloß die Augen und sagte leise:

»Bellonas Bräutigam.«

Mamillius schien ein wenig in sich zusammenzusinken. Er errötete.

»Ich dachte – da wir uns dem Heer anschließen wollten –«

Der Kaiser musterte die Einzelheiten der Uniform.

»Wie ich sehe, sind Troja und Karthago gefallen.«

Mamillius errötete, erblaßte, errötete abermals, und der Schweiß trat ihm auf die Stirn.

»Weißt du, wessen Kriegsschiffe das sind?«

»Ich –«

Der Kaiser stützte den Kopf auf die Hand.

»Unter den Umständen wäre ein Spinnrocken weniger einer Mißdeutung ausgesetzt gewesen.«

Mamillius hielt die Wand seines Umhangs zwischen sich und die Frauen. Er sah das goldene und scharlachrote Banner wehen, als das Kriegsschiff Bord an Bord mit der Triere kam. Sein Rammsporn lag längsseits des kaiserlichen Galabootes. Diesmal verschwand die Farbe aus Mamillius' Gesicht und kehrte nicht zurück.

»Was sollen wir tun?«

»Wir haben keine Zeit, irgend etwas zu tun. Vielleicht könntest du deinen Helm aufsetzen.«

»Er verursacht mir Kopfschmerzen.«

»Diplomatie«, sagte der Kaiser. »Er hat die Soldaten – sieh sie dir an! Aber wir haben den Verstand. Es wird ein harter Kampf, wenn es uns nicht gelingt, ihn zu besänftigen.«

»Und was wird aus mir?«

»Im großen und ganzen glaube ich, du wärst in China besser aufgehoben.«

Der Kaiser ergriff Mamillius' Hand und stieg an Land. Er ging, von Mamillius gefolgt, den Kai entlang auf das Kriegsschiff zu. Die Menschenmassen, die an Bord gewesen waren, hatten die Triere überschwemmt und ergossen sich über den Kai, so daß das Ende an der Hafeneinfahrt gedrängt voll war. Man sah Gefangene, den jammernden und flehenden Syrier, Sklaven; Phanocles, der ein noch schreckhafteres Gebaren von kurzsichtiger Verwirrung als sonst zur Schau trug, und Soldaten, viel zu viele Soldaten. Sie hatten große Bündel und Beutel bei sich, die den Eindruck erweckten, als wären sie im Begriff, an einem riesenhaften Ramschverkauf teilzunehmen. Sie waren mit rotgelben Bandschleifen geschmückt. Die Kriegsbeute eines ganzen Landstrichs hing über ihren Schultern, aber als sie den purpurnen Saum an der weißen Toga sahen, standen sie stramm. Der Kaiser blieb neben der Laufplanke stehen und wartete. Hinter ihm kauerten die Frauen an der Hafenmauer, verschleiert und ängstlich wie ein Chor von Trojanerinnen. Irgend jemand auf dem Kriegsschiff blies ein großes Blechinstrument, es gab Waffengeklirr, und die Flagge wurde gedippt. Eine hochgewachsene, dunkle Gestalt, stämmig, bewaffnet, selbstsicher und zielbewußt, kam mit langen Schritten die Laufplanke herab.

»Willkommen zu Hause, Posthumus«, sagte der Kaiser lächelnd. »Du hast uns die Mühe erspart, zu dir zu kommen.«

3. JUPITERS DONNERKEIL

Posthumus blieb einen Augenblick stehen. Sein goldener und scharlachroter Federbusch wehte eineinhalb Fuß über dem Kopf des Kaisers. Ein berechnender Ausdruck erschien auf seinem olivfarbenen, breiten, aber nicht unschönen Gesicht.

»Wo hältst du deine Truppen versteckt?«

Der Kaiser hob die Brauen.

»Es sind wie üblich einige Wächter im Garten und sicherlich auch einige am Tunnel. Ich muß sagen, Posthumus, du reist wirklich mit einem ansehnlichen Gefolge.«

Posthumus wandte sich zur Seite und sprach kurz mit seinen Offizieren. Eine Abteilung von schwerbeladenen Legionären marschierte im Schnellschritt den Kai entlang und stellte sich so auf, daß dem Kaiser jeder Fluchtweg abgeschnitten war. Die Frauen jammerten, dann wurde ihr Jammern zu einer gleichförmigen Wehklage. Der Kaiser gab vor, nichts zu bemerken, nahm Posthumus beim Arm und führte ihn zum Galaboot. Die *Amphitrite* kreiste immer weiter um ihren Anker.

Posthumus hielt inne.

»Es war höchste Zeit, daß ich nach Hause gekommen bin.«
In der Ferne rollte der Donner. Der Kaiser drehte sich um und blickte auf die dichte Masse von Soldaten am Ende des Kais.
»Etwa hundert Männer, möchte ich annehmen. Eine kaiserliche Ehrenkompanie?«
Posthumus schnaubte verächtlich.
»Man kann es auch so nennen. Binnen kurzem werden weitere Schiffe in den Hafen einfahren. Genügend, um dafür zu sorgen, daß wir uns in allen Punkten der Politik einigen. Aber was für ein Glücksfall, euch beide am Kai anzutreffen!«
Mamillius räusperte sich und sprach mit hoher, unsicherer Stimme.
»Posthumus, du irrst dich.«
»Mamillius in Waffen.«
»Nur aus Angeberei. Ich will nicht Kaiser sein.«
»Oh.«
Posthumus trat einen Schritt auf ihn zu, und Mamillius wich, über seinen Umhang stolpernd, erschreckt zurück. Posthumus stieß ihm den Finger ins Gesicht.
»Vielleicht glaubst du es nicht. Aber er würde, wenn nötig, dir zuliebe sogar eine Brücke über die Adria schlagen.«
Der Kaiser errötete leicht.
»Du hast meine Zuneigung nie gewünscht, Posthumus, also hast du sie auch nie vermißt. Wenn ich auch töricht genug gewesen bin, zu glauben, daß ich seine Gesellschaft genießen könnte, ohne mich damit mehr als dem üblichen böswilligen Klatsch auszusetzen, so war ich doch klug genug, zu wissen, daß du der geeignete Mann bist, das Kaiserreich zu regieren – so wesensfremd du mir auch sein magst.«

»Man hat mir das Gegenteil berichtet.«
»Zumindest solltest du unsere Meinungsverschiedenheiten nicht in aller Öffentlichkeit zur Schau stellen.«
Posthumus schenkte diesen Worten keine Beachtung, sondern zog ein zusammengefaltetes Papier unter seinem Brustharnisch hervor.

»An:
Posthumus, etc., Designierter Thronerbe, etc.
Von:
CIII
Schiffe und Waffen werden auf dem Kai neben dem Tunnel gebaut oder umgeformt. Der Kaiser und der Herr Mamillius zeigen großes persönliches Interesse an einem Schiff, *Amphitrite,* einem ehemaligen Getreidekahn, nicht klassifiziert, und an einer Wurfmaschine, die auf dem Kai aufgestellt und seewärts gerichtet ist. Ferner erproben sie Methoden der allgemeinen Nahrungsvergiftung. Der Herr Mamillius befindet sich anscheinend in einem Zustand höchster Erregung und Spannung –«

»Posthumus, ich schwöre –«
Posthumus hob lediglich die Stimme.

»Er korrespondiert mit dem Kaiser und anderen in verschlüsselter Form unter dem Deckmantel von Poesie –«

Mamillius brauste auf.
»Laß meine Poesie aus dem Spiel!«

»Es ist bis jetzt auch nicht gelungen, diese Geheimschrift zu entschlüsseln. Sie wurde XLVI vorgelegt, und es hat sich herausgestellt, daß sie sich aus Zitaten aus Moschus, Erinna, Mimnermus und anderen, noch nicht identifizierten Quellen zusammensetzt. Man forscht weiter.«

Tränen des Zorns liefen über Mamillius' Gesicht.
»Du Schweinehund!«
»Das war unnötig grausam, Posthumus.«
Posthumus steckte das Papier wieder unter seinen Brustharnisch.
»Genug der Albernheiten, Cäsar. Es ist Zeit für eine Regentschaft.«
»Er will nicht Kaiser sein.«
Posthumus warf einen spöttischen Blick auf Mamillius.
»Das wird er auch nicht.«
Mamillius' Rüstung klirrte leise. Der Kaiser legte die Hand auf Posthumus' Arm.
»Wenn das Schiff und die Wurfmaschine dir Sorgen bereiten, Posthumus, ich kann dir eine Erklärung dafür geben. Sei gerecht.«
Er wandte sich an die Offiziere und hob die Stimme.
»Bringt den Griechen zu mir.«
Posthumus nickte und wartete. Dann stand Phanocles vor ihnen; er rieb sich die Handgelenke, um die Zirkulation wiederherzustellen.
»Dieser Mann ist der Urheber der ganzen Angelegenheit.«
»Mein Herr Posthumus – ich verändere das Gesicht der Welt.«
»Er hat eine seltsame Ausdrucksweise, Posthumus.«
»Es wird keine Sklaven mehr geben, sondern Kohle und Eisen. Die Grenzen der Erde werden sich zusammenfügen.«
Posthumus lachte, aber es war ein freudloses Lachen.
»Und die Menschen werden fliegen.«
Er drehte sich nach den Offizieren um und winkte sie herbei.

»Oberst – warum kommen die Schiffe nicht herein?«

»Keine Sicht, Herr.«

»Zum Kuckuck mit der Sicht. Gebt ihnen Signale oder sendet eine Nachricht.«

Er wandte sich an Phanocles.

»Dieses lächerliche Schiff –«

Phanocles breitete die Arme aus.

»Es wird schneller sein als jedes andere. Zivilisation ist eine Frage von Verbindungen.« Er sah sie stirnrunzelnd an und suchte nach leicht verständlichen Worten. »Mein Herr Posthumus. Du bist Soldat. Was ist dein größtes Problem?«

»Ich habe keins.«

»Aber wenn du eins hättest?«

»Als erster an Ort und Stelle zu sein.«

»Siehst du? Selbst der Krieg ist eine Frage von Verbindungen. Erinnre dich, wie Xerxes sich bemüht hat, Griechenland zu erobern. Mit der *Amphitrite* hätte er die Ägäis in einem Tag und gegen den Wind überqueren können.«

Mamillius, erpicht darauf, ihn zu unterstützen, mischte sich mit klappernden Zähnen ein.

»Denk an den ersten Cäsar, an Alexander, Ramses –«

Phanocles ließ den Kopf zur Seite sinken und breitete die Hände aus, als ob die Erklärung sehr einfach wäre.

»Siehst du, Herr? Verbindungen.«

Der Kaiser nickte nachdenklich.

»Man sollte sie so schwierig wie möglich machen.«

Es donnerte wieder. Posthumus ging mit langen Schritten zur Wurfmaschine hinüber, und die Frauen wichen zurück. Das Getöse im Hafen nahm zu.

»Und das hier?«

»Ich habe den Blitz in die Trommel eingeschlossen. Wenn der Stachel auf irgend etwas auftrifft, setzt er den Blitz frei. Dann entsteht ein rauchendes Loch im Boden.«

Der Kaiser machte mit zwei Fingern ein Zeichen.

»Was hat der Schmetterling am Fuß des Stachels zu bedeuten?«

»Das ist eine Schutzvorrichtung. Nachdem die Trommel einen Teil ihrer Flugbahn zurückgelegt hat, löst sich der Schmetterling; sonst würde die Trommel beim Abschießen der Wurfmaschine durch den Rückschlag explodieren.«

»Würde dies ein rauchendes Loch hinterlassen, wo eine Stadtmauer stünde?«

»Ja, Cäsar.«

»Wo ein Heer stünde?«

»Wenn ich die Trommel groß genug mache.«

Posthumus sah Phanocles aufmerksam an.

»Und dies ist die einzige Maschine, die du gebaut hast?«

»Ja, Herr.«

»Ich bin nicht sicher, ob ich dich sofort hinrichten lassen oder dich für andere Zwecke verwenden soll.«

»— mich hinrichten?«

Plötzlich wurde das Getöse im Hafen so laut, daß es nicht mehr zu überhören war.

Sie drehten sich alle gleichzeitig um.

Es handelte sich um die *Amphitrite*, das erkannten sie sofort. Sie hatte sich die ganze Zeit unablässig um ihren Anker gedreht, und dieses ungewöhnliche Schauspiel war mehr, als irgendein Mensch aus Fleisch und Blut auf die Dauer ertragen konnte. Von Schiffen und Molen sprangen nackte Männer ins Wasser, bis

Hunderte von Armen durch das Hafenbecken flitzten.

»Was –?« rief Phanocles erschreckt.

Posthumus sprach hastig zum Oberst.

»Alle Truppen schiffen sich an diesem Kai aus. Unterdessen wünscht weder der Kaiser noch sein Gefolge, den Hafen zu verlassen. Sorge dafür, daß sein Wunsch respektiert wird. Hast du verstanden?«

»Herr.«

Posthumus lief zum kaiserlichen Galaboot, aber der Kaiser rief ihm zu:

»Während ich warte, werde ich die Soldaten inspizieren, die bereits am Kai versammelt sind.«

Der Oberst sah Posthumus an, der leise lachte.

»Tu, was der Vater seines Landes dir befiehlt.«

Der Bogen von schwimmenden Männern schloß sich um die *Amphitrite,* und das zweite Kriegsschiff kam, von Trommelschlägen begleitet, herein. Phanocles faltete die Hände.

»Halte sie zurück, Cäsar!«

Auf der *Amphitrite* wimmelte es jetzt von Männern, die an ihren Schaufeln rissen und mit jedem schweren Gegenstand, den sie finden konnten, auf das Messingungeheuer im Deck einschlugen. Die Wache, die Posthumus an Bord aufgestellt hatte, ging in einem Wirbel von Gliedmaßen zu Boden. Plötzlich stieg Rauch aus dem Schiffsraum auf und breitete sich aus. Nackte Gestalten warfen sich über die Reling, während eine dünne Flamme, spitz zulaufend und flakkernd wie ein Gespenst, mittschiffs emporschoß. Das zweite Kriegsschiff erkannte die Gefahr und ruderte rückwärts. Die Riemen zersplitterten am Kai, aber seine Fahrt wurde gehemmt. Ein drittes Schiff, das aus dem Hitzedunst auftauchte, fuhr krachend mit seinem Rammsporn in das zweite. Wieder hörte man das Splittern von Riemen; dann waren beide Schiffe ineinander verkeilt und trieben hilflos auf die *Amphitrite* zu. Posthumus sprang fluchend ins kaiserliche Ruderboot.

»Stoßt ab! Ruder an!«

»Truppenabteilung für Besichtigung bereit, Cäsar.«

»Jene Soldaten zwischen mir und dem Tunnel, Oberst. Laß sie sich den andern anschließen.«

»Meine Befehle, Cäsar —«

»Glaubst du nicht, Oberst, daß du ein halbes Dutzend Frauen und einen alten Mann einholen könntest, wenn sie zu fliehen versuchten?«

Der Oberst schluckte.

»Dies ist vielleicht das letztemal, daß der Vater seines Landes seine Truppen inspiziert. Willst du nicht gehorchen, Oberst? Auch ich bin Soldat.«

Der Adamsapfel des Obersten ging zweimal auf und ab. Seine Brust weitete sich vor Verständnis und Gemütsbewegung. Er salutierte ehrerbietig vor dem Kaiser.

»Kommando im Laufschritt zur Parade!«

»Und die Kapelle«, setzte der Kaiser hinzu. »Ich glaube, ich sehe dort drüben die Kapelle. Die Kapelle, Oberst?«

Ein viertes Kriegsschiff glitt in den Hafen. Die *Amphitrite* lag da, ihr Heizkessel in Rauch und Flammen gehüllt. Ihre Schaufelräder fingen an, sich schneller zu drehen. Sie zerrte am Tau. Posthumus stieß einen wütenden Schrei aus.

»Rückwärts rudern, verdammt nochmal!«

Flöten, Trompeten, Tubas. Die Messingröhren der

Litui waren um die Taille der Musiker gewunden und endeten in riesigen Schalltrichtern, die über die Schulter hinausragten. Trommeln, Kesselpauke und Baßtuba. Scharlachrot und Gold.

Die Parade fand am Ende der Mole, gegenüber der Triere, statt. Die Kapelle stellte sich zwischen der Parade und der Wurfmaschine auf. Die Frauen rangen die Hände. Die *Amphitrite* drehte sich, sandte Rauch und Flammen in den Himmel empor. Das vierte Kriegsschiff versuchte, sie und die anderen zwei zu umkreisen. Aber ein fünftes war im Begriff, in den Hafen einzufahren.

»Kapelle!«

Die *Amphitrite* bewegte sich schneller. Ein oder zwei Faden ihres Taus lockerten sich, und sie beschrieb einen größeren Kreis, streifte die ineinander verkeilten Kriegsschiffe, so daß ihr Takelwerk in Flammen aufging. Posthumus sprang erregt auf und ab.

»Laßt eure Krabben herunter!«

Das Tau der *Amphitrite* lockerte sich um weitere ein oder zwei Faden, und ihr Kreis schloß jetzt das kaiserliche Galaboot ein, das sich mit einem bemerkenswerten Mangel an Feierlichkeit in Bewegung setzte. Es fuhr, vom Feueratem der *Amphitrite* gefolgt, ein ums andre Mal im Kreis herum, und Posthumus schrie wie ein Irrer.

Die Kapelle setzte ein.

»Offene Ordnung, Oberst?«

Der Oberst zitterte.

»Wir haben nicht genügend Platz, Cäsar. Die Männer würden geradewegs zwischen den Kai und die Triere hinuntertreten.«

»Dann müssen sie ihr Gepäck und ihre Kriegsbeute

aufnehmen«, sagte der Kaiser. »Sonst kann ich nicht zwischen den Reihen hindurchgehen.«
Die Kapelle fing an, zwischen der Hauptabteilung der Truppen und dem Tormentum hin und her zu marschieren, zehn Schritt vorwärts, zehn zurück. Sie waren wundervoll, und ebenso wundervoll waren die Seeleute an Bord ihrer absolut wundervollen Schiffe. Die Frauen fanden die Soldaten wundervoll, und wenn sie selbst auch von General Posthumus bedroht waren, es lohnte sich um dieses Schauspiels willen. Brustkästen wölbten sich, Busen wogten und Knie zitterten. Mamillius setzte seinen Helm auf.
Der Kaiser blieb beim linken Nebenmann des ersten Gliedes stehen.
»Und wie lange bist du schon beim Heer, mein guter Mann?«
Das Ankertau der *Amphitrite* verkohlte und riß. Ihr Kreis wurde zu einem weiten Bogen. Sie streifte eine Gruppe von Handelsschiffen, die neben den Speichern lagen, und sie waren sofort in Flammen gehüllt.
»Laßt eine Krabbe herunter!«
Plötzlich waren sämtliche Männer auf den Schiffen nur noch von einer einzigen Idee besessen: so schnell wie möglich aus dem Hafen herauszukommen. Ein brennendes Kriegsschiff bewegte sich mühsam rückwärts am Ende des Kais vorbei, und die Hitze, die es ausstrahlte, legte sich wie ein glühender Mantel über die Parade. Außerhalb des schrecklichen Bogens der *Amphitrite* wimmelte es von großen und kleinen Schiffen, die dicht gedrängt der Sicherheit des von einem Dunstschleier bedeckten Meeres zustrebten. Und über all dem grollte der Donner, warf helles Licht über die Hügel, und die Kapelle spielte.

»Wo hast du dir diese Narbe zugezogen? Ein Speerstich? Oder eine Flasche, hm?«
Unter ihrer schweren Rüstung, ihrem Gepäck, ihrer Beute und der schrecklichen Hitze standen die Legionäre in strammer Haltung da. Der Oberst beobachtete schielend einen Schweißtropfen, der sich auf seiner Nase bildete. Der Kaiser sprach zu jedem Mann des vordersten Gliedes.
In der Mitte des Hafenbeckens drehten sich, von der *Amphitrite* angestoßen, vier Kriegsschiffe. Der Kapitän eines dieser Schiffe salutierte gerade vor Posthumus, als entweder ein Tau durchbrannte, oder irgend jemand in blindem Gehorsam die Krabbe niederließ. Ein schwarzes sternförmiges Loch blieb auf dem Achterdeck zurück, wo der Kapitän gestanden hatte. Er ging mit seinem Schiff unter.
»Wie groß bist du? Gefällt es dir beim Heer? Woher stammt diese Delle? Von einem Schleuderstein? Ich würde sagen, es war ein Schleuderstein, glaubst du nicht auch, Oberst? Laß den Quartiermeister nie deinen Schild auswechseln, lieber Mann. Sag ihm, der Kaiser habe das gesagt. Wie viele Kinder hast du? Keine? Wir müssen dafür sorgen, daß du nach dieser Inspizierung Urlaub bekommst.«
Das Wort »Urlaub« machte die Runde. Die Legionäre spannten alle Muskeln an, um durchzuhalten, aber einige von ihnen wankten bereits. Der Kaiser schritt mit schrecklicher Bedachtsamkeit das vorderste Glied ab.
»Kenne ich dich nicht von der IX.? In Griechenland? Warum bist du nicht befördert worden? Bitte geh der Sache nach, Oberst.«
Ein zweites Kriegsschiff erreichte inmitten eines Wirr-

warrs von kleineren Schiffen das offene Meer. Die *Amphitrite* näherte sich, dem kaiserlichen Galaboot auf den Fersen folgend, der Hafenausfahrt.

»Was wirst du gegen dieses Furunkel tun, lieber Mann? Ich muß sagen, du bist wirklich zu bewundern. Wie, um alles in der Welt, kannst du das Gewicht dieser drei Bündel aushalten? Wie heißt du?«

Plötzlich gab es ein Luftloch vor dem Kaiser und ein lautes Klirren. Der Legionär war ohnmächtig geworden.

»Wie gesagt, jetzt, da der Thronerbe diese Männer zu ihrem Vater zurückgebracht hat, müssen wir dafür sorgen, daß sie Urlaub bekommen.«

»Cäsar –«

»Wo hast du das Auge verloren, lieber Mann? Ich bitte dich, sei vorsichtig, damit du nicht auch noch das andere verlierst.«

Ein erneutes Klirren.

Öl lief aus einem der Lagerhäuser und brannte auf dem Wasser. Eine dicke, schwarze Rauchwolke zog über die Parade hinweg.

Der Kaiser sprach leise mit dem Oberst.

»Du siehst, wie Drama und Komödie sich vermischen. Wessen Befehle wirst du entgegennehmen? Diese Männer sollten lieber das Feuer löschen.«

Die Augen des Obersten hörten vorübergehend auf zu schielen.

»Ich habe meine Befehle, Cäsar.«

»Gut. Nun, lieber Junge, wie gefällt es dir beim Heer? Hat es einen Mann aus dir gemacht?«

Ein Klirren.

»Disziplin«, sagte der Kaiser zum rechten Nebenmann, »ist ein großer Vorteil.«

»Cäsar?«

»Ich hätte natürlich sagen sollen: ist etwas Wundervolles.«

Er stand einen Augenblick nachdenklich da und blickte auf das ruhige Wasser der Hafeneinfahrt. Ein unaufhaltsamer Strom von angesengten Schiffen zog an ihm vorbei. Die Kapelle erstickte die Worte, die von ihnen herüberdrangen, aber nach den verzerrten Gesichtern zu schließen, waren sie alles andere als wohlerzogen und höflich. Die *Amphitrite* und das kaiserliche Boot kamen fast gleichzeitig vorbei.

»Sag mir, Feldwebel, wenn ich den Befehl gäbe ›Rechtswendung, Eilmarsch!‹ – würdest du mir gehorchen?«

Der Feldwebel war ein alter Soldat, sonnengebräunt und unverwüstlich. Seine Beute war soviel wert wie alles übrige am Kai zusammen, aber sie hing in einem kleinen Beutel unter seinem Brustharnisch. Trotzdem lief ihm der Schweiß übers Gesicht.

»In dieser Sauhitze, mit Rüstung und allem, Cäsar?«

Einen Augenblick schweifte der Blick zur Seite und senkte sich. »Mit Freuden.«

Nicht nur Rauch und Schweiß waren die Ursache für den grüblerischen Glanz in den Augen des Kaisers.

»Herr! Cäsar!«

Die Worte kamen vom Obersten. Sein Schwert zitterte, und die Adern seines Halses schwollen wie Efeuranken. Der Kaiser lächelte friedlich und wandte sich zur Seite, um sich zwischen den Reihen der Soldaten hindurchzuschlängeln. Unter den riesigen Bündeln war die Luft so stickig wie in einem Tunnel. Aber es gab bereits eine Anzahl von Luftlöchern dort, wo die auserwählten Soldaten des Posthumus, die während der Parade umgekippt waren, flach auf dem Boden lagen. Der kleine Schweif von Männern, Mamillius, der Oberst und Phanocles, schlängelten sich hinter dem Kaiser her. Der panische Aufruhr der Stadt, des Hafens und der Schiffe wurde vom Klirren der ohnmächtig zu Boden stürzenden Legionäre unterbrochen.

Außerhalb des Hafens verschwanden die Kriegsschiffe im Hitzedunst, und all die kleinen Schiffe versuchten, wieder hereinzukommen. Die *Amphitrite* fuhr jetzt langsamer. Während die Hitze um ihren Kessel herum stärker wurde, bewegte sie sich schwerfällig zwischen ihren auf und niedergehenden Schaufeln voran. Aber die Schaufeln warfen so viel Wasser in die Höhe, daß ihre eigene Bewegung wiederum das Feuer niederschlug und sie zum Stillstand kam. So beschrieb sie in einer Reihe von ruckartigen Sätzen eine unberechenbare Zickzackbahn auf dem Wasser und sank dabei immer tiefer.

Die Kapelle spielte weiter.

Ein dreifaches Klirren.

Marsch und Rückmarsch zwischen den sich lichtenden Gliedern. Die Wacht am Rhein, Einzug der Gladiatoren, Der Brand von Rom und zahllose andere Lieder. Die Wohnhäuser standen in Brand, und ihre Tünche loderte wie das Takelwerk der Schiffe. In den Lagerhäusern brannte der Wein in hellen Flammen, aber das Getreide schwelte nur und stank.

»Und jetzt«, sagte der Kaiser, »werde ich zu ihnen sprechen.« Er kletterte auf die Hafenmauer, stand einen Augenblick da und fächelte sich Luft zu. »Bitte laß sie eine Kehrtwendung machen, Oberst.«

Die Kapelle trat ins Glied, die Stadt brannte, die

Amphitrite sank zischend. Die Stadtbewohner zogen in Scharen aufs offene Land hinaus. Es war ein Bild der göttlichen und unpersönlichen Zerstörung.
Ein Klirren.
»— habe euch mit wachsendem Stolz beobachtet. Ihr zeigt in dieser entarteten modernen Zeit den Geist, der Rom groß gemacht hat. Es ist nicht eure Aufgabe zu fragen warum, es ist nur eure Aufgabe, der Stimme eures Herrn zu gehorchen.«
Mamillius, der am Fuß der Mauer stand, sah die Schatten des Kaisers und des Obersten auf dem Kai zu seinen Füßen. Einer von ihnen schwankte leicht hin und her.
»Unter dem Gewicht der Sonne, unter der stolzen Last der vierundsechzig Pfund schweren Rüstung, die Früchte eurer Mühen auf den Schultern tragend, habt ihr hier gestanden und durchgehalten, weil man es euch befahl. Das ist es, was wir von unseren Soldaten erwarten.«
Mamillius begann, sich eilig davonzuschleichen, wie er es als Kind gelernt hatte. Er sah starr vor sich hin, bewegte sich jedoch lautlos und unmerklich von der Besichtigung fort. Bald wurde er von den Frauen und dem Tormentum verdeckt.
»Vor euren Augen haben Schiffe gebrannt. Eine Stadt wurde von erbarmungslosem Feuer in Schutt und Asche gelegt. Euer Verstand sagte euch, ihr solltet die Flammen löschen. Das normale und undisziplinierte Gebot der Menschlichkeit flüsterte euch zu, daß Frauen und Kinder, Alte und Kranke eure Hilfe brauchten. Aber ihr seid Soldaten, und ihr hattet eure Befehle. Ich gratuliere Rom zu seinen Söhnen.«
Mamillius war verschwunden. Die Frauen standen in

einer anmutigen Gruppe zwischen der Parade und dem Tunnel. Der Oberst bemerkte, daß er nichts sehen konnte außer zwei Schwertern, die immer weiter auseinanderschwebten. Er legte die linke Hand behutsam unter sein rechtes Handgelenk, um die Schwerter zur Ruhe zu bringen.

Der Kaiser erinnerte die Truppen an die Geschichte Roms.

Romulus und Remus.

Ein Klirren.

Manlius, Horatius. Der Standartenträger der IX.

Ein Klirren.

Der Kaiser ging der Ausdehnung des Kaiserreichs nach, lobte die männlichen Tugenden, die sie so bewundernswert verkörperten. Er gab einen Überblick über die Geschichte Griechenlands und seinen Niedergang; erwähnte die Trägheit der Ägypter.

Ein zweifaches Klirren.

Plötzlich war der Oberst nicht mehr neben ihm auf der Kaimauer. Vom Meer tönte ein lautes Klatschen herauf, weiter nichts. Die Rüstung des Obersten war schwer.

Der Kaiser sprach über kriegerische Ehren.

Ein Klirren.

Etwa eine halbe Meile vom Hafen entfernt tauchte das kaiserliche Ruderboot wieder aus dem Nebel auf. Seine Riemen bewegten sich sehr, sehr langsam, und es fuhr auf die Einfahrt zu.

Der Helmschmuck der Legion.

Ein Klirren.

Die Ehre der Legion.

Der kritische Punkt, der Punkt, von dem es kein Zurück mehr gab, war erreicht. Die Bewegung begann zu den Füßen des Kaisers, wo drei Männer gleichzeitig umfielen. Eine Welle der Übelkeit fegte über die Parade hinweg, und die Legionäre sanken gemeinsam in barmherziger Bewußtlosigkeit zu Boden. Am Ende des Kais häuften sich hundert hilflose Soldaten. Der Kaiser blickte voller Mitgefühl auf sie hinunter.

»Selbsterhaltung.«

Mamillius und die Leibwache des Kaisers stürzten aus dem Tunnel. Es waren etwa zwei Dutzend Mann, frisch von einem Mittagsschläfchen im Garten und jetzt nicht abgeneigt, sich energisch ans Werk zu machen. Mamillius schwang sein Schwert, sang mit eintöniger Stimme einen grauenerregenden Refrain aus *Sieben gegen Theben* und versuchte, im Takt der Musik zu marschieren. Im gleichen Augenblick stieß das kaiserliche Galaboot an den Kai. Schmutzig, mit zerzaustem Haar und zitternd vor Zorn, kletterte Posthumus an Land. Die Wache des Kaisers trat aus dem Glied, lief nach vorn und packte ihn. Er schüttelte zwei von ihnen ab und stürzte sich, brüllend wie ein Stier, mit gezogenem Schwert auf Mamillius. Hände und Knie zusammengepreßt, das Kinn erhoben, blieb Mamillius stehen. Er wechselte vom Griechischen in seine Muttersprache über.

»Pax –!«

Posthumus schwang sein Schwert, und der Kaiser schloß die Augen. Er hörte ein gongähnliches Geräusch und öffnete sie wieder. Posthumus war von einer Schar Wachsoldaten umringt. Mamillius wankte im Kreis herum und versuchte vergebens, seinen Helm von den Augen hochzuschieben.

»Du gemeiner Kerl, Posthumus, das ist niederträchtig von dir! Jetzt bekomm' ich wieder Kopfschmerzen.«

Der Kaiser stieg von der Kaimauer herab.

»Wer ist der Mann, den Posthumus im Ruderboot mitgebracht hat?«

Der Offizier der Wache salutierte.

»Ein Gefangener, Cäsar. Nach seinem Aussehen zu schließen, ein Sklave.«

Der Kaiser schlug mit dem Mittelfinger der einen Hand in die Handfläche der anderen.

»Geleite den Thronerben und den Sklaven durch den Tunnel. Zwei von deinen Leuten können den Herrn Mamillius führen. Dies ist nicht der Augenblick, ihn von seinem Helm zu befreien. Meine Damen, die Vorführung ist beendet. Ihr könnt zur Villa zurückkehren.«

Er blieb kurz neben dem Tormentum stehen und blickte über den Kai. Die Ehrenwache und die Kapelle regten sich schwach wie Meerestiere am Strand bei der Rückkehr der Flut.

»Sechs deiner Leute müssen um jeden Preis den Tunnel halten. Sie dürfen niemanden durchlassen, außer auf deinen persönlichen Befehl.«

»Cäsar.«

»Die übrigen können im Garten bereitstehen. Halte sie außer Sicht, hinter den Hecken.«

»Cäsar.«

In den Gärten war alles ruhig geblieben. Der Kaiser stand neben dem Seerosenteich und sog dankbar die würzige Luft ein. Unter ihm wurde langsam wieder die Oberfläche des Meeres sichtbar. Als sein Atem sich beruhigt hatte, wandte er sich der kleinen Gruppe von Männern zu.

»Wirst du dich benehmen, Posthumus, wenn ich der Wache sage, sie sollen dich loslassen?«

Posthumus warf einen Blick auf die dunkle Öffnung des Tunnels, und der Kaiser schüttelte den Kopf.

»Es wird dir schwerlich gelingen, durch den Tunnel zu entkommen. Die Männer dort haben ihre Befehle. Komm! Laß uns vernünftig über die Dinge reden.«

Posthumus machte sich los.

»Was hast du mit meinen Soldaten gemacht, du — Zauberer?«

»Nur eine Besichtigung, Posthumus, nichts weiter als das. Aber ich habe sie endlos in die Länge gezogen.«

Posthumus hob die Hand und schob seinen Helm zurecht. Die scharlachrote und goldene Feder war versengt.

»Was wirst du mit mir machen?«

Der Kaiser lächelte trübsinnig.

»Sieh dir Mamillius an. Kannst du ihn dir als Kaiser vorstellen?«

Mamillius lag mit dem Gesicht nach unten auf einer Steinbank. Zwei Soldaten hielten seine Beine. Am anderen Ende zerrte ein Dritter an dem festgeklemmten Helm.

»Die Berichte der Agenten waren sehr genau.«

Der Kaiser winkte mit dem Finger.

»Phanocles.«

»Cäsar.«

»Sage dem Thronerben ein für allemal, was du vorhattest.«

»Ich habe es ihm gesagt, Cäsar. Keine Sklaven, kein Krieg.«

Posthumus schnaubte verächtlich.

»Bringt den Sklaven, den ich gefangengenommen habe. Er war einer von denen, die dein Schiff in Brand gesteckt haben.«

Die Soldaten schleppten den Sklaven herbei. Er war nackt – ein Mann, der einen Löwen hätte in Stücke reißen können, bärtig, breit, dunkel und wild.

Der Kaiser musterte ihn von oben bis unten.

»Was ist er?«

Ein Soldat packte den Mann bei den Haaren, bog seinen Kopf zur Seite und nach hinten, so daß er vor Schmerz das Gesicht verzog. Posthumus beugte sich vor und musterte die Einschnitte im Ohr des Sklaven. Er nickte, und der Soldat ließ ihn los.

»Warum hast du es getan?«

Der Sklave antwortete mit einer Stimme, die heiser vom Schreien und zugleich ungeübt im Sprechen war.

»Ich bin Ruderer.«

Die Brauen des Kaisers hoben sich.

»In Zukunft muß ich wohl die Ruderer an die Riemen ketten lassen, oder wäre das zu teuer?«

Der Sklave versuchte, die Hände zu falten.

»Cäsar – sei barmherzig. Wir konnten diesen Mann nicht töten.«

»Phanocles?«

»Sein Dämon hat ihn beschützt. Eine Planke tötete den Sklaven, der neben ihm stand. Die Krabbe hat ihn nicht getroffen.«

Mamillius kam mit einem lauten Schrei aus seinem Helm heraus. Er lief hastig zum Kaiser.

»Mamillius – die Krabbe war nicht für dich bestimmt!«

Mamillius wandte sich erregt an den Sklaven.

»Ihr habt nicht versucht, mich zu töten?«

»Warum sollten wir, Herr? Wenn du uns zur Schwerarbeit zwingst, so ist das dein gutes Recht. Wir sind gekauft worden. Aber dieser Mann läßt uns überhaupt nicht arbeiten. Wir haben sein Schiff ohne Riemen oder Segel und gegen den Wind fahren sehen. Wer braucht dann noch Ruderer?«

»Mein Schiff hätte euch frei gemacht!« rief Phanocles aus.

Der Kaiser blickte nachdenklich auf den Sklaven hinunter.

»Bist du glücklich auf deiner Ruderbank?«

»Die Götter wissen, was wir zu leiden haben.«

»Warum dann?«

Der Sklave schwieg einen Augenblick. Als er wieder sprach, kamen die Worte mechanisch aus einer tiefen Quelle der Vergangenheit.

»›Ich möchte lieber Sklave eines Kleinbauern sein, als in der Hölle über alle menschlichen Seelen herrschen.‹«

»Ich verstehe.«

Der Kaiser nickte den Soldaten zu.

»Bringt ihn fort.«

Posthumus lachte freudlos.

»Jetzt hast du gehört, was ein Seemann von deinem Schiff hält, Grieche!«

Der Kaiser hob die Stimme.

»Einen Augenblick. Laß uns das Urteil eines Berufssoldaten über die Donnermaschine hören. Offizier!«

Aber der Offizier salutierte bereits.

»Entschuldige, Cäsar, aber die Dame —«

»Welche Dame?«

»Man will sie nicht ohne meinen Befehl durchlassen, Cäsar.«

Mamillius rief mit seiner angeschlagenen Stimme:

»Euphrosyne!«

Der Offizier machte eine Kehrtwendung.
»Laßt die Dame durch, Jungen. Schnell!«
Die Soldaten entfernten sich von der Öffnung des Tunnels, und Euphrosyne kam eilig und verschüchtert zu Phanocles und dem Kaiser.
»Wo warst du, Kind? Warum bist du nicht bei den anderen geblieben? Der Kai ist gefährlich ohne mich.«
Aber sie sagte immer noch nichts, und der Schleier zitterte vor ihrem Mund. Der Kaiser nickte ihr zu.
»Stell dich neben mich. Jetzt kann dir nichts mehr passieren.«
Er wandte sich wieder an den Offizier.
»Offizier.«
»Cäsar.«
»Rühr dich. Posthumus, stell deine Fragen.«
Posthumus musterte ihn einen Augenblick.
»Hauptmann. Freust du dich über die Aussicht auf eine Schlacht?«
»Wenn es darum geht, den Vater seines Landes zu verteidigen —«
Der Kaiser winkte ab.
»Deine Untertanentreue steht nicht zur Debatte. Antworte bitte.«
Der Hauptmann dachte nach.
»Im großen und ganzen ja, Cäsar.«
»Warum?«
»Es ist eine Abwechslung, Cäsar. Erregung, Beförderung, vielleicht Beute — und so weiter.«
»Würdest du es vorziehen, deine Feinde auf die Entfernung zu vernichten?«
»Ich versteh' nicht.«
Posthumus zeigte mit dem Daumen seitlich auf Phanocles.

»Dieser elende Grieche hat das Geschütz auf dem Kai gebaut. Du drückst auf den Knopf, und der Feind geht in Rauch auf.«

Der Hauptmann dachte angestrengt nach.

»Dann hat der Vater seines Landes also keine Verwendung mehr für seine Soldaten?«

Posthumus sah den Hauptmann bedeutungsvoll an.

»Anscheinend nicht. Aber ich.«

»Aber Herr – angenommen, der Feind verschafft sich selbst diese Donnermaschine?«

Posthumus sah Phanocles an.

»Wird die Rüstung etwas nützen?«

»Wohl kaum.«

Der Kaiser griff nach Mamillius' scharlachrotem Umhang und zog leicht daran.

»Ich vermute, diese Art Uniform wird verschwinden. Ihr werdet euren Krieg auf dem Bauch kriechend verbringen. Eure Unifom wird lehm- oder schmutzfarben sein.«

Der Offizier blickte auf seinen glitzernden Brustharnisch hinunter.

»– und ihr könntet das Metall natürlich jederzeit mit einer neutralen Farbe anstreichen oder es einfach schmutzig werden lassen.«

Der Offizier erblaßte.

»Das ist nicht dein Ernst, Cäsar.«

»Du hast gesehen, was sein Schiff im Hafen getan hat.«

Der Offizier trat zurück. Sein Mund stand offen, und er atmete rasch wie ein Mann im ersten Stadium eines Alptraums. Seine Augen schweiften umher, blickten auf die Hecken, die Steinbänke, die Soldaten, die den Tunnel versperrten –

Posthumus ging auf ihn zu und packte ihn beim Arm.
»Nun, Hauptmann?«
Ihre Blicke begegneten sich. Der Zweifel verschwand aus dem Gesicht des Offiziers. Sein Unterkiefer schob sich nach vorn, und seine Backenmuskeln traten hervor.
»Kannst du mit den anderen fertig werden, General?«
Posthumus nickte.
Es gab sofort ein wildes Durcheinander. Durch einen Fries von gestikulierenden Gestalten, durch einen Wirrwarr von Menschen, die versuchten, am Rand des Teiches ihr Gleichgewicht zu wahren, sah man Phanocles, der, von Posthumus' Fausthieb in die Luft geschleudert, über die stillen Seerosen flog. Dann lief der Offizier, von Posthumus gefolgt, schnell zum Eingang des Tunnels. Er rief den Männern, die den Eingang bewachten, einen Befehl zu, und sie traten wie eine menschliche Schutzwand beiseite – eins, zwei! eins, zwei! eins, zwei! Posthumus und der Offizier verschwanden im Tunnel, und die Wache blieb in strammer Haltung auf einer Seite der Öffnung stehen. Die Soldaten fanden sich neben dem Teich zusammen. Mamillius, der die ganze Breite des Teichs zwischen sich und dem Tunnel hatte, schoß hin und her, während sein verblüfftes Gehirn den kürzesten Weg um ihn herum zu finden suchte. Nur der Kaiser stand immer noch ruhig und würdevoll da, vielleicht ein wenig blasser, ein wenig in sich gekehrt, während die Gewißheit von Sturz und Tod langsam auf ihn herabsank. Dann hatten die Soldaten sich von ihrem Schreck erholt, Phanocles war aus dem Teich geklettert, den Mamillius, nachdem er sein Problem gelöst

hatte, jetzt durchwatete. Zögernd und sprachlos vor Erstaunen über den Treuebruch des Offiziers strebten sie der Öffnung des Tunnels zu. Der Kaiser schlenderte hinter ihnen her. Er blickte nachdenklich auf die menschliche Schutzwand, die Disziplin so untauglich gemacht hatte. Er zuckte leicht die Achseln. Dann sprach er sehr sanft wie zu Kindern.

»Ihr könnt euch rühren.«

Ein plötzlicher Luftstoß durch den Tunnel brachte sie ins Wanken. Fast im selben Augenblick hob sich der Boden, und Lärm schlug ihnen wie ein Fausthieb ans Ohr. Der Kaiser wandte sich an Mamillius.

»Donner?«

»Der Vesuv?«

Sie hörten einen winselnden Ton, der aus der Luft über der Landspitze kam, die den Garten vom Hafen trennte, ein herabsteigendes Winseln, einen metallischen Klang in der Nähe und das Rascheln von Eibenzweigen. Der zeitlose Augenblick der Erschütterung ließ sie die unmittelbare Gefahr vergessen, in der sie sich befanden, so daß sie einander töricht anstarrten. Phanocles zitterte. Dann vernahmen sie Schritte im Tunnel, die hastig, rennend, taumelnd näher kamen. Ein Soldat stürzte aus dem Eingang, und sie erkannten an seiner rot-goldenen Bandschleife, daß er einer von Posthumus' Männern war.

»Cäsar —«

»Reiß dich zusammen. Dann berichte.«

»Er ist tot —«

»Wer ist tot, und wie ist es passiert?«

Der Soldat wankte zurück, dann erholte er sich.

»Wie soll ich es dir sagen, Cäsar? Wir traten wieder an nach — nach der Besichtigung. General Posthumus kam im Laufschritt aus dem Tunnel. Er sah, daß einige Männer unserer Abteilung fort waren, um das Feuer zu löschen, und er fing an, den übrigen etwas zuzurufen. Einer der Offiziere lief hinter ihm her. Ich sah, wie der Offizier sich über die Wurfmaschine beugte, Dann gab es einen Blitz, einen Donnerschlag –«

»Und ein rauchendes Loch im Kai. Wo ist Posthumus?«

Der Soldat breitete ratlos die Arme aus. Phanocles sank auf die Knie und legte eine Hand an den Saum der Toga des Kaisers. Aber der Soldat blickte an ihnen vorbei auf die Eibenhecke zwischen dem Teich und dem Anstieg der Gärten. Sie sahen, daß seine Augen sich vor Entsetzen weiteten. Er schrie und lief davon.

»Zauberei!«

Posthumus beobachtete sie, mußte sie hinter der Eibenhecke hervor beobachten, denn sie konnten seinen Bronzehelm mit der rot-goldenen Feder sehen. Er schien eine kleine Mahlzeit zu kochen: Eine stärkere Hitze als die der Mittagssonne brachte die Luft über seinem Helm zum Zittern. Sie sahen, daß die Feder sich langsam braun färbte. Die Eibenzweige bogen sich, rollten sich zusammen, fielen herab. Der Helm neigte sich zur Seite, dann drehte er sich und hing mit der leeren Innenseite zu ihnen zwischen den Ästen.

»Komm her, mein Junge.«

Der Soldat kroch aus seinem Versteck.

»Der Allvater hat General Posthumus vor deinen und deiner Kameraden Augen wegen der Sünde der offenen Rebellion gegen den Kaiser vernichtet. Sag es ihnen.«

Er wandte sich an Phanocles.

»Geh und rette, was du retten kannst. Du stehst schwer in der Schuld der Menschheit. Geh mit ihnen, Mamillius, denn du hast jetzt die Verantwortung. Jenseits des Tunnels wartet eine Gelegenheit auf dich. Zeig dich ihrer würdig.«

Ihre Schritte hallten im Tunnel wider und verklangen.

»Komm, junge Dame.«

Er setzte sich auf eine der Steinbänke neben dem Seerosenteich.

»Stell dich hier vor mich.«

Sie kam und blieb vor ihm stehen, aber die Anmut ihrer Bewegungen war verschwunden.

»Gib es mir.«

Eine Weile stand sie schweigend, von ihren Tüchern beschützt da. Der Kaiser sagte nichts, sondern überließ es dem Nachdruck seiner ausgestreckten Hand, sie zum Gehorsam zu zwingen. Dann steckte sie ihm das Ding zu, ließ es in seiner Hand liegen und hob ihre eigene an das verschleierte Gesicht. Der Kaiser blickte nachdenklich auf seine Handfläche.

»Es scheint, daß ich dir mein Leben verdanke. Allerdings wäre Posthumus wohl zweifellos ein besserer Herrscher gewesen. Mein Kind, ich muß dein Gesicht sehen.«

Sie sagte nichts, tat nichts. Der Kaiser beobachtete sie, dann nickte er, als hätte es eine klare Aussprache zwischen ihnen gegeben.

»Ich verstehe.«

Er stand auf, ging um den Teich herum und blickte über die Klippe auf die jetzt deutlich sichtbaren Wellen.

»Laß dies ein weiters Stückchen Geschichte bleiben, das man lieber vergessen sollte.«

Er schleuderte den Bronzeschmetterling ins Meer.

4. L'ENVOY

Der Kaiser und Phanocles lagen einander gegenüber, jeder an einer Seite eines niedrigen Tisches. Der Tisch, der Fußboden, der Raum waren rund und von Säulen umgeben, die eine schattenspendende Kuppel stützten. In der Öffnung unmittelbar über ihren Köpfen hing ein glitzerndes Sternbild, aber der Raum selbst wurde durch Lampen erhellt, die hinter den Säulen standen – ein sanftes, warmes Licht, geeignet für Muße und Verdauung. Irgendwo meditierte eine Flöte.

»Glaubst du, daß es funktionieren wird?«

»Warum nicht, Cäsar?«

»Du bist ein seltsamer Mensch. Du denkst auf diese und jene Art über die Gesetze des Universums nach und gelangst zu einer Gewißheit. Natürlich wird es funktionieren. Ich muß nur Geduld haben.«

Sie schwiegen eine Weile. Die Stimme des Eunuchen schloß sich der Flöte an.

»Was tat Mamillius, als du fortgingst, Phanocles?«

»Er gab viele Befehle.«

»Ausgezeichnet.«

»Es waren falsche Befehle, aber die Leute gehorchten ihm.«

»Das ist das Geheimnis. Er wird ein miserabler Kaiser sein. Besser als Caligula, aber weniger begabt als Nero.«

»Er war so stolz auf die Schramme an seinem Helm. Er sagte, er habe entdeckt, daß er ein Mann der Tat sei.«

»Das ist also das Ende der Poesie. Armer Mamillius.«

»Nein, Cäsar. Er sagte, die Tat habe den Dichter in ihm zutage treten lassen und daß er dabei das vollkommene Gedicht geschaffen habe.«

»Doch wohl kein Epos?«

»Ein Epigramm, Cäsar. ›Euphrosyne ist schön, aber dumm.‹ «

Der Kaiser neigte ernst den Kopf.

»Während wir beide, du und ich, sehr gut wissen, daß sie äußerst klug und scharfsinnig ist.«

Phanocles setzte sich verblüfft auf.

»Woher willst du das wissen?«

Der Kaiser rollte eine Traube unter seinem Finger hin und her.

»Ich werde sie natürlich heiraten. Starr mich nicht so an, Phanocles, und hab keine Angst, daß ich dich erdrosseln lasse, wenn ich ihr Gesicht sehe. In meinem Alter wird es leider nur dem Namen nach eine Ehe sein. Aber es gibt ihr Sicherheit und einen gewissen Frieden. Und ihr Geheimnis bleibt gewahrt. Sie hat eine Hasenscharte, nicht wahr?«

Das Blut schoß Phanocles ins Gesicht, schien ihn zu ertränken und seine Augen aus den Höhlen treten zu lassen. Der Kaiser breitete die Hände aus.

»Nur ein junger Narr wie Mamillius konnte ihre krankhafte Schüchternheit für geziemende Sittsamkeit halten. Ich werde dir etwas verraten, was die Erfahrung meines langen Lebens mich gelehrt hat, und ich hoffe, daß keine Frau mich hören wird: Wir Männer haben die Sittsamkeit erfunden. Und ich frage mich, ob wir wohl auch die Keuschheit erfunden haben? Keine schöne Frau würde sich je so lange weigern, ihr Gesicht zu zeigen, wenn es makellos wäre.«

»Ich habe nicht gewagt, es dir zu sagen.«

»Weil du erkannt hast, daß ich dich um ihretwillen aufgenommen habe? Schade für Mamillius und die romantische Liebe. Perseus und Andromeda! Wie wird er mich verabscheuen. Ich hätte von Anfang an daran denken sollen, daß ein Kaiser sich keiner normalen menschlichen Beziehung erfreuen kann.«

»Es tut mir leid –«

»Mir auch, Phanocles, und nicht allein um meinetwillen. Hast du nie daran gedacht, das Licht deines außergewöhnlichen Erkenntnisvermögens der Medizin zuzuwenden?«

»Nein, Cäsar.«

»Soll ich dir sagen warum?«

»Ich höre zu.«

Die Worte des Kaisers fielen wie kleine Steine in die Stille des Raumes.

»Ich habe gesagt, du seist überheblich. Du bist auch selbstsüchtig. Du bist in deinem Universum allein mit dem Naturgesetz, und Menschen sind für dich Eindringlinge, Störenfriede. Auch ich bin selbstsüchtig und allein – aber ich gehöre zu den Menschen, denen man ein gewisses Recht auf eine unabhängige Existenz einräumt. Oh, ihr Naturphilosophen! Ob es wohl viele deiner Sorte gibt? Eure entschlossene und hingebungsvolle Selbstsucht, eure erhabene Konzentration auf das einzige, was euch interessiert, könnte beinahe das Leben von der Erde wegwischen, so wie ich den Schmelz von dieser Traube wische.«

Seine Nasenflügel bebten.
»Aber schweigen wir. Hier kommt die Forelle.«
Der Majordomus und die Diener kamen in feierlicher Prozession herein. Aber der Kaiser verstieß gegen sein eigenes Gebot.
»Bist du zu jung dazu, oder ergeht es dir wie mir, daß, wenn du ein Buch liest, welches du früher einmal geliebt hast, ein großer Teil des Vergnügens darin liegt, dich an die Zeit zu erinnern, da du es zum erstenmal gelesen hast? Du siehst, wie selbstsüchtig ich bin, Phanocles! Würde ich heute die Eklogen lesen, so sähe ich mich nicht in ein römisches Arkadien versetzt. Ich wäre wieder ein Junge, der den Passus des nächsten Tages für seinen Lehrer vorbereitet.«
Phanocles hatte seine Fassung wiedergewonnen.
»Ein geringes Entgelt für eine Lektüre, Cäsar.«
»Findest du? Wir selbstsüchtigen Menschen schließen doch die gesamte Geschichte in unser eigenes Leben ein! Jeder von uns entdeckt die Pyramiden. Raum, Zeit, Leben – das, was ich das vierdimensionale Kontinuum nennen könnte –, aber du siehst, wie ungeeignet die lateinische Sprache für Philosophie ist! Das Leben ist eine persönliche Angelegenheit mit einem einzigen festen Bezugspunkt. Alexander hat seine Kriege erst geführt, als ich ihn im Alter von sieben Jahren entdeckte. Als ich ein Baby war, bestand die Zeit aus einem Augenblick; aber ich stieß, roch, schmeckte, sah, hörte, schrie diesen einen erdrückenden Punkt in ganze Paläste von Geschichte und riesige Flächen von leerem Raum.«
»Ich verstehe dich wieder nicht, Cäsar.«
»Du solltest es, denn ich berichte von einer Erfah-

rung, die uns beiden gemeinsam ist. Aber dir fehlt meine Introversion — oder sollte ich sagen Selbstsucht? — Du siehst, wie sehr ein Kaiser, den man nicht unterbricht, zu Parenthesen neigt —, und deshalb kannst du es nicht erkennen. Denk nach, Phanocles! Gib mir nicht die Befriedigung eines Verlangens wieder, sondern eine einzige, kostbare Erinnerung! Wie unterscheidet sich unser menschlicher Augenblick von der geistlosen Bewegung des Uhrwerks der Natur, wenn nicht durch Ausdehnung der Vorfreude und Erinnerung?«

Phanocles blickte zum Sternbild empor, welches so nah und hell über ihnen hing, daß man hätte glauben können, es sei durch eine dritte Dimension vertieft; aber noch ehe ihm eine Erwiderung einfiel, standen die Schüsseln an ihrem Platz. Die Deckel wurden gehoben und ließen den süß duftenden Dampf ausströmen. Der Kaiser schloß die Augen, bewegte den Kopf nach vorn und zog die Luft ein.

»Ja—?«

Dann im Ton tiefer Gemütsbewegung:

»Ja!«

Phanocles aß die Forelle sehr rasch, denn er war hungrig, und er wünschte, daß der Kaiser ihm auch Gelegenheit geben würde, etwas zu trinken. Aber der Kaiser war in einem Zustand der Verzückung. Seine Lippen bewegten sich, und sein Gesicht wurde abwechselnd blaß und rot.

Kühle. Flächen von schimmerndem Wasser, Schatten und Wasserfälle hoch oben von den dunklen Felsen.

»Ich erinnere mich: Ich liege auf einem Felsblock, der knapp so groß ist wie mein Körper. Über mir steigen die Klippen empor, der Fluß läuft neben mir dahin, und das Wasser ist dunkel, trotz aller Sonne. Zwei Tauben unterhalten sich wohlklingend und eintönig. Meine rechte Seite schmerzt, denn der Rand des Felsens schneidet mir ins Fleisch: Aber ich liege mit dem Gesicht nach unten, und mein rechter Arm bewegt sich langsam wie eine Wasserschnecke auf einem Stein. Ich berühre ein Wunder der gegenwärtigen Wirklichkeit, ich streichle – ich bin leidenschaftlich erregt –, noch einen Augenblick, und der Jubel meines Herzens wird sich in stürmischer Bewegung Luft machen. Aber ich beruhige meinen Ehrgeiz, mein Verlangen, meine Gier – ich gleiche Leidenschaft mit Willen aus. Ich streichle langsam wie ein treibendes Kraut. Sie liegt dort in der Dunkelheit, sich wellenförmig bewegend, den Strom des Wassers hemmend. Jetzt –! Ein Zucken von zwei Körpern, ein Gefühl des Schreckens, der Vergewaltigung – sie fliegt in die Luft, und ich greife mit Löwenkrallen nach ihr. Sie ist draußen, sie gehört mir –«

Der Kaiser öffnete die Augen und blickte zu Phanocles hinüber. Eine Träne lief über seine Wange, genau über dem unberührten Fisch.

»– meine erste Forelle!«

Er griff nach einem Becher, vergoß ein paar Tropfen auf den Boden, dann hielt er den Becher hoch.

»Auf den Dampfkochtopf. Die himmelstürmendste Erfindung von allen.«

Nach einer Weile bezwang er seine Gemütsbewegung und lachte leise.

»Womit soll ich dich belohnen?«

»Cäsar!«

Phanocles schluckte und sagte stotternd:

»Mein Sprengstoff –«

»Lassen wir das Dampfschiff beiseite. Es ist amüsant, aber teuer. Ich gebe zu, daß der Experimentator in mir sich für seine schrecklichen Leistungen interessiert hat, aber einmal ist genug. Du sollst keine Dampfschiffe mehr bauen.«

»Aber Cäsar!«

»Und außerdem, wie willst du dich ohne Wind zurechtfinden?«

»Ich könnte einen Mechanismus erfinden, der ständig in eine Richtung deutet.«

»Tu das auf jeden Fall. Vielleicht könntest du einen beweglichen Pfeil erfinden, der ständig auf Rom deutet.«

»Etwas, das nach Norden deuten würde.«

»Aber keine Dampfschiffe mehr.«

»Ich —«

Der Kaiser unterbrach ihn mit einer leichten Handbewegung.

»Das ist unser kaiserlicher Wille, Phanocles.«

»Ich beuge mich ihm.«

»Das Schiff war gefährlich.«

»Eines Tages, Cäsar, wenn die Menschen frei sind, weil sie sich nicht mehr als Sklaven betrachten —«

»Du arbeitest mit vollkommenen Elementen, und deshalb bist du politisch ein Idealist. Es wird immer Sklaven geben, wenn auch der Name sich ändern mag. Was ist Sklaverei anderes als die Beherrschung der Schwachen durch die Starken? Wie kannst du sie gleichmachen? Oder bist du etwa töricht genug, zu glauben, daß die Menschen gleich geboren werden?«

Er wurde plötzlich ernst.

»Was den Sprengstoff betrifft — er hat mir heute das Leben und damit den Frieden des Kaiserreichs gerettet. Aber er hat das Kaiserreich um einen gnadenlosen Herrscher gebracht, der ein halbes Dutzend Menschen ermordet und hundert Millionen Menschen Gerechtigkeit beschert hätte. Die Welt hat einen schlechten Tausch gemacht. Nein, Phanocles. Wir werden Jupiter seinen Donnerkeil wiedergeben, damit er ihn verwende, wie er es für angemessen hält.«

»Aber es waren meine größten Erfindungen!«

Die erste Forelle war, unangerührt und kalt, vom Teller des Kaisers verschwunden. Eine andere war herabgekommen, und er tauchte abermals das Gesicht in ihren Duft.

»Der Dampfkochtopf. Dafür werde ich dich belohnen.«

»Wie wirst du mich dann für dies hier belohnen?«

»Wofür?«

»Meine dritte Erfindung. Ich habe sie für diese Gelegenheit aufgespart.«

Er legte die Hand langsam, dramatisch an den Gürtel. Der Kaiser beobachtete ihn besorgt.

»Ist dies auch wieder mit Donner verbunden?«

»Nur mit Schweigen.«

Der Kaiser runzelte die Stirn. Er hielt in jeder Hand ein Blatt Papier und blickte von einem zum anderen.

»Gedichte? Also bist du ein Dichter?«

»Mamillius hat es geschrieben.«

»Ich hätte es wissen können. Sophokles, Carcides – wie belesen der Junge ist!«

»Dies wird ihn berühmt machen. Lies das andere Gedicht, Cäsar, denn es ist genau dasselbe. Ich habe ein System erfunden, wie man Bücher vervielfältigen kann. Ich nenne es Druck.«

»Aber dies ist – ein weiterer Dampfkochtopf!«

»Ein Mann und ein Junge können in einem Tag tausend Kopien eines Buches machen.«

Der Kaiser blickte von den beiden Blättern auf.

»Wir könnten hunderttausend Kopien von Homer verteilen!«

»Eine Million, wenn du willst.«

»Kein Dichter braucht sich über einen Mangel an Lesern zu beklagen –«

»Und auch nicht über Mangel an Geld. Die Auflagen müssen nicht mehr mühselig einer Handvoll Sklaven diktiert werden, Cäsar. Ein Dichter wird seine Gedichte sackweise wie Gemüse verkaufen. Selbst Küchenjungen können sich an der Herrlichkeit unseres athenischen Dramas freuen –«

Der Kaiser setzte sich begeistert auf.

»Eine öffentliche Bibliothek in jeder Stadt!«

»– in jedem Haus.«

»Zehntausend Exemplare der Liebesgedichte des Catullus –«

»Hunderttausend der Werke des Mamillius –«

»Hesiod in jeder Hütte –«

»Ein Autor in jeder Straße –«

»Ein Berg von peinlich genauen Nachforschungen und Berichten über jedes nur denkbare Thema –«

»Wissen, Bildung –«

Der Kaiser ließ sich wieder zurücksinken.

»Einen Augenblick. Gibt es genügend Talent für all das? Wie oft wird ein Horaz geboren?«

»Keine Sorge, Cäsar. Die Natur ist freigebig.«

»Angenommen, wir alle schrieben Bücher?«

»Warum nicht? Interessante Biographien –«

Der Kaiser blickte aufmerksam auf einen Punkt außerhalb dieser Welt – irgendwo in der Zukunft.

»Das Tagebuch eines Provinzialgouverneurs. Ich baute den Hadrianswall. Mein Leben in der Gesellschaft, von einer Dame von Rang.«

»Dann eben geisteswissenschaftliche Forschung.«

»Fünfzig interpolierte Absätze im Schiffskatalog. Metrische Neuerungen in den Possen des Herondas. Der unbewußte Symbolismus des ersten Buches des Euklid. Prologe zur Untersuchung von Produktionsrückständen.«

Ein Ausdruck des Schreckens erschien in den Augen des Kaisers.

»Geschichte – nach dem Muster des Thukydides. Ich war Neros Großmutter.«

Phanocles setzte sich auf und klatschte begeistert in die Hände.

»Berichte, Cäsar, wesentliche Tatsachen!«

Der Schrecken wuchs.

»– militärisch, nautisch, sanitär, eugenisch – und ich muß sie alle lesen! Politisch, ökonomisch, landwirtschaftlich, gärtnerisch, persönlich, unpersönlich, statistisch, medizinisch –«

Der Kaiser stand wankend auf. Seine Hände waren erhoben, seine Augen geschlossen, sein Gesicht war verzerrt.

»Laßt ihn wieder singen!«

Gebieterisch und leidenschaftslos.

Der Kaiser öffnete die Augen. Er ging rasch zu einer der Säulen und strich, wie um sich von ihrer Wirklichkeit zu überzeugen, über den glatten Stein. Er hob den Blick zur Decke und sah auf das Sternbild, das glitzernd in den Kristallkugeln hing. Allmählich beruhigte er sich, obwohl sein Körper immer noch leicht zitterte. Er wandte sich um und blickte zu Phanocles hinüber.

»Aber wir sprachen von deiner Belohnung.«
»Ich bin in Cäsars Hand.«
Der Kaiser kam dicht heran und sah ihn mit bebenden Lippen an.
»Möchtest du Botschafter werden?«
»Mein höchster Ehrgeiz hat mich nie —«
»Du hättest Zeit, das Instrument zu erfinden, das nach Norden deutet. Du kannst deinen Sprengstoff und deine Druckerkunst mitnehmen. Ich mach dich zum Außerordentlichen und Bevollmächtigten Botschafter.«
Er schwieg einen Augenblick.
»Phanocles, mein lieber Freund. Ich möchte, daß du nach China gehst.«

Ausgezeichnet mit dem Whitbread-Preis für Literatur: »Endlich ein Roman, der es wert ist, ein Meisterwerk genannt zu werden.« *The Daily Mail*

Bruce Chatwin
Auf dem schwarzen Berg
Roman
Deutsch von Anna Kamp
328 Seiten, gebunden

»›Auf dem schwarzen Berg‹ erzählt die ebenso merkwürdige wie bemerkenswert absurde Geschichte von Zwillingen, die selbst in hohem Alter noch im Bann ihrer Mutterliebe gefangen sind. Der Leser wird von dieser Chronik überzeugt und verzaubert; er erlebt eine Epoche. Ein wunderschönes Buch...« *The New Statesman, London*

»Warum ergreift einen diese seltsame Lebensgeschichte so nachhaltig und tief? Es ist ja nicht nur das bewunderungswürdige stilistische Vermögen des Autors, Farbe, Kontur und Atmosphäre einer Landschaft und ihrer Menschen zu rekonstruieren; und es hat sicherlich nur wenig zu tun mit dem »Fall« der Zwillinge. Es muß zusammenhängen mit der im Verlauf der Lektüre immer stärker werdenden Gewißheit, selbst keine Biographie zu haben, kein »Schicksal«, das zu erzählen sich verlohnte. Der Mangel an Leben in unseren industrialisierten Gesellschaften (das Verschwinden der Erzählung) und die Ausfüllung dieses Mangels mit scheinhaften Ersatzlösungen, das wird bedrückend spürbar in dieser Geschichte: Wir leben zur gleichen Zeit und haben nichts miteinander zu tun. Es fällt schwer, nach der Lektüre auf die Straße zu gehen und seinen Zeitgenossen unbefangen ins Gesicht zu sehen.«
Michael Krüger, Süddeutsche Zeitung, München

claassen